警視庁ゼロ係 小早川冬彦Ⅰ

特命捜査対策室

富樫倫太郎

祥伝社文庫

目次

プロローグ

　平成二二年（二〇一〇）四月初め。

　警察庁。会議室A―1号室。

　警察庁で刑事局長を務める島本雅之警視監と、その部下の理事官、胡桃沢大介警視正が密談している。

「いよいよ、小早川が警視庁に来るな」

「はい」

「本当に大丈夫だろうな？　杉並中央署の窓際で埋もれさせるはずだったのに、意外な活躍をして、かえって目立たせてしまった。二の舞は避けたい」

「生活安全課で地味な仕事をさせておけば安心だと思いましたが、『何でも相談室』に使えない連中ばかりを集めたせいで、小早川が切れ者のように見えたのでしょう。さすがに本庁では、そうはいきません。本物の切れ者揃いですから」

「しかし、万が一、ということもあるからな」

「一課の大部屋は、どうしても大きな事件を扱うことが多いですから、たとえ、まぐれでも小早川が事件を解決したりすれば、杉並中央署にいた頃より目立たせてしまいます」

「それは、まずい」

「だからこそ、一課は一課でも、大部屋ではなく、地味で目立たず、決して活躍できそうにない部署に配属するべきだと考えたのです」

「タイミングがよかったな。設置されてまだ半年足らずしか経っていない。まるで小早川のために用意されたような部署じゃないか」

「おっしゃる通りです。設置されたばかりですから、そこに新たな係が追加されても不自然だと思う者はいないはずです」

「笑えるな。警視庁に『何でも相談室』ができるのか。杉並では何と呼ばれていたんだったかな?」

「ゼロ係です。ゼロをいくつかけ合わせてもゼロにしかならないという意味のようです」

「ふふふっ、ゼロ係か、いいな。小早川には、ずっとゼロでいてもらおうじゃないか」

島本が愉快そうに笑う。

第一部　警視庁ゼロ係

一

四月六日（火曜日）

メトロの駅から小早川冬彦が走り出てくる。顔には満面の笑みを浮かべ、目は生き生きと輝いている。

「行くぞ～」

Tシャツにジーンズ、薄手のウインドブレーカーという格好で、赤いリュックを背負っている。

二八歳だが、実年齢より若く見えるせいもあり、秋葉原あたりでよく見かけるオタクっぽい大学生のようだが、これでも警部だ。キャリア警察官、すなわち、警察組織におけるトップクラスのエリートなのである。

よほど機嫌がいいらしく、軽くスキップしつつ、口笛まで吹きながら警視庁に向かう。通り過ぎるスーツ姿の男女が怪訝な顔で振り返るが、冬彦はまったく気が付いていない。

周りの目を気にするタイプではないのだ。

　そのまま警視庁に入ろうとするが、玄関前で警備の制服警官に呼び止められる。あまりにもちゃらちゃらしているからだ。

「失礼ですが、どんなご用でしょうか？」

「あ……。いいんです。前にも来たことがあるのでわかりますから」

　にこやかな笑顔を向けて、ロビーに入ろうとする。

「待って、待って」

　別の制服警官が冬彦の前に立ちはだかる。

「もしかして、ぼくを不審者だと疑ってます？　イヤだなあ、誤解ですよ。これでもあなたたちと同じ警察官なんですからね。ここが、今日からぼくの職場なんです」

「身分証明書の提示をお願いできますか？」

　制服警官が険(けわ)しい表情で言う。口調は丁寧(ていねい)だが、有無を言わさぬという態度である。

「いいですよ。警察手帳がありますからね」

　冬彦がジーンズのポケットをまさぐる。

「おかしいな。リュックの中かな……」

　背中からリュックを下ろして開けようとする。

「勝手に開けないように」

制服警官が冬彦を制止する。

「だって、リュックの中に手帳が……」

「申し訳ありませんが、あちらの部屋でお話を伺えますか。荷物も調べさせていただきますので」

「え」

冬彦がハッとしたように両目を大きく見開く。

「そうか、これは職務質問か。そうですよね？　怪しい人間から話を聞き、不審物を所持していないか荷物を調べる。なるほどなあ、こういう手順でやるのか」

そうか、そうか、と冬彦が感心する。

その傍らをスーツ姿の男女が通り過ぎていく。警視庁に勤務する者たちであろう。

「さあ、こちらにお願いします」

「あっ！」

冬彦が制服警官の手を振り払って、いきなり走り出す。

「薬寺さん」

「ん？」

ダルマのような体型の男が足を止めて振り返る。

身長が一六五センチで、体重が一二〇キロあるから、遠目にはダルマのように見えるはずだ。

「あら、あなた……小早川君じゃないの」

薬寺が目を細めて冬彦を見る。さして嬉しそうな顔ではない。

「おい、いい加減にしろ」

冬彦を追ってきた制服警官たちが声を荒らげる。

「ちょうどよかった。薬寺さん、警察手帳を持ってますか？」

「持ってるわよ。当たり前じゃないの」

「この人たちに警察手帳を見せて、ぼくの無実を証明して下さい」

「無実って、何をしたのよ？」

「どうやら挙動不審と思われて、職務質問されたようなんです」

「イヤねえ、この人ったら……」

薬寺が渋い顔で警察手帳を胸ポケットから取り出し、それを制服警官たちに示す。顔写真が添付されており、その下に、
警部　薬寺松夫（まつお）

とある。

「警部殿」

制服警官たちが背筋を伸ばして敬礼する。

「この人も警察官よ」

「しかし、身分証明書が……」

「だから、リュックに入れてあると言ったのに」

冬彦がリュックから警察手帳を見つけ出し、それを制服警官たちに見せる。

警部　小早川冬彦

とある。

「失礼いたしました。警部殿」

制服警官たちが恐縮する。

「いいんですよ。あなたたちは立派に職務を遂行しただけなんですから。おかげで勉強になりました。今まで職務質問されたことがないから」

冬彦がにこっと笑う。

制服警官たちが去ると、

「ところで薬寺さん、こんなところで何をしてらっしゃるんですか？　科警研から出張ですか」

薬寺とは、冬彦が科警研に勤務していた頃の知り合いなのだ。特に親しかったわけではなく、ただの顔見知り程度の知り合いである。

「何って……仕事に決まってるじゃないの。異動になったのよ」

「へえ、奇遇ですね。ぼくも、そうなんです」

「ドキッ！　本庁に異動なの？」

「はい」

「去年、科警研から杉並中央署に異動したばかりじゃなかった？」

「そうなんですよ。たった一年で杉並中央署から本庁に異動です。自分でも驚いてます。薬寺さん、どの部署に異動ですか？　科捜研ですか」

「それが捜査一課なのよね」

「わあっ、すごい偶然ですね！　ぼくも一課なんですよ。また一緒に仕事ができるんですね。嬉しいなあ」

「何だか、めまいがしてきた……」

薬寺の顔色が悪くなる。

「ぼくは一課の特命捜査対策室に配属なんですが、薬寺さんは？」

「あら、残念ね。わたしは特殊捜査班なのよ」

ホッとした顔になる。

「同じ一課ですから、そのうち一緒に仕事ができますよね。フロアも同じですよね。行きましょう」

二人はエレベーターホールに歩いて行く。

行列ができているので何基もやり過ごした後、ようやく乗り込むことができた。それでも、ぎゅうぎゅう詰めである。

珍（めずら）しく周りに気を遣（つか）ったつもりなのか、いきなり冬彦が、

「皆さん、ここに太っている人がいるせいで、二人分、いや、三人分の場所を取っています。窮屈（きゅうくつ）な思いをさせて申し訳ありませんが、しばらく我慢（がまん）をお願いします。この人が降りれば楽になりますから」

エレベーター内にくすくすと忍び笑いが広がる。

「……」

薬寺の額（ひたい）には青筋が浮き上がっている。

エレベーターが六階に着く。

薬寺は足早にエレベーターから出ると、

「じゃあ、ここで」

振り返りもせず、冬彦を置き去りにして、すたすた歩き去る。

薬寺の広い背中を見送りながら、

「さてさて、特命捜査対策室は、どこにあるのかな？」

冬彦が廊下を行ったり来たりする。

あっ、と声を発して走り出す。知り合いを見付けたらしい。

「村山管理官ですよね？」

「ん？」

鋭い目つきをした背の高い男が顔を向ける。

捜査一課の管理官、村山正四郎警視だ。身長が一八〇センチある。年齢は四〇。腕利き揃いの一課の中でも切れ者として知られており、捜査手法の鋭さから「ウィルキンソン村正」とあだ名されている。

「ぼくです、小早川冬彦です。杉並中央署でお目にかかりました」

「ああ、小早川君か。覚えているよ」

杉並区で連続放火殺人事件が起こり、特別捜査本部が設置されたとき、本庁の刑事たちを引き連れて杉並中央署に乗り込んできたのが村山だった。

「こんなところで何をしているのかね？　ここは杉並じゃないよ」

「それって冗談ですか？」

「いや、別に」

「異動になったんです」

「異動？　まさか……」

村山の顔が引き攣(つ)る。

「はい。捜査一課です」

「配属は？」

「特命捜査対策室の第五係です」

「ほう、あの新しい部署か……。待てよ、第五係と言ったかね？」

ホッとしたような表情で訊(き)く。

「はい」

「それは、おかしいな。あそこには第一係から第四係までしかないはずだ」

「そんなことはありません。確かに第五係です」

「いやいや、それぞれの係に一〇名の捜査員が配属され、総勢四〇人体制でスタートしたんだよ。わたしの記憶に間違いはない」

「ぼくの記憶も確かです。お手数をかけて申し訳ないのですが、特命捜査対策室の部屋を教えていただけませんか？」

「ふんっ、わたしの言うことが信じられないようだな。いいだろう。ついてきたまえ」

村山が先になって歩き出す。

ところが、すぐに冬彦が追いついて、村山と並んで歩き出す。

（年齢も階級も下のくせに生意気な）

と、村山が嫌な顔をするが、冬彦は少しも気にしない。しばらく廊下を進み、

「ここだよ」

村山が足を止めて、ドアの方を顎でしゃくる。

ドアには「特命捜査対策室　特命捜査第一係」というプレートがある。

「で、こっちが……」

村山がゆっくり歩く。隣のドアには第二係、その隣のドアには第三係、更にその隣のドアに「第四係」とあって、そこで終わりである。

村山が、どうだ、第五係なんてないんだぞ、おれの言った通りだろう、という顔で胸を反らせる。

「あっちは何ですか？」

冬彦が廊下の奥に顔を向ける。

「倉庫だよ。大きな倉庫は地下にあるが、いちいち必要な資料を地下に取りに行くのは大変だから、特命捜査対策室が扱う事件のファイルを移動させたんだ。もちろん、すべてではない。何しろ、膨大な量だから、ある程度、優先順位を付けて移動させたはずだ」

「どうやって優先順位を付けたんですか？」

「何？」

「過去の未解決事件、特に殺人などの凶悪事件を捜査し直して犯人逮捕に繋げるというのが特命捜査対策室の設立趣旨ですよね？　凶悪な事件ばかりなのに、どうやって優先順位を付けたのか気になって」

「わたしは担当ではない。自分で確認したまえ」

「ふうん……」

冬彦が奥に向かって歩き出す。

「おい、だから、そっちは倉庫なんだよ」

「誰かいるみたいですよ」

「倉庫に人がいたって不思議はないだろうが」

村山が、ちっと舌打ちする。

「見てきます」

「おれの言葉を疑うとは生意気な奴だ。ただの倉庫だと言ってるのに」

勝手にしろ、おれはおまえに付き合うほど暇な人間じゃないんだぞと顔を顰め、村山が踵を返す。

二

「失礼しま～す」

声をかけながら、冬彦がドアを押し開ける。

ドアが少し開いており、そこから明かりが洩れていたのだ。

部屋の中を覗いて、そこが倉庫でないことはわかった。雑然としてはいるものの、ちゃんと机が並んでいる。中央に四つ、壁際にひとつ。コピー機や食器棚も置いてある。

部屋には一人だけいる。

中央の机に、スポーツ新聞を大きく広げている者がいる。新聞の向こうから、タバコの煙が立ち上っている。

「あの～、すいませんが……」

「……」

「ここは倉庫じゃありませんよね？」

「あ？」

スポーツ新聞が机に置かれ、くわえタバコの中年女の顔が現れる。機嫌が悪そうな仏頂面をしている。

「何か用？」

「もしかして、このあたりに特命捜査対策室の第五係がないかと思いまして」

「第五係か。『何でも相談室』なら、ここだよ。ゼロ係とも呼ばれるらしいけどね」

人をバカにしやがって、と顔を顰める。

「えっ、『何でも相談室』ですか」

「あんた、誰？」

「小早川冬彦と申します。杉並中央署から異動してきました」

「小早川？　ふうん、あんたが小早川か……」

その女が冬彦の顔をじろじろ眺める。

そこに、のそのそとした足取りで中年男が部屋に入ってくる。

「ん？　君は……」

「小早川冬彦と申します。杉並中央署から……」

「ああ、小早川君ね。席は、そこだよ」

中年女の向かい側の席を指差す。

「あの、ここは特命捜査……」

「そう、特命捜査対策室第五係、『何でも相談室』だよ」

「なぜ、『何でも相談室』がここに……？」

「それは、こっちが訊きたいよ」

まだ始業前なのに、疲れた顔をして、その男が席に着く。机の上に置かれたプレートを見て、

（なるほど、あの人がここの責任者、山花係長なんだな……）

と、冬彦は小さくうなずく。

第五係の責任者、山花幸助係長だ。階級は警部補。四八歳。身長一七五センチ、体重は九九キロ。かなりのメタボだ。

中年女がまたスポーツ新聞に手を伸ばす。

思わず冬彦が、ぷぷぷっと笑う。

「何だよ」

じろりと冬彦を睨む。

「何かおかしいか？」

「競馬がお好きなんですか？」

スポーツ新聞の競馬欄が開かれている。

「だから？」

「ヘビースモーカーで、いつも不機嫌そうな顔をしている。週初めの月曜や火曜は、週末に外れた馬券のことばかり考えて悔しい思いをする……」

「わたしに喧嘩を売ってるわけ？」

「すいません。よく似た人を知っていたものですから」

「寺田さん、念のために言うけど、ここは禁煙だからね。タバコを吸うのなら休憩時間に喫煙ルームに行ってもらいたい。受動喫煙にうるさい時代なんだからね」

山花係長が注意する。

「了解です」

中年女が缶コーヒーの中にタバコを落とす。

「今、寺田さんといいました？」

「うるさいな、だから、何だよ」

「……」

冬彦が席を立ち、反対側に回る。

中年女の机の上には「寺田寅三」というプレートが置かれている。

「うわっ、すごい偶然だな。杉並中央署の生活安全課にも寺田さんという刑事がいるんですよ。寺田高虎といって、ぼくとコンビを組んでました」

「従弟……」

「え？」

「高虎はわたしの従弟だよ」

「わたしの方が二ヵ月早く生まれてるけど、年齢は同じ」

寺田寅三は四二歳の巡査長だ。身長は一六八センチ。六七キロ。

「すごいなあ、こんな偶然があるのかなあ」

「うるさい人だね、黙って自分の席に坐ったら？」

「あ、あ、あ」

山花係長が中腰になり、

「寺田さん、一応、言っておくけど、小早川君は若いけど警部だからね。キャリアさんだから。わたしだって階級は小早川君の下だよ」

「口の利き方に気を付けろってことですか？」

寅三がじろりと山花係長を睨む。

「まあ、小早川君次第だけどね」

山花係長が目を逸らす。

「じゃあ、警部殿に伺います。階級が下の女にタメ口を利かれるのはムカつきますかね？」

「いいえ、平気です。階級が上だろうが、知能指数が高かろうが、同じ警察官ですし、寅三先輩の方が経験豊富なんですから。従兄弟の寺田さんも下品な人だったので乱暴な口の利き方には慣れています」

冬彦がにこっと笑う。

「わたしはあんたの先輩じゃないし……」

「おはようございます！」

「あれ〜っ」

冬彦が跳び上がる。

「樋村君、それに安智さん」

樋村勇作は二五歳の巡査で、山花係長と同じような体型をしている。

安智理沙子は二六歳の巡査部長だ。

二人とは杉並中央署で同僚だったのである。

「なぜ、君たちがここに？」

「ぼくたちも驚いてるんです。突然の発令だったものですから」

ねえ、と樋村が理沙子に顔を向ける。

「月末に本庁への異動を知らされましたが、そのときには部署がわからなかったんです。ここだと知ったのは、つい何日か前ですよ。警部殿にお知らせしたかったんですが、ずっとお休みだったのでお知らせできなくて」

理沙子が言う。

三月の下旬から、冬彦は溜まっていた有休を消化するために珍しく仕事を休んだ。

「ふうん、そうだったのか。嬉しい驚きだなあ。だけど、君たちまでいなくなったら、向こうが困るんじゃないのかな」

「ああ、それは大丈夫です。わたしたち三人の代わりに、保安係から藤崎が、刑事課から古河主任と中島が『何でも相談室』に配属されたんですよ」

理沙子が答える。

「ええ～っ、あの三人が？　それは、びっくりだなあ」

「わたしたちも驚きました。藤崎と中島は大して使えないからどこに行っても同じでしょうけど、古河主任は仕事のできる人ですからね。てっきり本庁に異動するのなら、あの人だと思ってました。古河主任を差し置いて、なぜ、こいつが……」

理沙子が横目で樋村を見る。

「ひどいなあ、その言い方は。ぼくの地味な捜査活動が認められたということじゃないですか」

樋村が口を尖らせる。

「確かに地味だよね。何をしてるのか全然わからないから」

冬彦が笑う。

「ひどいなあ、警部殿は！　さりげなく、ぼくをバカにして～」

樋村が大きな声を出すと、寅三が、どんっ、と拳で机を叩く。

「うっせえな～っ、勝手に同窓会やってんじゃねえよ。ままごと遊びをしたいなら他でやれってんだ」

「怖そうな人だなあ、まるで寺田さんみたいだ」

樋村がつぶやく。

「そうなんだよ、こちら寺田寅三巡査長といって、何と高虎さんは寅三先輩の従兄弟なんだよ」

「え～っ」

「びっくり」

樋村と理沙子が目を丸くする。

「警部殿、わたし、自分が巡査長だなんて言いましたか？」

「あれ、違いますか」

「いや、そうですけど……」

「だって、高虎さんもそうだったけど、寅三先輩もあまり賢そうには見えません。昇進試験に受かるはずがありませんよ。しかし、勉強はダメでも腕っ節は強そうだし、押しも強くて迫力もあるから上司に圧力をかけて巡査長になることはできるでしょう。高虎さんと同い年なら、もう四〇過ぎだし、この先、出世の目もないでしょうからね」

「こいつ、許せん！」

　寅三が椅子から腰を浮かせたとき、

「みんな揃ったことだし、そろそろ朝礼を始めようかな」

　山花係長が立ち上がる。

「まあ、最初だし、やはり、自己紹介から始めようか……」

　まず山花係長が簡単に自己紹介し、それから年齢順に寺田寅三、冬彦、理沙子、樋村という順に進む。人数も少ないし、五人のうち三人は知り合いだから、改まって自己紹介することもない。すぐに終わってしまう。

「特に連絡事項はないよ。君たちの方から何かあるかな？」

　山花係長が言うと、すかさず冬彦が、

「はい、質問です」

　と手を上げる。

「何だね？」

「いただいた辞令には特命捜査対策室特命捜査第五係に転属を命ずるとありましたが、それに間違いはないでしょうか？」

「ないだろうね。わたしも同じ内容の辞令をもらっているから」

「ぼくもですよ」

「わたしもです」

樋村と理沙子が顔を見合わせる。

「はいはい、わたしもですよ」

ぶすっとした顔で寅三が言う。

「先程、廊下で村山管理官に会ったのですが、特命捜査対策室には第四係までしかないはずだ、と言われたので、ちょっと気になったんです」

「ああ、そうか。特命捜査対策室が設置されたのは去年の一一月だが、そのときには第一係から第四係までしかなかった。第五係は後から追加されたんだよ。だから、第五係の存在を知らない者は本庁にも多いだろうね」

山花係長が説明する。

「なるほど、そういうことですか。しかし、仕事の内容に違いはないわけですよね？　過去の未解決事件の専従捜査にあたり、過去の捜査を再検証し、最先端の科学捜査技術を駆使して容疑者の逮捕を目指す……それが仕事なんですよね？」

「未解決事件の専従捜査をするのは第一係から第四係までの仕事だ。第五係は、その補助的な役割を果たすことになっている」

「補助的な役割？」

冬彦が首を捻る。

「雑用係ってことですよ」

寅三が投げ遣りな口調で言う。

「え、ぼくたち、雑用係なんですか」

「他の係が必要とする資料を揃えたり、会議の準備をするんですよ。もちろん、お茶や茶菓子の用意も含まれるでしょうね。わたしは、そう聞いてきましたよ」

「いやいや、それだけじゃないよ」

山花係長が首を振る。

「未解決事件は東京だけでなく全国各地にあるからね。各都道府県の警察本部や所轄との連絡、再捜査の調整などもしなければならない。特に重要なのは被害者遺族からの相談に対応することだな」

「ふんっ、クレーム処理っていうことなんじゃないんですか？」

寅三が目を細める。

「どういうクレームが来るんですか？」

冬彦が不思議そうな顔で訊く。

「未解決事件がどれくらいあるかご存じですか、警部殿？」

「たくさんありますね。ものすごい数のはずです」

「それを四〇人で再捜査するんですよ。うちを含めても四五人です。とても追いつかないと思いませんか？」

「確かに」

「ご遺族が、早く解決してくれ、どうしてうちの事件が後回しなんだと腹を立ててもおかしくないですよね」

「そうですね。あ……そうか。そういう苦情やクレームに対応するということですね」

冬彦がぽんと両手を打ち合わせる。

「だから、『何でも相談室』なのか。ご遺族の皆様からのどんな相談にも親身に対応する……何てやり甲斐のある仕事なんだろう」

「前向きで結構ですこと」

寅三が溜息をつく。

「そう言えば、さっき、ここは第五係だけど、ゼロ係でもあると言ってませんでしたか、寅三先輩？」

「先輩じゃねえよ」

「教えて下さいよ」

「杉並中央署の『何でも相談室』は本庁でも有名なんですよ。そこがゼロ係と呼ばれていたこともね」

「よくご存じですね。ゼロはいくつかけ合わせてもゼロ。使えないダメ捜査員ばかり集めた掃き(は)だめ部署……ぼくたち、そう陰口を叩かれていたんです」

冬彦が明るい表情で説明する。

「……」

寅三は呆(あき)れて言葉を失っている。

「ということは、ここも掃きだめなんですか？」

樋村がショックを受けた顔になる。

「事件発生時のゼロ時間に戻るのが仕事だからゼロ係なんじゃないんですか？」

「それは、いい解釈だね、樋村君」

「完全な迷宮事件、解決の可能性がゼロの事件ばかりを扱うからゼロ係というのでもよさそうですけど」

理沙子が言う。

「いいな、いいなあ。ゼロ係いいじゃないですか。それですよ。ゼロ時間に戻って、解決の可能性がゼロだと言われる難事件を解決する……だから、ゼロ係。すごくいいと思います。これからは自信を持ってゼロ係と名乗りましょう」

冬彦が胸を張る。

「ああ、何だか、この人、すごく疲れる。高虎の奴、よくコンビを組んでたなあ」

寅三が首を振る。

「寺田さん、いつもぶつくさ文句ばかり言ってましたよ」

理沙子が笑う。

「係長、朝礼が終わりなら、荷物の片付けを始めたいんですけど。まだ何も手を付けてないので」

寅三が言うと、

「その前に倉庫に行ってみよう。他の係から依頼があれば、すぐに資料を用意できるようにしておきたいからね」

山花係長が立ち上がる。

「倉庫って、どこにあるんですか？」

理沙子が訊く。

「この部屋の並び、廊下の奥にある三つの部屋が倉庫だ。そこにない資料は地下の倉庫にある。とりあえず、ここの倉庫だけを見ておこう」

三

倉庫といっても、普通の部屋である。それほど広いわけでもない。その部屋に、背の高いスチール製のラックが何列も設置されており、資料を収めたファイルケースがラックの棚にびっしり並べられている。ファイルケースにはラベルが貼られており、いつどこで起こったどんな事件なのかわかるようにしてある。

次の倉庫に入ると、そこにも同じようにラックが設置されていたが、まだ棚にはファイルケースが並べられていない。壁際に封をされたままの数多くの段ボールが無造作に積み上げられている。

「さっきの倉庫の資料は、地下の倉庫の担当者たちが事前に整理してくれた。あのやり方を参考に、ここと、この隣の倉庫は、わたしたちが整理しなければならない。地下から運んできたものだけでなく、全国の警察から送られてきた迷宮事件の資料があるから、整理して並べるだけでも大仕事になるな。新しいファイルケースは、必要なだけ装備課からもらってくればいい。まあ、今日のところは自分たちの荷物を整理して、倉庫の片付けは明日から始めることにしよう」

山花係長が倉庫から出て行く。

「警部殿、何をしてるんですか？」

樋村が訊く。

冬彦が積み上げられた段ボールのそばで何かしているのだ。

「ふうむ……」

冬彦は段ボールの封を切って、中を覗き込みながら首を捻っている。

「紙の束ばかりだ。ほとんどがコピーだな。おっ……手書きのメモまである」

「最近の事件ばかりじゃありませんからね」

理沙子が言う。

「事件が発生したときは、そうだったかもしれないけど、今は違うよ。資料をデータ化してパソコンに取り込めば、こんな倉庫なんか必要ない。資料を探すのも面倒だし、場所の無駄じゃないのかなあ」

冬彦が首を捻る。

「ふんっ、昔は手書きの書類をコピーしてファイルに整理するのが普通だったんですよ。アナログ時代だったんですからね」

寅三が言う。

「アナログか。寅三先輩と同じですね」

冬彦がにこっと笑う。

「てめえ……」

寅三の顔が引き攣る。

「とにかく、未解決事件のファイルがこういう形で保管されるなんておかしいですよ。こんな黴臭い資料に触りたいですか？　ぼくは嫌だなあ。手が汚れる」

「手袋をしたらいいんじゃないですか？」

　寅三がむっつりした顔で言う。

「それだけじゃありません。紙の資料には紛失の怖れがあります。大切な資料がなくなったら大変です」

「パソコンのデータだってなくなることがありますよ」

「古臭いなあ。だから、重要な資料はバックアップを取るのが常識なんじゃないですか。インターネット上の仮想空間にバックアップを保管することも可能なんですよ。寅三先輩と話していると、古い世代の人なんだなあ、としみじみと感じます」

「……」

「そうだ、山花係長に資料の電子化を提案してみよう」

　よし、それがいい、そうすべきだ、と冬彦が倉庫から小走りに出て行く。

　部屋に戻ると、真っ直ぐ山花係長の前に行き、

「係長、お話があります」

「何かね？」

「はい……」

　古い捜査資料を、メモの類いまで含めて、パソコンに取り込むべきだ、そうすれば、よりいっそう捜査活動が捗るに違いない……冬彦が熱心に捜査資料を電子化することの有益

性を説明する。

　山花係長は、さして興味もなさそうな顔でぼんやり話を聞いている。

「どうですか？」

「いいよ」

「は？」

　山花係長を説得するのは容易ではないだろうと予想していたから、あまりにもあっさり許可が出て、かえって冬彦は肩透かしを食らった気になる。

「ファイルの電子化、小早川君に一任するから」

「本当にいいんですか？」

「いいよ。やりたいんだろう？　やればいいさ」

「ありがとうございます。よし、がんばろう。スキャンすれば、あっという間に取り込めますからね。そう時間はかからないと思います」

「それは駄目だね」

「え」

「昔の資料って読みにくいし、紙が傷んでいたり黄ばんでいたりするだろう。スキャンしても読みにくいだろうから、できる限り、最初から打ち込み直すのがいいと思うな」

「待って下さい。膨大な量ですよ。とても無理だと思いますが」

「大切な仕事なんだよね？」

「もちろんです。それは確かに……」

「それならやりたまえ。君が言い出したことなんだしね。君が定年退職するまでには終わるかどうかわからんがね」

「本気ですか？」

「なぜ、わたしが冗談を言わなければならないのかね？　それとも地味な仕事だから嫌なのか」

「とんでもありません。喜んでやらせていただきます。資料の電子化によって、多くの捜査員が資料を目にする機会が増え、埋もれていた事件に陽(ひ)が当たり、未解決事件を解決する役に立つはずです」

四

どういう形式で捜査員が資料にアクセスできるようにするか、改めて考えるとなかなか難しい問題がある、と冬彦は気が付いた。

倉庫から資料を持ち出す手間を省くことで作業の効率化を図(はか)れるのは間違いないが、安易に電子化された資料にアクセスできるようにすると、資料が外部に洩れる恐れがある。

それを防ぐにはセキュリティーを強化するしかないが、そうすると、今度は簡単にアクセスできなくなってしまう。資料を閲覧できるパソコンを限定し、そのパソコンとネットの接続を遮断するとか、いろいろアイデアは思いつくものの、冬彦の独断で決められることではないし、重要な問題なので、じっくり時間をかけて検討する必要がある。

今すぐ、それを決めようとすると作業が先に進まなくなってしまうので、とりあえず、古い捜査資料の内容をパソコンに打ち込んでいくことにした。

冬彦だけでなく、寅三、理沙子、樋村の三人も作業に協力することになった。山花係長の命令である。装備課からパソコンを四台借りてきて、四人に貸し出された。

今日は私物を片付けながらのんびりできるはずだったのに、いきなり面倒な仕事を押しつけられて寅三は機嫌が悪い。

理沙子と樋村は、冬彦のやり方に慣れているから、さほど驚きはしなかったものの、それでも、

「これ、よろしくね～」

と、冬彦がみんなの机の上に大きな段ボールをひとつずつ置いたときは、さすがに顔を顰めた。

「倉庫にある資料を全部パソコンに打ち込むんですよね？　これは手始めということで？」

樋村が訊く。

「うん、そうだよ。まずは、この階にある資料を打ち込んで、それが終わったら、地下から別の資料を持ってくるようにしようと思う」

冬彦がうなずく。

「気が遠くなりそうだなあ……」

「気長にやろうよ。他の係から何か依頼が来るかもしれないし、被害者のご遺族から相談を受けるかもしれない。そういう場合、言うまでもなく、そちらが優先だから、この作業は後回しでいいよ」

「この段ボールひとつを片付けるのに、どれくらい時間がかかることか」

樋村が溜息をつく。

「がんばれば、すぐに終わるよ」

冬彦が明るく言う。

それから二時間……。

理沙子と樋村は黙々と作業を続けている。

寅三はブラインドタッチができないので、いちいち、キーボードを確認しながら資料をパソコンに打ち込まなければならない。そのせいで、理沙子や樋村に比べると、かなり作業効率が悪い。

　しかし、冬彦は、寅三以上に作業が進んでいない。捜査資料を読むのに夢中になり、まったく手が動いていないのだ。

「警部殿、資料を読んでばかりいたら、仕事が進まないんじゃありませんか」

　見かねた寅三が苛立ちを抑えつつ、できるだけ穏やかな口調で言う。

「いいんですよ。これだって立派な仕事ですからね。ふうむ、面白いなあ……。面白いという言い方は不謹慎かもしれませんが、違う言い方をすれば、非常に興味深いということです。もちろん、昔の捜査員だって一生懸命捜査をしたに違いありませんが、科学捜査の技術は日進月歩です。今だったら迷宮入りしなかった事件が多いような気がします」

「だから、特命捜査対策室が設置されたんですよ。警部殿が真面目に仕事をすれば、事件の解決が早まるかもしれませんね」

　ちくりと嫌味を口にする。

「面白いなあ、寅三先輩は」

　はははっ、と冬彦が愉快そうに笑う。

「何がおかしいんですか？」

　寅三がムッとする。

「だって、高虎さんにそっくりですよ。本人は気の利いた嫌味を言ってるつもりなんでしょうが、全然嫌味になってません。ぼくが真面目に仕事をすれば事件の解決が早まるだなんて、そんなことあるはずがないじゃないですか。古い捜査資料をパソコンに打ち込むだけの仕事なのに」

冬彦が更に大きな声で笑うと、寅三がいきなり立ち上がり、

「ふざけんなよ、てめえ!」

と、ファイルを机に叩きつける。

あまりの迫力に、ちょうどコーヒーを飲もうとしていた山花係長がコーヒーを口から吐(は)き出してしまう。

「寺田さん、落ち着いて下さい」

樋村と理沙子が同時に椅子から立ち上がり、寅三を宥(なだ)めようとする。

寅三は頭に血が上(のぼ)ってしまい、今にも冬彦に殴りかからんばかりの剣幕(けんまく)だ。

「気持ちはよくわかります。警部殿は、こういう人なんです。頭はいいけど、周りの空気を読むことができず、気配りもできない人なんです」

「何でも思ったことを口にしてしまうけど、本人に悪気はないんです」

「ぼくたちが警部殿に代わって、お詫(わ)びします」

「すいませんでした。どうか怒らないで下さい」

「バカ野郎。謝って済むくらいなら……」

「警察なんかいらない……とでも言いますか？　あり得ないくらい古臭いギャグですね」

また冬彦が笑う。

「許さん！」

寅三が冬彦につかみかかろうとする。

それを樋村と理沙子が必死に止める。

そこに、

「あの～、すいません。ここが『何でも相談室』でしょうか？」

戸口に大きな男が立っている。

冬彦、寅三、理沙子、樋村の四人が顔を向ける。

と、突然、樋村が、

「うわ～っ！」

と大きな声を出す。

「何だよ、うるさいな」

寅三が嫌な顔をする。

「だって、だって、だって、この人……」

「落ち着け」

寅三が樋村をビンタする。

「痛い……。あ、それどころじゃない。あの失礼ですが……」

その男をじっと見つめながら、

「白樺（しらかば）さんですよね？　モンスター白樺」

「ああ、はい、そうです。モンスターはあだ名みたいなものですが」

「あんたの知り合いなの？」

寅三が訊く。

「皆さん、ご存じないんですか？　この方は日本一の大食いチャンピオンなんですよ。モンスター白樺、白樺圭一（けいいち）といえば、大食いの世界ではレジェンドです。その名を知らぬ者はいません」

樋村が興奮気味に語る。

「ふうん、少なくとも、この部屋にいる人間で、こちらの方を知っているのは、あんただけみたいだけどね」

寅三が肩をすくめる。

「大食いのチャンピオンって、どういうこと？」

冬彦が首を捻る。

「全国の大食い猛者（もさ）が一堂に会して、誰が日本一の大食いなのかを決める大会があるんです。女性限定の女王決定戦という大会もありますが、白樺さんは男女を問わず、名実共に日本一のチャンピオンなんです」

「厳密に言うと、それは正しくありません」

白樺が遠慮がちに口を挟む。

「去年は準決勝で負けてますから」

「ああ、あの不可解な敗戦ですね。ぼくもすごく残念でした。去年勝てば、前人未踏の三連覇だったのになあ」

樋村がさも悔しそうな顔をする。

「勝負事ですから、いつも勝てるとは限りません。他の人たちも努力してますから」

「ひとつ質問なんですが、大食いをするためにどんな努力をするんですか？　ただ食べ物を口に入れるだけなのではないのですか。もちろん、普通よりたくさんなのでしょうが」

冬彦が不思議そうな顔で訊く。

「あ……警部殿、大食いという言葉から、ぼくが人並み以上に食べる姿を想像してるんでしょう？　全然違うんですよ。大食いは今やスポーツなんです」

「スポーツ？」

「ぼくだって、ものすごく腹が減っているときにはカツ丼を二杯食べることもあるし、豚骨ラーメンを食べれば、必ず替え玉をお願いします。だけど、白樺さんたちは、まるでレベルが違うんですよ。一昨年の準決勝はカツ丼対決でしたが、白樺さんがカツ丼を何杯食べたと思いますか？」

「五杯くらい？」

「七杯くらいじゃないですか」

　寅三が言う。

「じゃあ、わたしは一〇杯」

　理沙子が言う。

「皆さん、外れです。正解は一七杯です。ちなみに決勝に勝ち上がった他の三人は一四杯、一五杯、一五杯でした」

「は？」

　冬彦、寅三、理沙子の三人が目を丸くする。

「あれは確か、一杯が四五〇グラムでしたよね？」

　樋村が白樺に訊く。

「よくご存じですね。その通りです」

　白樺がうなずく。

「四五〇グラムを一七杯……ということは、七六五〇グラム……。八キロ近く食べたんですか？」

「はい」

「一度に？」

「そうです。制限時間は四五分でした」

「一杯食べるのに三分もかからなかったんですか？」

「驚くのは、まだ早いですよ。そのときの決勝戦は定番のラーメン対決でした。何杯食べて、白樺さんが優勝したと思いますか？　あ、火傷防止のためにスープは飲まなくていいことになっています。ちなみにスープを除いても、麵と具材で一杯あたり三〇〇グラムあります」

「念のために訊くけど、準決勝と決勝は別の日にやるわけだよね？」

「いいえ、同じ日ですよ」

「じゃあ、朝と夜とか？」

「準決勝と決勝の間は三時間くらいでしたよね、白樺さん？」

「ええ、三時間くらいです。本当に詳しいですね」

白樺が驚きの表情で樋村を見つめる。

「カツ丼を八キロ近く食べて、その三時間後にラーメン？　あり得ないと思うけど、日本一の大食いチャンピオンなら、一〇杯くらいかな？」

「想像するだけで胸焼けしそう。一五杯？」

寅三が言う。

「わたしは一七杯」

理沙子が言う。

「みんな、外れです。白樺さん、正解は？」

「二四杯です」

「うそ〜っ」

三人が両目を大きく見開く。

「三〇〇グラムのラーメンを二四杯って、七二〇〇グラムだよ。カツ丼とラーメンで一五キロ近いじゃないか。信じられない。お腹がパンクするんじゃないのかな。それ、本当の話？」

「もちろん、本当です。さっきの質問に戻りますが、それほど人間離れした量の食べ物を体内に入れるには、人並み外れた努力が必要なのです。そうですよね、白樺さん？」

「やはり、大切なのは胃を大きくすることですから、普段、ぼくは毎日二回、水を五リットルずつ飲むようにしています」

「五リットル？　一度にですか」

冬彦がぎょっとする。

「もちろんです。ちびちび飲んだのでは練習になりません。試合が近くなると、水の量を増やします。八リットルくらいですね」

「何だか、めまいがしてきた。そんなに痩せているのに、どうして太らないの？」

寅三が溜息をつく。

「白樺さんは身長一八五センチ、体重は七五キロです……」

年齢は二八歳、職業はＩＴ企業のプログラマー、と樋村が素早く言う。

「今は、少し痩せたので七二キロしかありません」

白樺が訂正する。

「何でそんなに詳しいの？」

理沙子が樋村に訊く。

「有名な選手たちのプロフィールは番組のホームページ上に公表されてるんですよ。ぼくは熱烈な大食いファンですから、その程度の情報は頭に入っています。白樺さんだけでなく、名のある大食い選手のことはかなり詳しく知っているつもりです」

「ふうん、世の中、いろいろな人がいるんだなあ」

冬彦が感心する。

「君たち」

それまで黙っていた山花係長が声をかける。

「興味本位の話ばかりしていないで、その方が、なぜ、ここに来たのか、それを訊いてあげたらどうかね？」

「そうだった。すいません。つい夢中になってしまって……。白樺さん、どうしてここにいらしたんですか?」

冬彦が白樺圭一に訊く。

「はい。この週末、大食い選手権があるのですが、ひとつ心配なことがあるのです……」

白樺が表情を曇らせる。

五

何しろ、特命捜査対策室特命捜査第五係が始動した初日なのである。その存在は警視庁内でもあまり知られていない。同じ捜査一課の村山正四郎管理官ですら知らなかったほど認知度が低い。その新設されたばかりの第五係の存在を、なぜ、白樺が知っていたのか、冬彦が疑問に思うのは当然であろう。

「杉並に住んでいる知り合いに、困ったことがあるんだけど、どこに相談したらいいかわからないと悩みを打ち明けたら、杉並中央署には『何でも相談室』というのがあって、どんな些細な問題にも取り組んでくれると教えてくれました。ぼくは墨田区に住んでいるので、地元の警察に電話してみたのですが、そこには『何でも相談室』はありませんでした。どうしようかと考えて、警視庁に相談すればいいかと思いついて電話してみたんです。そうしたら、未解決事件の相談に乗ってくれる部署があるから訪ねてみてはどうかと勧(すす)められました」

　白樺が説明する。

「ふうん、本庁の受付係は、うちの部署を認識してくれていたわけか」

　冬彦が感心する。

「何か未解決事件に関する悩みを抱えているんですか？」

　樋村が訊く。

「いや、そういうわけではないのですが……」

「ああ、それだとダメだわねえ。うちは過去に起こった凶悪な未解決事件を再捜査して解決に導くのが仕事なんですよ。どこか他に……」

　寅三がやんわりとお引き取りを願おうとするが、

「そう言わずに話だけでも聞いてあげましょうよ。困っているからここに来たわけですし。困っている人を助けるのが警察の仕事なんですから」

　いつになく樋村はやる気満々だ。白樺圭一に会えたという興奮が治まらないらしい。

「そうですよ。話だけでも聞かせてもらいましょう。どうせ暇なんだし」

　冬彦が笑う。

「暇こいてんのは、あんただけだろって」

寅三が横を向いて、小声で吐き捨てる。

「この人のことは気にしないで話して下さい。血の気が多いだけで悪い人ではありませんから」

冬彦が白樺を促す。

「はい、実は……」

こんな内容の相談である。

一昨年、白樺は全日本大食い選手権に優勝した。その前年も優勝しているが、そのときは、かなり際どい勝負だった。

しかし、一昨年は驚異的な強さを見せつけて優勝した。その圧倒的なパフォーマンスから、「モンスター」と称されるようになったのだ。

過去に大食い選手権を連覇した猛者は二人いる。いずれも伝説的な大食い選手だ。

しかし、三連覇した選手はいない。二連覇した二人も、三年目には敗れている。

だからこそ、白樺は体調管理を徹底し、厳しいトレーニングに励んで去年の大会に臨んだ。下馬評通り、準々決勝までは向かうところ敵なしという無類の強さを見せつけた。誰もが白樺の優勝を疑わなかった。

ところが……。

「去年の準決勝は春巻き対決だったのですが、途中から気分が悪くなってきて食べられなくなってしまったんです。やむを得ずリタイアしました。負け惜しみだと取られるのが嫌で、そのときは何も言いませんでしたが、後になってからよくよく考えると、どうしても納得できなくなりました。実力で敗れたのではない、誰かに一服盛られたのではないかという気がしてきたんです」

「何か証拠があるんですか？」

冬彦が訊く。

「ありません」

白樺が力なく首を振る。

「何度となく録画した番組を見直しましたが、何も証拠を見つけることはできませんでした。でも、四五分勝負で、二〇分を過ぎた頃から自分の顔色が悪くなるのはわかりました。急に背筋に悪寒(おかん)が走ってゾクゾクして、顔から脂汗(あぶらあせ)が出てきました」

「単純に食べ過ぎで気分が悪くなったということはないんですか？」

理沙子が訊く。

「それは、ないです」

白樺が首を振る。

「元々、揚(あ)げ物は苦手ではありませんし、お腹にはかなりの余裕がありましたから」

「準決勝は何人で争ったんですか？」

冬彦が訊く。

「七人です。四人が勝ち上がって、決勝戦に進むことができるんです」

「では、他の六人の選手が怪しいということになりますね。特に勝ち上がった三人が」

理沙子が言うと、

「そんなことは思いたくないです。絶対に信じたくありません。大食い選手は、選手である前に、大食いをこよなく愛する純粋な人間なんです。ぼくらのような大食いというのは世間では少数だし、少数というか、ものすごく少ない稀な存在だから同胞意識が強いんです。確かにライバルではありますが、仲のいい友達でもあります」

「大食いの世界で新人が台頭するのは容易ではなく、強い選手が何年も上位を占めることが多いんですよ。だって、一度に七キロ以上の食べ物をお腹に入れられる人なんて、そうそういませんからね。実際、ここ数年の準決勝や決勝に勝ち上がっている顔触れは、あまり変わっていません。新人は準決勝に一人か二人残ればいいくらいですね。決勝戦は三年続けて同じような顔触れです」

また樋村が蘊蓄を語る。

「へえ、そうなんだ」

「三年前が白樺さん、斎藤さん、新庄さん、犬山さん。二年前も同じ。去年、白樺さんが準決勝でリタイアしたので、斎藤さん、新庄さん、犬山さん。そして、森野さん。何と、森野さんは新人で、しかも、若い女性です」

「あ」

理沙子が声を発する。

「もしかして、シンデレラ？」

「そうです。よく知ってますね」

「だって、たまにバラエティで観るわよ。かわいい子だものね。名店巡りみたいな番組でも観るし。言われてみれば、確かによく食べる子だなあと思った。まさか大食いのチャンピオンだったなんて知らなかった」

「森野さんは、元々、アイドルなんですよ。ちょっとマイナーなアイドルグループの一員として、秋葉原の劇場でステージに立ってるんです」

「全然太ってないわよね。むしろ、痩せている。白樺さんもそうだけど」

理沙子が白樺に視線を向けながら言う。

「昔から大食いだったらしいんですが、アイドルを目指しているのに大食いだなんて知られたら恥ずかしいと思ったらしく、ずっと隠してたんですね。だけど、ファンに隠し事をするのも心苦しかったみたいで、悩んだ揚げ句にカミングアウトをしたんです。そうしたら、むしろ、ファンたちは森野さんを応援するようになって、去年、優勝した後は、かなりの騒ぎになったんですよ。今では大食いアイドルとして、すっかりメジャーですね。森野さんが出演するときは、劇場は常に大入り満員だそうですし」

「よく知ってるよねえ。もしかして、その劇場に行ってる？」

寅三が樋村を見る。

「え……ああ、そうですね、まあ、行ったことがないとは言いませんが……」

樋村が慌てる。

「やっぱり、行ってんのかよ！」

「ちなみに大食い選手権に優勝すると、賞金なんかもらえるんですか？」

冬彦が訊く。

「はい、五〇万円です」

白樺が答える。

「ふうん、五〇万か。決して少ない金額ではないけど、日本一の賞金にしては物足りない気もしますねえ」

「警部殿、それは仕方ないんですよ。日本では大食いというのは、まだまだマイナーで、競技として世間に認知されていませんからね」

樋村が言う。

「他の国では違うの？」

「アメリカではまったく扱いが違います。国が広いというのもあるし、そもそも大食いのお国柄ですから、一年中、どこかの州で大食い大会が開かれています。その中でも、最も有名で伝統があるのはネイサンズ国際ホットドッグ早食い選手権でしょうね。ネイサンズというホットドッグ専門のファストフードチェーン店が主催する大会で、第一回の大会が開かれたのが第一次世界大戦の頃ですから、かれこれ一〇〇年ほども昔の話です。現在のルールでは、一〇分間に何個のホットドッグを食べることができるかを競うことになっています。ちなみにどれくらい食べると思いますか？」

「ホットドッグって、もちろん、普通の大きさなんだよね？」

寅三が訊く。

「そうです。日本のファストフード店で売られているような大きさです」

「一〇分でしょう……。一分で一個食べるとして、一〇個くらいかしら」

「それでは子供にも負けますよ」

理沙子が首を捻る。

「じゃあ、二〇個？」

寅三が言う。

「二十世紀であれば、それくらいで優勝できましたね。だけど、二十一世紀になってからは論外です」

「三〇個？　あり得ないと思うけど」

冬彦が首を捻る。

「大外れです」

樋村がにやりと笑う。

「二〇〇一年の大会で、日本の小林尊選手が五〇個という驚異的な記録で優勝しました」

「五〇個！」

冬彦、寅三、理沙子の三人が驚きの声を発する。

「しかも、小林選手は、その年から前人未踏の六連覇を果たしたのです。ところが、その翌年、ジョーイ・チェスナットという怪物が現れて、小林選手の七連覇を阻みました。しかも、それからジョーイ・チェスナットは負けなしです。世界史に残る怪物です。ちなみに、彼の最高記録は六八個です」

「一〇分で六八個……一個食べるのに八秒くらいということだよね？　そんなことが可能なのかな」

「早食いと言ってますが、それくらいの量を食べるとなると、もはや食べるのではなく、流し込むという感じですね。嚙んでいる時間はありませんから」

「何だかよくわからないけど、とてつもなくすごいということだけはわかる。賞金は高いんですか？」

「賞金は一万ドル、約九五万円です。トロフィーとベルト、それにネイサンズのホットドッグ一年分です」

「え〜っ、それだけ？」

理沙子と寅三が驚きの声を発する。

「いやいや、お金は少ないかもしれませんが、賞金に代えがたい大きな名誉が手に入るし、この早食い選手権には全米が注目しているから、優勝すれば、一躍(いちやく)、有名人です。各地で開かれる大食い大会にゲストとして招待されるし、テレビや雑誌の取材も受けることになります。賞金が少なくても、十分すぎるくらいに懐(ふところ)は豊かになるはずです」

樋村が解説する。

「あんた、警察官を辞めて、大食いの評論家になったら？　その詳しさ、異常だよ」

寅三が気持ち悪そうに樋村を眺める。

「すると、白樺さんも二連覇したことでお金持ちになったんですか？」

冬彦が訊く。

「いいえ、全然です。こちらの刑事さんがおっしゃったように日本ではまだまだマイナーなので、優勝することで何かが大きく変わるということはありませんでしたね」

「ふうん、そういうものなんですか。話を戻しますが、去年の大会で誰かに一服盛られた気がするとおっしゃいましたね？」

「はい」

「今年も同じことをされるのではないかと心配なさっているわけですか？」

「負け惜しみではなく、去年の敗北は自分の実力が足りなかったせいではないと思うんです。体調が悪くならなければ優勝できたという自信があります」

「それは、ぼくが保証します。確かにシンデレラも強かったけど、モンスターが決勝に残っていれば準優勝止まりだったはずです。大食い競技というのは、競技中に様々な駆け引きがあるので、何よりも経験がモノを言うんです。今年の大会、白樺さんの体調が万全であれば、間違いなく優勝候補の筆頭ですね」

樋村が自信満々に太鼓判を捺（お）す。

「だけど、去年のように競技中に体調が悪くなったら、そうもいかないわけだよね」

冬彦がふむふむとうなずく。

「ご心配はわかりますし、何とかがんばってほしいと思いますけど、やはり、警察が扱う案件ではないような気がしますね。まずは番組を主催しているテレビ局の方たちに相談してみてはいかがでしょうか？」

寅三がやんわりと断ろうとする。

「もちろん、プロデューサーさんやディレクターさんには相談しました。でも、取り合ってくれないんです。大勢の見物人がいて、しかも、テレビ撮影までされているところで、誰かが一服盛るなんて不可能だって言うんです。ぼくたち出場者は大食い選手権をスポーツ競技だと思って真剣に取り組んでいますが、テレビ局の人たちは、やはり、バラエティとしてとらえているんです。バラエティ番組の中で誰かが一服盛ったなんていうシリアスな事件が起こったら大問題になるし、番組の存続すら危ぶまれてしまいます」

「だから、調べたくない。何もなかったことにして、うやむやにしたいということか、なるほど」

冬彦がうなずく。

「テレビ局の考えもわからないではありません。ぼくだって、番組がなくなったら困ります。アメリカのように日本でも大食いという競技がメジャーになるためには、どうしてもマスメディアに取り上げられることが必要ですから」

「でも、去年の大会で何があったか調べるのは無理ですし、今年の大会だって、何が起こるか起こらないのかはっきりしない状況では、やはり、警察が出て行くわけには……」

寅三が尚も断ろうとするが、その寅三を押し退けて、

「わかりました。調べてみましょう」

と、冬彦がにこやかに言う。

「警部殿、何を言ってるんですか」

寅三が冬彦を睨む。

「この部署の仕事とは何の関係もないじゃありませんか。ここは過去の未解決事件を

「……」

「よくわかっています。しかし、目の前に困っている人がいるのに知らん顔はできません。困っている人を助けるのが警察官としての基本的な立場ですからね」

「そんなこと言い出したら、何でもありになるじゃないですか」

「お怒りはごもっともですけど、杉並中央署にいる頃から、警部殿は何でもありの人なんですよ。どうか落ち着いて下さい」

理沙子が何とか寅三を宥めようとする。放っておくと、今にも寅三の怒りが爆発しそうだとわかるのだ。

「ぼくは警部殿に賛成します。日本を代表する偉大な大食いチャンピオンのために一肌脱ぎましょう」

賛成、賛成、と樋村が騒ぐ。

「うっせえなあ。黙れ、デブ」

「あ……。ひどい」

「係長、ずっと黙ってらっしゃいますけど、こんなことを許していいんですか?」

寅三が山花係長に助けを求める。いくら冬彦がわがままを言っても、上司である山花係長が駄目だと言えば、どうにもならないだろうと期待したのだ。

常識的に考えて、この部署と何の関係もない事件……いや、そもそも事件と呼べるかどうかもわからない案件に関わることなど許されないはずである。

ところが……。

「いいんじゃないかな」

「は？」

寅三が目を丸くする。

「小早川君の言う通りだ。困っているんだから力を貸してあげようじゃないか。この部署も開設されたばかりで、今は資料の整理くらいしかすることがないんだから」

山花係長が言う。

「係長、さすがです。素晴らしいお考えだと思います」

冬彦も樋村も大喜びだ。

理沙子は、いつものことだから仕方がないと諦めたような顔をしている。

「おかしい……。こんなの、絶対におかしい」

寅三だけが顔を真っ赤にして、かろうじて怒りを抑えている。

六

その一時間後……。

山花係長がさりげなく席を立って部屋から出ていくが、それを気に留める者はいない。

白樺圭一が帰った後、冬彦、樋村、理沙子の三人は大食いの話題で盛り上がっているし、寅三はふて腐れた表情で黙々と資料を打ち込んでいる。遊んでばかりいないで、あんたたちも仕事をしなさいよ、と怒鳴りたいのをじっと堪え、敢えて当てつけがましく真面目に仕事をしているのだが、三人は一向に気付く様子もなく……というか、寅三のことなど、まるで眼中にない様子である。

山花係長はエレベーターでロビーに降りると、そのまま外に出ていく。特にどこに行こうとしているわけでもなく、ぶらぶら歩きながら、周りに人がいない方に歩く。歩きながら携帯を取り出す。つまり、誰にも聞かれたくない電話をかけたいということらしい。

「特命捜査対策室の山花でございます」

丁寧な口調で話を始める。ほとんど山花係長が話し、相手は聞いているだけのようだ。

二〇分ほどすると電話を切り、踵を返して警視庁に戻っていく。

その直後、警察庁の胡桃沢大介警視正が刑事局長室をノックし、

「失礼いたします」

と声をかけて、ドアを開ける。

「どうした？」

机の上に置いた書類から顔を上げたのは島本雅之警視監だ。

「山花から連絡がありました」

「山花？」

「小早川のお目付役です」

「ああ、そうだったな」

椅子から腰を上げ、ソファに移動する。胡桃沢には向かいの席を勧める。

腰を下ろすと、

「今日が小早川の初日か？」

「そうです」

「どんな様子だって？」

「早速（さっそく）、おかしなことを始めたようです……」

冬彦が古い捜査資料の電子化を提案してきたので、それを冬彦にやらせることにしたが、膨大な量なので、冬彦の定年までに終わるかどうかわからないらしい、と胡桃沢が話すと、

「いいじゃないか」

島本が大きくうなずく。

「あいつには地味で目立たない仕事をさせておきたい。その仕事、ぴったりじゃないか」

「しかし、何にでも首を突っ込みたがる男ですから、何かの間違いで訪ねて来た相談者の依頼を引き受けてしまったらしいのです」

「捜査をするのか？」

島本の表情が険しくなる。

「それがですね、大食い選手権というものについて調べるらしいのです」

「何だ、それは？」

「わたしもよくわからないのですが……」

山花係長から説明されたことを、そのまま島本に伝える。

「わははは っ、そんなものがあるのか。初めて知ったよ」

「わたしもです」

「しかし、テレビ中継されるのなら、小早川を目立たせることにならないか？　それは困るぞ」

「新聞の社会欄で取り上げられるような大きな事件に関わられては困りますが、大食い選手権はバラエティ番組ですから、小早川が世間の注目を浴びることはないと思います」

「悪くないな。せいぜい的外れなことばかりしていてほしいものだ」

「おっしゃる通りです」

「山花君、なかなか役に立つじゃないか。今、いくつだ？」

「確か、四八歳くらいです」

「それで係長ということは警部補だな」

「そうです」

「五〇になるときには警部にしてやらんとな。後押ししてやろう。もちろん、今後のがんばり次第だがね」

「きっと喜ぶと思います。やり甲斐を感じるでしょう」

七

「オッケーです」

電話を切ると、冬彦が明るい表情で椅子から立ち上がる。

「アポが取れました。大食い選手権を担当しているプロデューサーとディレクターが会ってくれるそうです。さあ、行きましょう」

「了解です」

樋村と理沙子も腰を上げる。

「わたしは行きませんよ。他に仕事がありますからね」

寅三は渋い顔をしている。

「何を言ってるんですか」

冬彦が寅三が見ていた書類を取り上げる。

「コンビなんですから、二人ひと組で行動するのが当然じゃないですか」

「は？　何で、わたしとあんたがコンビなのよ」

「だって、樋村君と安智さんは杉並中央署時代からのコンビですからね。残るのは、ぼくと寅三先輩だけですよ。他に選択肢はありません」

「それなら無理にペアなんか作らなくても……」

「さあさあ、時間がもったいないですよ」

冬彦が寅三の腕を引っ張って、強引に椅子から立ち上がらせる。


四人は車に乗って出発する。

ごく当たり前のように寅三が運転席に坐る。運転が好きで、運転技術には自信があるらしい。運転手役を買って出ようとした樋村を押し退けて運転席に坐り込んだのだ。助手席に冬彦、樋村と理沙子は後部座席に坐る。

「しつこいようですけど、いったい、何をするつもりなんですか？」

寅三が訊く。

「もちろん、捜査です。白樺さんは、去年の大会で何者かに一服盛られた気がすると言っています。今年も同じことがあったら大変ですからね」

「その通りです。大変です。一大事です」

樋村が冬彦に同調する。

「おかしいじゃないですか。何らかの不正行為が行われた疑いがあるのなら、正式に告訴すればいいんですよ。それなら捜査するのに異論はありません。だけど、告訴はされていない。つまり、これは事件ではないということです。事件でないのに捜査なんかできません」

寅三も負けていない。

「告訴なんかしたら、大騒ぎになって大会が中止になってしまうじゃないですか」

樋村が口を尖らせる。

「仕方ないだろうが」

「いいえ、ダメです。伝統のある大食い選手権が中止になるなんて決してあってはならないことです。しかも、不正行為が理由で中止なんてことになったら、大食いという競技そのものが取り返しのつかないダメージを受けることになってしまいます」

「何を熱く語ってるんだよ、デブ」

「その言い方はまずいと思います。パワハラですよ。そうですよね、警部殿？」

「まあまあ、二人とも落ち着いて。樋村君が人並み以上に太っているのは事実だから、デブと言われたくらいで目くじらを立てることはないさ」

ははは、と冬彦が笑う。

「告訴するしないは白樺さんの勝手ですが、告訴しないのなら、これは事件とは言えないわけですから、警察は動きようがないと言ってるんです。それくらい、わかりますよね？しかも、わたしたちは特命捜査対策室の警察官なんですよ。過去の未解決事件を洗い直すのが仕事じゃないですか。何で、大食いなんかに関わらなければならないんですか」

「熱いなあ、熱い！　手が火傷しそうです。高虎さんにも、その熱さがほしかったなあ。血の繋がりはあっても、全然タイプが違うんですね」

「そんな話をしてるんじゃないんですけど」

「困っている人を助けるのが警察の仕事じゃないですか。それだけですよ」

「せめて、他の部署に任せたらどうですか？　所轄の刑事課にでも」

「あ……あれじゃないですか、テレビ局」

冬彦が前方を指差す。

「警部殿」

「だって、係長がいいと言ったじゃないですか」

「……」

寅三が不機嫌そうに黙り込む。

（おかしい。こんなのは絶対におかしい。何で係長は、こんな変梃（へんてこ）な奴の言いなりなんだろう）

そんなことを考えている。

八

駐車場に車を停め、四人が車から降りる。

「あ、女優さんだ」

樋村が口にする。

「ふんっ、ミーハー野郎。テレビ局なんだから、芸能人がいるのは当たり前だろうが」

何気なく寅三が、そっちに顔を向ける。途端（とたん）に顔色が変わる。興奮して顔が火照（ほて）っているのだ。

「あれ……松本由美（まつもとゆみ）じゃん」

「有名な女優さんなんですか？」

冬彦が訊く。芸能界にはまったく興味がないので、俳優のことなど何も知らないのだ。

「え～っ、知らないんですか？　信じられない。名女優ですよ。すごいドラマにたくさん出てるんですよ。シリアスな役からコミカルな役まで何でもこなす凄い女優さんです」

「それなら、ひと言、挨拶しましょう」

「何を言うんですか、そんな畏れ多い……」

「すいませ〜ん」

冬彦は寅三の手を引っ張って、すたすたと松本由美に近付いていく。

「失礼ですが、女優の松本由美さんですね?」

「そうですが……」

「警視庁捜査一課の小早川と申します。こちらは同じく寺田です」

警察手帳を提示しながら挨拶する。

「警察の方ですか?」

戸惑った様子で、マネジャーと顔を見合わせる。

「あの……松本が何か……?」

マネジャーが訊く。

「寺田が松本さんの大ファンなので、よろしかったら握手でもしていただけないかと思いまして」

「ああ、そんなことですか。いいですよ」

松本由美がにっこり微笑む。

「いかつい顔をしてますが、嚙みついたりはしません」

「余計なことを言うなって」

　寅三が顔を顰める。

が、すぐに笑顔で松本由美に向き直り、握手してもらう。

「ありがとうございます。『29歳のバレンタイン』と『看護師のお仕事』大好きなんです。今でも、たまに、ＤＶＤで観てます。これからもがんばって下さい。応援してます」

「嬉しいです。刑事さんもお仕事をがんばって下さいね」

　爽やかな印象を残して、松本由美が立ち去る。

　寅三がうっとりした表情で見送る。

「過ぎ去りし青春時代を思い返しているような遠い目をしてますねえ。寅三先輩にも、そんな時代があったなんて信じられない気もしますが」

「何とでも言え」

　すっかり上機嫌である。

九

　地下の駐車場から一階に上がり、受付でディレクターの船島裕司、プロデューサーの高尾秀志と面会の約束があるので取り次いでほしい、と告げる。

「少々お待ち下さいませ」

受付の女性がにこやかに言い、内線電話をかける。

すぐに、担当の者が参りますので、お待ち下さいませ、と言う。

三分ほどで、

「お待たせしました。小早川さんでしょうか？」

息を弾ませながら、三〇歳くらいの年格好の男がロビーを駆けてきた。

「はい、小早川です」

「ADの小湊と申します。ご案内いたします。こちらへ、どうぞ」

理沙子と寅三がその男をじろじろ見たのは、小湊が鼈甲の丸い眼鏡をかけ、髪型はおかっぱ、身長は樋村と同じくらいなのに、樋村よりも一回り以上も横幅があったからだ。

小湊についてエレベーターホールに向かいながら、

「あの人を見てると、あんたが普通に思えてくるから不思議だよ」

と、寅三が樋村に囁く。

「どういう意味ですか？」

樋村がムッとする。

「あんたが思ってる通りの意味だよ」

ふふんっ、と寅三が鼻で嗤う。

「世の中、上には上がいるし、下には下がいるってことなのよね～」

ファイト、ファイト、ファイト、と声をかけながら、理沙子が明るく樋村の背中を叩く。

「意味がわからない。全然わからない」

樋村が渋い顔でつぶやく。


冬彦たちは応接室に通された。

小湊がお茶と茶菓子を用意し終えた頃に、船島と高尾が部屋に入ってきた。

名刺交換を交えた挨拶が終わると、

「早速、お話を伺いたいのですが……」

冬彦が切り出す。

去年の大食い選手権の準決勝で何らかの不正行為があったのではないかと白樺圭一が疑念を抱いていることは、アポを取ったときの電話で伝えてある。

「そのときの映像を用意してあります。ご覧になりませんか？　いろいろ話す前に、映像を観るのがいいのではないかと考えたのですが」

船島が提案する。

「それはありがたいですね。ぜひ、お願いします」

冬彦がうなずくと、船島は、じゃあ、小湊君、用意を頼むよ、と部屋の隅に控えている小湊に声をかける。はい、と返事をして椅子から腰を上げると、小湊は正面に置いてあるモニターのセッティングを始める。

「再生するのは、去年の準決勝の部分だけです。どういうやり方で行われたか、ご存じですか？」

船島が訊く。

「四五分間の春巻き対決だったと聞いています」

「そうです。春巻きは一個七〇グラムで、ひと皿に二個載っています。準決勝に残ったのは七人で、そのうち、より多く食べた上位四人が決勝に進むことになっていました」

「用意できました」

小湊が声をかける。

「まず準決勝の様子を見ていただきましょう。その後でまたご質問があれば、お答えしたいと思います。よろしいですか？」

「はい。よろしく、お願いします」

冬彦が言うと、小湊が映像を再生する。

バラエティ番組でたまに見かける中年の男性芸人が司会をしている。

細長いテーブルに横一列に七人の出場者たちが並んでいる。中央に白樺圭一が坐っている。七人のうち、女性は森野こずえ一人だけで、あとはすべて男性だ。年齢はまちまちだが、二〇代から三〇代ばかりのようだ。

司会の芸人がギャグを交えながら、ルールを説明する。

「今回、食べていただくのは、こちらです！」

と、皿に載せられた春巻きが登場する。

出場者たちの口から、おお～っというどよめきが起こる。喜んでいるのか、失望しているのか、表情からはわからない。

都内にある有名店の春巻きらしく、その店の様子が映し出される。店主以下、従業員が総出で出張してきて、現場で春巻きを揚げるという。

「お味見させていただきます」

司会者が春巻きを頰張る。うわっ、熱い！　と叫び、思わず吐き出しそうになるが、咄嗟に堪える。水を飲んでホッとした表情になり、

「いやあ、熱かった。しかし、うまい。表面はパリッと揚がっていますが、中身は柔らかくて、嚙むとジューシーな肉汁が出てきます。この肉汁が美味しいけど、熱いんだな。さて、ご主人にお話を伺ってみましょう。今日は、何個くらい揚げる予定ですか？」

「三〇〇個を予定していましたが、それでは足りなくなりますよとスタッフの方に笑われたので、念のために五〇〇個揚げようと思っています」

「それで足りますか？」

「六人でしょう？　七〇グラムの春巻きが五〇〇個あれば十分じゃないですか？　揚げすぎて余ったら見物している皆さんに食べていただこうと思って多めに揚げるんですよ」

そう店主が言うと、見物客から拍手が起こる。

「それは楽しみですね。さて、そろそろ始めようか。用意はいいかな？　行きますぞ～。食って食って食いまくれ～！」

司会者が銅鑼を、どーんと打ち鳴らす。

出場者たちが春巻きを食べ始める。

「ちょっと、すごくない……？」

ビデオを観ている寅三が思わず口走る。

「確かに。人間業だとは思えません」

冬彦がうなずく。

何しろ、白樺たちは、春巻きを二口で食べてしまうのだ。たった四口で皿が空になる。わずか三〇秒足らずの出来事だ。ほとんど咀嚼もせずに飲み込んでいるように見える。

七人とも並外れたスピードで食べ続けるが、その中でも白樺のスピードはずば抜けている。開始から一五分ほどで四〇個を食べた。二・八キロである。白樺がトップで勝ち上がるのは確実だと思われた。

が……。

突然、白樺のスピードが落ちる。それまでの速さが凄かっただけに、そのスローダウンが異様に見えるほどだ。食べるスピードが落ちただけでなく、水を飲み始め、脂汗が出てきたのか、おしぼりで顔を拭う。表情が苦しげに歪んでいる。四六個目を食べ終えると、白樺が箸を置き、両手で顔を覆う。そのままテーブルに突っ伏してしまう。

大食いの大会には、必ず医者が立ち合うことになっている。選手たちの様子を見て、もう限界だと判断すれば、ドクターストップをかけるのだ。

白樺の異変に気付いた司会者が医者を呼ぶ。

医者が白樺に近付き、二言三言話をするが、すぐに両手で×印を作る。ここで白樺のリタイアが決まる。

白樺は一人で歩くのも辛いらしく、二人の男性スタッフに抱きかかえられるようにして席を離れる。

「小湊君、止めて」

船島が声をかける。

「はい」

小湊が再生を停止させる。

「こんな感じですが、いかがですか?」

船島が冬彦に訊く。

「突然、調子が悪くなったように見えますね。それまで快調だっただけに不自然な感じがしました」

冬彦が答える。

「そう珍しいことでもないんですよ……」

それまで黙っていた高尾が口を開く。

高尾が言うには、選手たちは何とか勝ち上がろうとするから、誰もが無理をする。準決勝くらいになると猛者揃いだから、余裕を持って勝ち上がるのは難しい。自分の限界に挑むくらいの覚悟がないと、ここで脱落してしまう。中には、無理をしすぎて気分が悪くなる者もいるし、腹痛を起こす者もいる。いきなり嘔吐(おうと)する者もいる。不正防止のため、競技中にトイレに行くことは禁止されているのだ。大会を開くたびに、何かしらトラブルは起こる。そういう映像をカットして、自然な流れを壊さないようにうまく繋ぎ合わせるのは容易ではない、と高尾は説明する。

「だから、大食い大会は基本的に生放送はしません。放送中に吐かれたら目も当てられませんからね」

「なるほど、そういうものなんですか。白樺さんがリタイアして、残る六人の争いになったわけですよね？　彼らはどれくらい食べたんですか」

冬彦が訊く。

「せっかくですから、続きをご覧になりますか。あと少しですし、口で説明するより早いと思います」

「お願いします」

「小湊君、頼む」

「はい」

小湊が映像を再生する。

残った六人の中で〝バーボン〟斎藤克之が抜け出し、九一個で一位になった。二位は〝クリーナー〟新庄武彦で八七個食べた。三位争いが熾烈で、森野こずえが七五個で、四位は七三個、五位が七二個、六位が七〇個である。

「結局、この人たち、何個食べたんですか?」

目を丸くしながら、寅三が訊く。

「四四四個です。長嶋のホームラン数と同じだったから、よく覚えています」

高尾や船島より早く、樋村が答える。

「そんなに……」

「白樺さんがリタイアしなかったら春巻きが足りなくなったかもしれませんね。バーボンが九一個だから、白樺さんなら確実に一〇〇個以上食べたでしょう。バーボンは、この春巻き対決以外の試合で白樺さんに勝ったことがありませんからね」

「だから、モンスターなのか……」

「去年の大会、森野さんが優勝したようですが、準決勝では苦戦したんですね」

冬彦が訊く。

「揚げ物はあまり得意ではなかったようです。まあ、時間が経つと油がお腹に溜まってくるので、揚げ物を苦手にする女性は多いですよ。半面、スイーツはいくらでも食べますし、麺類やごはん物も得意です。得意な食べ物、苦手な食べ物というのは個人によっても違いますし、男性と女性でもかなり違います」

船島が答える。

「白樺さんがリタイアしなければ、森野さんは決勝に残れなかったわけだから優勝もなかったわけですよね？　つまり、白樺さんのリタイアで最も得をしたと言える」

寅三がつぶやく。

「その点に関しては、どうお考えですか？」

冬彦が訊く。

「どう、と言いますと？」

高尾が聞き返す。

「森野さんが白樺さんに一服盛った可能性ですが」

「あり得ませんよ。ビデオをご覧になったでしょう？　彼女がどうやって白樺君の春巻きに一服盛ることができるんですか。店のご主人たちが揚げた春巻きは、選手たちが合図すると、スタッフが運びます。他の選手が手を触れることはありません」

高尾が首を振る。

「しかし、白樺さんが疑念を抱いているのは確かです。今回の大会、何らかの対策を講じる予定はありますか？」

「ありません。もちろん、不正が行われることがないようにスタッフがいつも以上に目を光らせることになりますが、それ以上のことをするつもりはありません」

「正直、警察の方がお見えになって驚いています。そんな大問題なんでしょうか？　タブロイド紙や週刊誌に嗅ぎつけられて面白おかしく騒がれると迷惑です」

船島が言う。

「しかし、去年、白樺さんが一服盛られたとすれば、今度の大会でも同じことが起こるかもしれませんよね？　他の選手たちは心配じゃないんでしょうか」

「それは、ないと思いますね」

「なぜですか？　白樺さんの一件を知らないということですか」

「知らないわけではないと思います。選手権に出て来るような選手たちは常連が多くて、なかなか新人が現れません。よく顔を合わせるから、みんな知り合いだし、仲もいいと思います。メールで頻繁に情報交換もするみたいですし、ブログをやっている選手も多いです。白樺君が何か発言すれば、狭い世界ですし、すぐに広まるはずですよ」

「しかし、誰も騒がない？」

「ええ」

船島がうなずく。

「不思議だなあ。なぜだろう？」

「何なら、直に選手に訊いてみますか？」

「どういう意味ですか？」

「去年の優勝者、森野こずえちゃんですが、たまたま番組の収録に来てるんですよ。まだ収録は終わってないはずだから、スタジオにいるはずです」

「ここにいるということですか？」

「ええ、スタジオに。下の階です」

「それは、ラッキーです。ぜひ、お目にかかって話を聞かせてほしいですね」

「わかりました。スタジオの様子を確認させますので、しばらくお待ち願えますか？」

冬彦が大きくうなずく。

「はい」

高尾、船島、小湊の三人が部屋から出て行く。

その途端、樋村が、両手に力を込め、うお～っと叫ぶ。他の三人が、ぎょっとして樋村を見る。

「何だよ、おまえ、いきなり……びっくりするだろうが」

寅三が舌打ちする。

「だって、シンデレラに会えるんですよ。本物ですよ。ステージで歌って踊る姿を見たことがあるといっても、やっぱり、ステージは遠いですからねえ。手を伸ばしたって絶対に届きません。だけど、今度は違う。スタジオで会える。手を伸ばせば届くところにシンデレラがいる」

「バカ。手なんか伸ばすな。向こうがびっくりするだろうが」

寅三が樋村の後頭部をぱしっと叩く。

「あれ、樋村君、鼻から血が……」

冬彦が指差す。

「え」

樋村が手の甲で鼻を拭う。たらりと鼻血が垂れている。

「この野郎、何てキモいんだよ。ふざけるな！」

寅三が樋村の脇腹に蹴りを入れたとき、ドアが開き、

「お待たせしました。スタジオにご案内します」

と、小湊が顔を出す。

一〇

「ほ～っ、テレビ局のスタジオってこんな感じなのか。初めて来たけど、意外と狭いんだなあ」

冬彦が物珍しげに、スタジオを見回す。

テレビに映るステージや、その周囲のセットは豪華だし広く見えるが、ステージとセットの周りはテレビカメラや音響器具、大道具、小道具が雑然と置かれて、様々なコードが床一面に広がっているので足の踏み場もないほどだ。そこを大勢のスタッフがせわしなく歩き回っている。

どすんと大きな音がして冬彦が振り返ると、寅三が床に倒れている。コードに足を引っ掛けて転んだらしい。

「寅三先輩、何をしてるんですか？　ここは寝る場所ではありませんよ」

冬彦が真顔で言う。

「わかってるよ！」

寅三が大きな声を出すと、

「誰だ、静かにしろ。本番前だぞ」

どこからか叱責の声が飛ぶ。

「スタジオ内ではできるだけお静かに願えますか」

小湊が小声で言う。

「すいません」

立ち上がりながら、寅三が謝る。

「あ……シンデレラだ」

樋村が興奮している。

控え室から何人かのタレントが出てくる。

その中に森野こずえもいる。カラフルで若々しい衣装を着ているから目立つのだ。

「こずえちゃん、ステージの中央に立って」

ディレクターが声をかける。

は〜い、と明るく返事をして、こずえがステージに上がる。

こずえはアイドルグループに所属して、秋葉原の劇場でステージに上がっていた。そのグループ自体がマイナーな上に、そのマイナーなグループ内でも序列は低く、センターどころか、一列目ですらなかった。その他大勢の一人だったのだ。

大食い選手権で優勝して名前と顔が売れて、一躍、こずえはメジャーになった。バラエティ番組だけでなく、歌番組にも呼ばれるようになった。

しかも、グループではなく、ソロで呼ばれるのだから大変な出世と言っていい。今や劇場にもこずえ目当てで大勢のファンが押しかける。

今日の収録番組は、ローカルなバラエティといったところで、視聴者に受けそうなことなら何でもありという番組だ。顔見せでこずえに一曲歌ってもらい、その後で得意の大食いを披露してもらおうという趣向である。

「本番、スタート！」

音楽が流れ出し、こずえが踊りながら歌い始める。

冬彦は初めて聴く曲だが、隣で樋村がリズムを取りながら口ずさんでいるから、そこそこ有名な曲なのかもしれない。

歌が終わると、ステージの横にあるセットに移動する。

「あ」

理沙子が声を発する。

「どうしたの？」

冬彦が振り返る。

「あれ、あれ、大泉孝次郎君じゃないですか！」

「本当だ、ＭＣなのかな。それとも、ゲストなのかな……」

樋村が首を捻る。

「寅三先輩は興味ないんですか？　さっきは松本由美さんに会って、あんなに興奮していたのに」

冬彦が訊く。

「わたし？　うん、別に嫌いじゃないですけどね」

「警部殿、時代が違うんですよ。寺田さんがトレンディドラマにはまっていた頃に活躍していた男優といえば、石田純一とか江口洋介、唐沢寿明というところでしょう。大泉君が売れ出したのは、もっと後ですからね」

「なるほど、簡単に言うと、寅三先輩は時代遅れということですね」

「ああ、感じ悪い」

寅三が顔を顰める。

「安智さん、せっかくだから大泉さんに挨拶しに行きましょう」

「ダメですよ、本番中なんですから」

「大丈夫ですよ。スタッフがセットの中で何か用意しているところです。大泉君も暇そうです。さあ、急ぎましょう」

冬彦が理沙子の腕を引っ張って、セットに向かう。

「行動力あるよなあ」

感心しながら、樋村もついていく。

「その行動力を発揮する方向が間違っている気がするんだけどね」

寅三が肩をすくめる。

二

「失礼ですが、俳優の大泉孝次郎さんですよね？」

冬彦がにこやかに話しかける。

「はい、そうですが」

「わたしは杉並中央署の……あ、違った。警視庁捜査一課の小早川と申します。こちらは同僚の安智です」

「あ……警察の方？　本物ですか？　ドッキリとかではなく」

「何ですか、ドッキリって？」

「ドッキリカメラの類いですよ」

背後から理沙子が小声で言う。

「よくわからないけど違います。本物ですよ」

冬彦が警察手帳を提示する。

「なるほど、信じます」

大泉孝次郎がうなずく。

そこに、

「何をしてるんですか。本番中なんですよ」

小湊が青い顔をして飛んでくる。

「だって、歌ってるのは森野さんじゃないですか。大泉さんは暇そうだったから」

「暇じゃありませんよ。大泉さんはスペシャルゲストとして、次のコーナーで森野さんと共演するんです。歌が終わったら、すぐなんですから、その段取りの確認とか、いろいろ考えることがあるんです」

「大丈夫だよ。歌が終わったら、一五分くらい時間があるから。まだ、こっちの用意ができてないからね」

大泉孝次郎が小湊に言う。

「すぐに済ませますので」

冬彦が小湊を押し退ける。

「ぼくに、どういうご用ですか？」

「実は、この安智が大泉さんの大ファンなんです。できれば握手をして、一緒に写真を撮ってもらえると嬉しいのですが」

「え」

小湊の顔が引き攣る。本番間際に何て馬鹿なことを言い出すのか、大泉孝次郎が怒り出したらどうするんだ、と心配する顔である。

しかし、

「ああ、そんなことですか。いいですよ」

大泉孝次郎が椅子から立ち上がり、理沙子に手を差し出す。

「すいません」

いつもの理沙子らしくもなく、顔を赤らめて大泉孝次郎の手をそっと握る。

「次は写真ね。ほら、大泉さんと並んで。ぼくが撮ってあげるから」

理沙子の携帯を受け取りながら、冬彦が言う。

「警部殿も一緒に撮りましょうよ」

「ぼくは、いいよ。大泉さんのこと、よく知らないし」

「お若いのに警部さんなんですか？　すごいなあ。十津川警部や銭形警部と同じじゃないですか」

大泉孝次郎が感心する。

「それ、誰ですか？　警視庁にいますか」

冬彦がきょとんとした顔になる。

「はははっ、面白い警部さんだなあ。警察の方は真面目な人ばかりだと思ってましたよ」

「何か面白いこと言いました？」

　冬彦が小首を傾げる。

「あの……すいません。押してるんで、急いでいただけますか。写真なら、わたしが撮りますから」

　小湊がおろおろしている。

「せっかくだから三人で撮りましょう。後から二人だけで撮ってもいいですし」

　大泉孝次郎が申し出る。

「急いで、急いで」

　小湊が慌てている。

「では、お願いします」

　三人が並んで写真を撮ってもらう。

「あれ、間近で見ると、警部殿と大泉さん、どことなく似てますね」

　理沙子が言う。

「そう言えば……背丈も同じくらいだし、体つきも。顔は、どうかなあ」

　大泉孝次郎が冬彦を凝視する。

「そうですか？」

二人が真正面から見つめ合う格好になる。

「次は、ツーショットでお願いします」

小湊が更に慌てる。こずえの歌が終わりそうなのだ。

大泉孝次郎と理沙子が並んでにこやかに写真に収まる。

そのとき、

「大泉君、スタンバイ」

ディレクターが声をかける。

こずえの歌が終わったので、次のコーナーの撮影が始まるのだ。

「申し訳ないんですが、このコーナーが終わるまで、スタジオの隅の方に移動していただけますか」

小湊が冬彦と理沙子に頼む。

「了解です」

冬彦が軽い足取りで移動する。

「警部殿、大胆ですねえ。というか、厚顔無恥（こうがんむち）と言うべきかしら」

すでに片隅に移動していた寅三が呆れたように冬彦を見る。

「いやあ、それくらい図々（ずうずう）しくないと芸能人に近付くことなんかできませんからねえ。寺田さんだって、そのおかげで松本由美さんと握手できたじゃないですか」

樋村が言う。

「確かに、それは認めるけどね」

寅三が肩をすくめる。

「本番いきま～す！」

ＡＤの声がスタジオに響き渡る。

一瞬にしてざわめきが消え、スタジオ内が静寂に包まれる。

森野こずえ、大泉孝次郎、芸人の三人が特設コーナーでテーブルに向かっている。

「こずえちゃん、こんなにかわいらしいのですが、大食いの世界ではシンデレラと呼ばれる絶対女王なのです。その実力を見せてもらいましょう」

司会の局アナが話す。

三人の前にカツカレーが運ばれてくる。デカ盛りで有名な千葉のカレー店のカツカレーで、直径が五〇センチの大皿に、ごはん五合、トンカツ二キロ、そして、カレーがたっぷり盛られている。

三〇分以内に完食すれば無料だが、完食できなければ、四九八〇円の代金を払わなければならないというのが店のルールだ。

その店には完食者の写真が掲示されており、今まで三人の成功者がいる。ちなみに、その一人は白樺圭一である。

「では、行きましょ～」

大食い選手権と同じように司会者が銅鑼を打ち鳴らす。

「いただきます」

こずえは両手を合わせ、丁寧(ていねい)に一礼してから食べ始める。

「わ～っ、これは、うまいなあ」

大泉孝次郎がカレーを賞賛(しょうさん)する。

「ほんまですねえ。これなら、いくらでも食べられそうやわ」

この芸人も大食いで知られており、トンカツやカレーをむしゃむしゃ食べ続ける。

最初のうちは、こずえが三人の中で最もペースが遅かった。

それには理由がある。こずえはきれいに食べることを信条にしており、特にカレーのように口の周りが汚れやすいものを食べるときには細心の注意を払うように心懸(こころが)けているのだ。急いで食べることばかりに気を取られると、口から食べ物をこぼしたり、鼻水が垂れたり、咀嚼中の口の中が見えたりするが、そういう姿をテレビで見せると、どうしても下品に思われてしまう。大食いタレントというだけでなく、アイドルでもあるので、そこまで気を遣う必要があるのだ。ペースは決して速くはないものの、こずえは一定の速さで食べ続けている。どれくらいの速さで食べれば制限時間内に完食できるか、きちんと頭の中で計算しているのである。

一方、大泉孝次郎と芸人は次第にペースが落ちてくる。最初にギブアップしたのは大泉孝次郎で、

「もう食べられません。ごめんなさい」

と頭を下げる。

芸人もしばらくはがんばったが、三分の一くらい食べたところで、

「お腹が破裂する～」

と叫んでギブアップした。

残ったのは、こずえ一人だ。

にこにこ笑いながら、黙々とスプーンを口に運ぶ。

そんなこずえの様子を、大泉孝次郎と芸人の二人は、すごいなあ、すごいなあ、と感心して眺めている。司会の局アナまでが、山のようなカレーライスが確実に減っていくのを目の当たりにして、ぽかんと口を開けている。

残り時間が一分になったとき、すでに大皿にはわずかのごはんしか残っていない。

こずえはゆっくり水を飲むと、最後の一口を口に運ぶ。

「完食～っ！」

司会者が銅鑼を叩きながら叫ぶ。

「すごいなあ。話で聞いたり、テレビで観たりするのとは全然違う。生の迫力って、こう

いうものなのか……」

冬彦が溜息をつきながら感心する。

一二

冬彦たちは、控え室で森野こずえに会うことになったが、さすがに大皿のカレーライスを食べた直後に話をするのは辛いというので、三〇分ほど時間をおくことにした。

その間、スタジオの片隅で収録の様子を見学した。物珍しさもあり、あっという間に三〇分が過ぎた。

こずえのマネジャーが呼びに来たので、控え室に向かう。案内役の小湊も同行する。

冬彦たちが控え室に入ると、

「お待たせして、すいませんでした～」

と、こずえが明るい声でにこやかに出迎えてくれる。樋村など、その姿を見ただけで、鼻の下をでれ～っと伸ばしている。

「警視庁捜査一課の小早川と申します……」

冬彦たちが順々に名乗る。

最後に名乗った樋村は顔を真っ赤にして、しどろもどろになってしまい、うまく言葉が出てこない。

「樋村巡査は、どんな仕事でも嫌がらずに真剣に取り組む真面目な男です。裏返せば、自分で考えることができず、与えられたことしかできない、気の利かない男だという意味でもありますが……。その樋村は森野さんの大ファンなのです。何でも秋葉原の劇場にまで押しかけているそうです。もちろん、非番の日にですが」

「な、なにを言い出すんですか、警部殿……」

「まあ、そうなんですか。どうもありがとうございます。とても嬉しいです」

こずえが両手を差し出して、樋村の右手を包み込む。

「あ……」

樋村が気を失いそうになる。

「しっかりしろ」

寅三が樋村の背中をどすんと叩く。

それで目が覚め、

「ありがとうございました。これからもがんばって下さい。応援しています」

「はい」

「お忙しいようなので、早速(さっそく)、本題に入らせて下さい。去年の大食い選手権のことなのですが……」

冬彦が事情を説明する。

話を聞き終わると、

「え～っ、白樺さん、そんなに深刻に受け止めて、それで警察の方がいらしたんですか。すごいびっくり、と言うか、すごくショック」

こずえが椅子に坐り込む。

「なぜ、そんなにショックなんですか？」

「だって、大食い選手権で不正が行われるなんて信じられません。わたしたちは真剣に戦っているのに、まさか、そんなことが起こるなんて信じたくないんです。大食いって、傍目には他の選手たちと戦っているように見えるでしょうけど、実際は違うんです。自分との戦いなんです。自分の限界まで行けるかどうか、それを試しているんです。その結果として勝敗が決まるわけですけど、正直、それほど勝ち負けにはこだわっていません。だって、自分の限界に挑戦するというのは、とても純粋で美しいことですから。勝者も美しいけど、敗者も美しい……それが大食いの本質だと、わたしは思っています」

「すばらしい……」

樋村が感動し、目に涙を滲ませている。

「去年の準決勝で、突然、白樺さんが体調を崩したことを、どう思いましたか？」

冬彦が訊く。

「あっ、と思いました。白樺さんは大食いの世界ではカリスマ的な存在だし、負ける姿なんて見たことがなかったから、白樺さんも人間なんだ、こんなことがあるんだって驚きました。でも、自分も戦っている最中だったから、心配はしたんですけど、戦うことに夢中で……」

「決勝に勝ち上がって初優勝したわけですけど、もし白樺さんがいたら優勝できたと思いますか？」

「どうだろう……」

こずえが小首を傾げる。

「勝てるかどうかは、その日の体調にもよるし、何を食べるかにもよるし、いろいろな要素がかかわってくるから何とも言えません。もちろん、楽な戦いにはならなかったでしょうけど、こっちも必死だから、白樺さんに勝てる可能性がゼロだったとは思いません」

「なるほど」

「すいません、そろそろ次の収録の時間ですので」

マネジャーが割って入る。

「わかりました。では、最後にひとつだけ質問させて下さい。いいですか？」

「どうぞ」

こずえがうなずく。

「白樺さんに一服盛りましたか？」

「え」

と、こずえが絶句する。

やがて、そんなことしてません、と首を振る。

「ありがとうございました」

冬彦がにこっと微笑む。

一三

四人はテレビ局を出て、警視庁に戻ることにする。

車が走り出すと、

「どうですか、警部殿、何か収穫はありましたか？」

運転しながら、寅三が訊く。

「たくさんあったじゃないですか。寅三先輩は松本由美さんに会えたし、安智さんは大泉孝次郎君に会えました。樋村君は森野さんに会って、もう死んでもいいというような顔をしています。そうだろう、樋村君？」

「はい。本当に死にたくはありませんが、死んでもいいというくらいの気持ちであることは確かです。それにしても、やっぱり、本庁の捜査一課は違いますよね。杉並中央署にいたのでは、こうはいきませんよ。まさか異動の初日にシンデレラに会えるなんて……。夢みたいです」

「じゃあ、昇進試験の勉強もがんばらないとね」

肩越しに後部座席を振り返りながら、冬彦が言う。

「どういう意味ですか？」

「巡査部長くらいに昇進しておかないと、また交番勤務に戻されるかもしれないという意味だよ。もちろん、巡査のままでも、すばらしい実績を上げれば捜査一課にいられるだろうけど、それは樋村君には敷居が高そうだからなあ。秋の異動で、どこかの所轄に飛ばされたとしても不思議はないよね。そもそも、なぜ、樋村君が本庁に異動してきたのかなあ。謎だね～」

「これでもかっていうくらいバカにされてますが、それでも構いません。ぼく、がんばります。がんばって巡査部長になって、またシンデレラに会います」

樋村は鼻息が荒い。

「バ～カ、そういう話じゃないだろうが」

寅三が舌打ちする。それから冬彦を見て、

「警部殿、わたしは事件の話をしてるんですよ。白樺さんが一服盛られたかどうか、何かわかりましたか？」

「わかりません」

冬彦が首を振る。

「ですが、ひとつだけわかったことがあります」

「何ですか？」

「森野さんは一服盛っていません。彼女が嘘をついていないことは確信できました」

「得意の直感ですか？」

「ぼく、嘘を見破るのが得意なんです」

「と言うことは、第一容疑者が消えたということですね」

「寺田さんはシンデレラを第一容疑者だと疑ってたんですか？」

樋村がショックを受ける。

「最大の利益を得た者を第一容疑者として疑うのが捜査の鉄則だろ。白樺さんがリタイアしたおかげで、森野さんは決勝に残ることもできたし、優勝もできた。誰よりも疑わしいじゃないのさ」

「ぼくは信じません。警部殿の言うようにシンデレラは潔白です」

「あんたは勝手にそう思ってればいいんだよ。あんたがどう思ったところで、捜査には何の影響もないわけだし」

「傷つくなあ」

「そう落ち込まなくてもいいのよ。この一年で打たれ強くなったじゃない。たくましくなったわよ。今の樋村なら、どこに行っても通用するから」

理沙子が慰めるように言う。

「そうだといいんですが……」

「本土から遠く離れた島でも、樋村君なら立派にやっていけるさ」

冬彦だけでなく、理沙子も寅三も笑う。

「やっぱり、ぼくは虐げられている。パワハラだよ、これは」

樋村がぼやく。

一四

四人が「何でも相談室」に戻る。

「あ～っ、何だか、すごく疲れた」

寅三がどかっと自分の席に着く。

「わかります。テレビ局って、特に収録中のスタジオは、どことなく非日常の空間という感じがしますからね。テレビでしか観たことのない有名なタレントが当たり前のように歩いていたりするわけですから緊張して疲れますよね」

　樋村がうっとりした眼差し（まなざ）しで語る。森野こずえと会ったことを思い出しているらしい。

「おまえと一緒にするな。ぼ～っとしてないで、みんなにコーヒーでも淹（い）れてよ」

「え、何で、ぼくが？」

「一番下っ端（したっぱ）で役に立たないから」

「一番下っ端というのは客観的な事実だから否定しようがありませんが、役に立たないかどうかは寺田さんの主観的な判断に過ぎないわけで……」

「うるさいよ」

　丸めた紙を樋村にぶつける。

　樋村は助けを求めるかのように冬彦と理沙子を見るが、二人ともそっぽを向いている。

「わかりましたよ」

　溜息をつきながら、樋村が立ち上がる。

　電話が鳴る。

　素早く冬彦が出る。

「こちら特命捜査第五係です。はい、はい……あ、そうですか。結構ですよ。ここに回して下さい」

　どうやら受付にかかってきた電話を、ここに回していいか、という確認だったらしい。

「お電話を代わりました。特命捜査第五係、小早川です。ええ、そうです。この部署では、いまだに解決されていない古い事件を扱っています。遠慮なく、ご相談下さい……」

それから一五分ほど、冬彦は黙って相手の話に耳を傾ける。途中、いくつか短い質問を挟んだものの、ほとんど聞き役に徹した。

「わかりました。伺ったお話の内容を確認してみます。その上で、改めてこちらからご連絡させていただきますので、連絡先を伺ってもよろしいでしょうか……」

電話を切ると、

「古い事件の相談ですか？」

理沙子が訊く。

「うん、未解決事件の被害者のご遺族から。倉庫に行ってくる」

冬彦は席を立って部屋から出て行く。五分ほどでファイルを手にして戻ってくる。

「警部殿、コーヒーをいかがですか？　淹れ立てですよ」

樋村が声をかける。

「ありがとう。でも、これがあるから」

リュックから紙パック入りの野菜ジュースを取り出して、ストローで飲み始める。

冬彦がファイルを読み始める。三〇分ほどで読み終え、ファイルを閉じると、腕組みをして思案する。何か引っ掛かりがあるのか、すっきりしない顔である。

「どんな事件なんですか?」

寅三が訊く。

「都内に住む女性からなんですが、二一年前にご主人が何者かに殺害されて、今も犯人が捕まってないそうなんです」

「二一年前というと、バブルの終わり頃ですね。都内の事件ですか?」

「いいえ、法隆寺(ほうりゆうじ)の近くですね」

「法隆寺? 奈良(なら)県じゃないですか。遠いですね」

寅三が驚いた顔になる。

「遺体が発見されたのは斑鳩(いかるが)町みたいです」

「旅行中だったんですか? それとも、その頃、向こうに住んでいたとか」

理沙子が訊く。

「どちらも違うみたいだね」

「じゃあ、仕事ですか? 出張とか」

「それも違うみたいだよ」

「どういう意味です?」

「そのあたりが謎なのかなあ。よくわからないんですよ」

冬彦も首を捻る。

「殺害方法は？」

　樋村が訊く。

「刺殺だね。凶器は見付かっていない。検視報告書によると、首筋を刺されて失血死したようだけど、ナイフや包丁のような鋭利な刃物ではないらしいんだよね」

「凶器が特定されていないということですか？」

　寅三が訊く。

「はい」

「容疑者は浮かばなかったんですか？」

「参考人として警察で話を訊かれた人はいるけど、何度も呼ばれた人はいませんね」

「すぐに容疑が晴れたということか」

「詳しい捜査報告書が残っているけど、やはり、書類を読むだけではわからないことも多いよね。知らない土地だと、いくら文字を追っても、全然イメージが浮かんでこないし」

　冬彦が席を立ち、山花係長のところに行く。

「係長」

「ん？」

「お願いがあります」

「何だね？」

「奈良に出張させてほしいんです」

「どれくらい？」

「日帰りでも行けないことはないでしょうが、ちょっと慌ただしい気がするので、できれば一泊二日でお願いしたいのですが」

「わかった。申請書を出して」

「いいんですか？」

冬彦が驚いた顔になる。そう簡単に許されるとは思っていなかったのであろう。

「そう言ったつもりだが」

「ありがとうございます」

山花係長に頭を下げると、にこやかに寅三を振り返り、

「ということですので、寅三先輩、明日から奈良に一泊二日で出張です」

「わたしも行くんですか？」

「だって、相棒ですから。二人で行動しないと」

「あり得ない、何だ、この展開！」

「向こうの警察に連絡して、事件に関する説明と、現地の案内を頼まないといけないな。宿も取らないといけないし、新幹線のチケットも予約しなくては……。やり忘れたことがないように、大まかな行程表を作った方がいいな。そうだ、まずは出張の申請書を書かな

くてはならない。さあ、忙しいぞ。いろいろやることがあるなあ」

冬彦が張り切る。

「……」

そんな冬彦を寅三が冷たい目で睨んでいる。

第二部　斑鳩（いかるが）

一

四月七日（水曜日）

新幹線のホームで、寅三が寝惚け眼（ねぼけまなこ）でぼんやりしていると、

「寅三先輩！」

冬彦が元気よく走ってくる。早朝だというのに、晴れやかな顔をしている。寝不足でむくんでいる寅三の顔とは大違いだ。

「警部殿、朝っぱらから、どうしてそんなに爽（さわ）やかな顔をしてるんですか？　眠くないんですか」

「なぜですか？　普段より、ちょっと早起きしただけですよ」

「何時に起きたんですか？」

「四時です。四時五七分に日野（ひの）を出る電車に乗りたかったので」

「いつも何時に起きてるんですか？」

「五時ですかね。たまに寝坊して六時くらいまで寝てることもありますが」

「信じられない。お年寄りが早起きなのはわかりますけど、まだ若いじゃないですか」

「別に難しいことなんかありませんよ。早く寝れば早く目が覚める……それだけのことですから」

「はあ、真似できないわあ。だって、一二時前にベッドに入ることなんかないから」

「夜更かししていいことなんか何もありませんよ。肌も荒れるし、顔色も悪く見えるし、新陳代謝も悪くなる。そもそも、寅三先輩、頭がまったく回転してないように見えます」

「回転してません。まだ半分寝てますから。日帰りじゃないんだから、こんな朝早くに出発しなくてもいいのに」

　寅三が不満そうに溜息をつく。

「この時間に出発すれば、一〇時前に奈良に着くことができます。お昼ごはんを食べる前に、ひと仕事できるということですよ。時間は有効活用しないといけませんよね。時間の使い方次第で一日は長くもなるし短くもなるものです」

「何を言いたいのか、よくわかりませんけど、とりあえず、新幹線に乗ったら寝かせてもらうつもりです」

「寝坊しないで来てくれただけでも嬉しいです。日野からだと新横浜で待ち合わせる方が早いんですが、万が一、寅三先輩が遅刻したら、ぼく一人で奈良に行くことになりかねないので、念のために東京駅で待ち合わせることにしたんです」

「お心遣いに感謝します」

寅三がうんざりした顔をする。

そんな話をしているところに、のぞみがホームに入ってきた。

「何号車ですか？　早く寝たいんですけど」

「こっちです」

冬彦が先になって、すたすた歩き出す。

「ああ、これだ」

「えっ、嘘」

冬彦が足を止めたのは、グリーン車の前である。

「まさか、グリーン車ですか？」

「そうですよ」

「よく係長が許してくれましたね」

「許可は取ってません。ぼくの判断です。ゆったりした座席の方が打ち合わせに便利だと思ったんです」

「平の捜査員が出張に行くときにグリーン車に乗るなんて、絶対に認めてもらえないと思いますよ」

「そのときは仕方ありません。自腹で払いましょう」

「自腹って……いくらするんですか？」

「いくらだったかな。五千円くらいですよ」

「げ」

　寅三が目を丸くする。

「京都まで二時間ちょっとじゃないですか。それで五千円ですか？」

「もうちょっと安かったかもしれません」

「それにしたって……」

「乗りましょう。清掃が終わったみたいですよ」

　自由席には長い列ができているが、グリーン車の列は短く、二人はすぐに乗り込むことができた。かなり空いている。

「よかったら、どうぞ」

　冬彦がリュックからサンドイッチを取り出す。

「ありがとうございます。でも、今は食欲がないので、後でいただきます」

　寅三が座席にもたれて目を瞑る。

「食べないんですか？　それなら、早速、打ち合わせをしましょうか」

「冗談ですよね？」

「京都まで二時間少々ですから、あまりのんびりしている暇はありませんよ」

「二時間もあるじゃないですか。京都から奈良に行くのにも一時間くらいかかるはずですよ。時間はたっぷりあるんだから、少しくらい眠らせて下さい。頭が全然働いてません。せめて名古屋(なごや)まで寝かせて下さい」

「そんなに寝るんですか。長すぎますよ」

「自分で言うのも何ですが、睡眠不足のわたしは、まったく使い物になりませんからね。打ち合わせなんか不可能です。時間の無駄ですよ」

「そんなあ……」

「おやすみなさい」

寅三が目を瞑る。新幹線がゆっくり動き始める。そのときには、寅三の口からは小さないびきが洩れている。

「寝付きがいいんだなあ。羨(うらや)ましい」

冬彦が感心する。

二

「寅三先輩、寅三先輩……」

冬彦が寅三に声をかける。

「う、うう～ん、もっと寝かせてよ～」

「何ですか、その甘ったれた声は。誰かと間違えてませんか？」

「え」

寅三がぱっと目を開ける。

「あら、嫌だ。警部殿じゃないですか。人の部屋で何をしてるんですか」

「寝惚けないで下さい。ここは新幹線の中ですよ」

「新幹線……。あ、そうか。出張だった」

「そうです。のぞみのグリーン車です。寝心地(ねごこち)よかったでしょう。気持ちよさそうに寝てましたよ」

「ええ、気持ちよかったです。もっと寝かせておいてほしかったですよ」

「ダメです。もう名古屋ですからね。打ち合わせをしなければ」

「はいはい、起きますよ」

寅三がふくれっ面(つら)で溜息をつく。

「どうぞ」

折り詰め弁当とペットボトルのお茶を差し出す。

「サンドイッチじゃないんですか？」

「おいしそうな車内販売があったので買っておきました。食べながら打ち合わせしましょう。京都まであまり時間がないので、のんびり食べているわけにはいかないでしょうが」

「それは大丈夫です。わたし、食べるのは速いですから」

弁当を受け取ると、急に機嫌がよくなる。

「では、事件について説明します。何か質問があれば、その都度、お願いします」

「警部殿は食べないんですか？」

「もう食べました。寅三先輩が起きるまで何もすることがないので、景色を眺めながらゆっくりと」

「いただきます」

寅三が弁当を食べ始める。

「始めていいですか？」

「どうぞ」

「被害者は日比野茂夫さんといいます。こんな字です……」

冬彦がメモ帳を見せる。

「はい」

寅三がちらりと横目で見遣る。

「二一年前に亡くなったときは、四六歳でした。働き盛りですよね。息子さんが一人いて、当時、一三歳です」

「奥さんと三人家族ですか？」

「はい。日比野さんは証券会社に勤務していて、二ヵ月に一度くらいの割合で出張していたそうです。ほとんどが一泊二日です。出張先は全国津々浦々で、出張帰りには、その地方のお土産を買ってきてくれたそうです。被害に遭ったときも、奥さんには出張だと言い残して出かけています」

「あれ？」

寅三が首を捻る。

「確か、昨日の話で、出張で奈良に行ったのではないと聞いた気がしますが……。わたしの勘違いかしら」

「いいえ、勘違いではありません」

冬彦が首を振る。

「奥さんには出張だと言って出かけたのですが、実際には出張ではなかったんです」

「どういうことですか？」

「事件の後、警察が調べたところ、それまで日比野さんが出張だと言って出かけていた日は、すべて有給休暇を取っていたことがわかったんです。そもそも日比野さんの仕事は、為替を扱う内勤業務なので出張などなかったそうなんです。普段はニューヨークやロンドンの支店と通貨をやり取りしていたそうですから、もし出張があるとすれば、行き先は海外で、国内ではなかったんですね」

「奥さんに嘘をついていたということですか？」

「そうです。だから、奈良に出かけたのは仕事ではなく、個人的な旅行だったわけです」

「浮気ですか？」

「奥さんに嘘をついて定期的に旅行に出かけていたわけですから、当然、浮気を疑いますよね。奥さんも警察もそう考えて、日比野さんの宿泊先の旅館を調べたそうですが、旅館には一人で泊まったそうなんです」

「用心して別々の部屋を取ったのかしら？」

「それもなかったようですね。少なくとも同じ旅館に、それらしき女性は泊まっていなかったようです。ちゃんと宿泊客を調べたんですね」

「そうですよね。捜査の基本だもの」

寅三がうなずく。

「じゃあ、なぜ、一人で奈良に出かけたんでしょうね？　観光ですか。それなら、奥さんに嘘をつく必要はないと思いますけどね……」

「そこが謎です。もちろん、仕事でストレスを抱えていて、そのストレス発散のために一人旅をしたくなったなんていうことも考えられますけどね。あくまでも推測で、本当のところはわからないんです」

「一度だけの旅行なら、たまたま一人旅をしたくなったということも考えられますけど、二ヵ月に一度くらいの割合で出かけていたというのが気になりますよね」

「しかも、行き先は、まちまちなんですよ」

「被害に遭ったときの状況は、どうなんですか？」

寅三が訊いたとき、間もなく京都に到着するというアナウンスが流れた。

「やっぱり、時間が足りなかったじゃないですか」

「とりあえず、お弁当を食べさせてもらいます」

寅三が弁当の残りを急いで食べ始める。

三

冬彦と寅三は、京都からみやこ路快速に乗って奈良に向かう。乗車時間は四五分だ。

事件に関する打ち合わせが、新幹線内では中途半端に終わってしまったので、乗り換えた電車の中で打ち合わせの続きをするつもりだったが、新幹線のグリーン車と違い、すぐ近くに何人もの客がいたので、あまり込み入った話をすることはできなかった。

奈良で大和路快速に乗り換え、王寺に向かう。事件の起こった斑鳩町は、西和警察署の管轄で、王寺が最寄り駅なのである。

大和路快速も割と混み合っていたので、冬彦と寅三は事件の話をするのを避け、当たり障りのない会話をした。

「今夜は、どこに泊まるんですか？　駅前のビジネスホテルとか」

「いいえ、旅館です。藤ノ木古墳の近くにある老舗で、温泉もあるみたいですよ」

「へえ、そうなんですか」

「実は、日比野さんが泊まった旅館なんです。どうせなら同じところに泊まるのがいいと考えまして」

「安いんですか？」

「ええっと、一泊二食付きで二万五千円です。安いとは言えないでしょうね」

「二万五千円……」

寅三がドキッとした顔になる。

「念のために伺いますが、経費で落ちるんですよね？」

「落ちません」

冬彦がきっぱりと言う。

「宿を選ぶときに、出張に関する内規を調べてみたんですが、目安としては一泊一万円程度のようです。もちろん、階級によって違ってきますが、ぼくでも一万二千円くらいだし、寅三先輩だと八千円くらいが目安になるみたいですよ」

「ちょっと、ちょっと、その差額は、どうなるんですか？」

「もちろん、自腹です」

「グリーン車も自腹、宿の差額も自腹……いったい、いくらになるんですか……」

「二万数千円じゃないですかね。大したことはありません」

「そりゃあ、警部殿は高給取りだからいいでしょうけど、こっちは、ただの巡査長なんですよ」

「独り身（ひと）なんだし、その程度の出費、大したことないでしょう。仕事プラス観光だと思えば安いものです。浮かれた気持ちで仕事をするわけではありませんが、何しろ、世界遺産の近くで起こった事件ですからね。様々な名所旧跡が嫌でも目に入るはずです。素晴らしいじゃないですか」

「くそっ、何が素晴らしいんだ。殴ってやろうかな……」

「そろそろ到着ですよ」

　冬彦が席を立つ。

「自腹で二万数千円……あり得ない、絶対にあり得ない……」

　溜息をつきながら、寅三も立ち上がる。

四

　おおよその到着時間を事前に連絡しておいたので、西和警察署では刑事課の二人の捜査員が冬彦たちを待っていた。一人は、松橋直也巡査長、四六歳。もう一人は、竹山誠巡査部長、二九歳である。

「署長が挨拶したいと待っておりますので」

　二人に先導されて、冬彦と寅三は署長室に案内された。そこには水谷署長だけでなく、刑事課の増山課長も待っていた。

「どうぞ、おかけ下さい」

　水谷署長が冬彦と寅三にソファを勧める。

「失礼します」

　冬彦と寅三は水谷署長と増山課長に向かい合って坐る。松橋巡査長と竹山巡査部長は壁際に並んで立っている。

　冬彦と寅三が名刺を差し出して自己紹介すると、

「その若さで警部とは……キャリアですな？」

　水谷署長がにやりと笑う。

「はい。たぶん、一番の成績で採用されたはずです」

顔色も変えずに冬彦が言う。それが自慢だという自覚はまったくないらしい。

「捜査一課の前は警察庁におられたのですかな？」

「いいえ、杉並中央署の生活安全課にいました」

「ほう、所轄から本庁の捜査一課ですか。キャリアの警部殿が現場の最前線でばりばり仕事をしておられるとは頼もしい。普通は所轄から警察庁に異動するところでしょうね」

「ああ、そうらしいですね。警察庁で無難に事務仕事を二年か三年こなし、地方都市の警察署長に異動する。お決まりの出世コース。あ……もしかして、水谷署長も、そのパターンですか？」

「まあ、当たらずといえども遠からず、と言っておきましょう」

一瞬、不愉快（ふゆかい）そうな表情を浮かべる。三〇歳前後で地方都市の警察署長に納まっていればエリートコースに乗っていると言えるが、水谷署長のように五〇前後で今の地位にいるとすれば、ここから更なる出世の可能性はない。どこかで道を誤ったか、よほど無能なのか、どちらかなのであろう。

「特命捜査対策室が設置されたことは聞いていましたが、まさか、うちにいらっしゃるとは思いませんでした」

「なぜですか？」

「未解決事件には違いありませんが、世間を騒がした大事件というわけでもありませんしね。なあ、増山課長？」

水谷署長が増山課長に水を向ける。

「うちの管轄では殺人事件そのものが、さほど多くありませんから、珍しいことは確かでしょう。ひとついい点があるとすれば、遺体の発見場所が世界遺産の近くだったこともあり、開発なども制限されていますから、当時とは現場の状況が大して変わっていないことでしょうか」

「うんうん、そうかもしれないね」

水谷署長はうなずき、松橋と竹山が必要なものは用意しますので、何でも遠慮なく言いつけて下さい、と言う。

「ご協力に感謝します」

冬彦が立ち上がって、水谷署長の手を握る。

署長室を出ると、

「警部殿、当時の捜査資料を用意してありますので、お読みになりますか？」

松橋巡査長が訊く。

「特命捜査対策室に同じものがありましたよ。もちろん、警視庁に送られてきたのは正式な捜査報告書だけで、それ以外にも様々な資料がここには残っているのでしょうが、まずは現場を見たいです。そうですよね、寅三先輩？」

「ええ、そうですね。資料なら、どこでも読めますからね。やはり、現場に立つのが大切だと思います」

「わかりました。では、お車を……」

「いや、車は結構です」

「え」

「被害者である日比野茂夫さんの当日の詳しい足取りはわかっていませんよね？　朝食後にチェックアウトして宿を出たのが午前八時過ぎ、遺体で発見されたのが午後三時頃、検視報告では死後三時間くらい経っていたそうですから、殺害されたのは正午頃だと思われます。宿を出てから殺害現場に着くまで、四時間くらい、その間どこで何をしていたのかわからないわけです。それなら、日比野さんになったつもりで、宿から殺害現場まで自分の足で歩いてみたいと思うんですよ。藤ノ木古墳から斑鳩溜池の方までは有名な散策コースなんですよね？」

「途中に有名なお寺がいくつもありますし、観光客には人気があるようですね。道も平坦ですから、歩くだけなら一時間もかかりません。ゆっくりお寺を見物して歩くと三時間くらいでしょうか」

松橋巡査長が答える。

「さすがに詳しいですね」

「確か、今夜の宿は被害者が泊まったのと同じで、藤ノ木古墳の近くでしたよね？　それなら宿まで車で行って、まず、チェックインしてはいかがですか？　車を駐車場に停めて、宿から歩くことにしませんか」

「ああ、そうですね。ここから藤ノ木古墳まで歩いたら、それだけで疲れてしまいそうだ。寅三先輩、それでいいですか？」

「わたしの希望を聞いてもらえるのなら、全部車で回りたいところですけどね」

「却下です」

冬彦がにこっと笑う。

「じゃあ、最初から訊かないで下さいよ」

寅三がむっとする。


二人は竹山巡査部長の運転する車で、今夜の宿泊予定先、飛鳥(あすか)山荘に向かった。

玄関前で車を降りると、

「うわ～っ、すごくいいなあ。古い都にやって来たという感じがする。素晴らしい」

古びた建物を見上げながら、冬彦が感嘆の声を発する。地味な佇(たたず)まいだが、手入れの行き届いた庭園に囲まれた、歴史の重みを感じさせる風情(ふぜい)のある旅館である。

「宿泊料金も素晴らしいですからね」

皮肉めいた笑みを口許に浮かべながら、寅三も車から降りる。

「自分たちは車を駐車場に停めて、フロントで待っております」

助手席のウィンドーを下ろして、松橋巡査長が言う。

「チェックインして、部屋に荷物を置いたら、すぐにフロントに行きます」

「まだ時間が早いから部屋に入れてもらえないかもしれませんね」

寅三が言う。

「そのときは荷物だけ預かってもらいましょう。いやあ、それにしても、いいなあ。素晴らしいなあ。晩ご飯が楽しみだ。温泉に入るのも待ち遠しいなあ」

スキップするような足取りで冬彦が旅館に入っていく。

「ふんっ、まるっきり修学旅行の高校生だな」

舌打ちしながら、寅三も後に続く。

五

飛鳥山荘を出発して一〇分ほどすると、遠くに大きな伽藍が見えてきた。

「うおっ、あれは、法隆寺じゃないですか」

冬彦が興奮気味に大きな声を出したので、松橋巡査長と竹山巡査部長が驚いた顔になる。キャリアの警部が子供のようにはしゃいでいるからだ。

「すいませんね、初めて日本に来た外国人みたいで。警部殿、法隆寺に来たことないんですか？　普通、修学旅行で一度くらい来るでしょう」

寅三が冬彦を見る。

「中学生のときは不参加だったし、高校には通わず、大検で東大に入ったので、修学旅行で関西に来たことはありません」

「さすが変人」

寅三が肩をすくめる。

四人が南大門(なんだいもん)から法隆寺に入る。正面に中門(ちゆうもん)があり、その向こうに金堂(こんどう)や五重塔(ごじゆうのとう)、大講堂(だいこうどう)が見えてくる。

「いいなあ、見たいなあ。世界最古の木造建築物なんですよね」

「ちゃんと予習してきたようですね」

「もちろんです」

冬彦が軽い足取りで中門に向かっていこうとするのを、

「こっちみたいですよ」

冬彦の襟首(えりくび)をつかんで、寅三が引き戻す。

「え、どこに行くんですか？」

「斑鳩溜池を目指すのなら、そちらに行く必要はありません」

松橋巡査長が申し訳なさそうに言う。

「ということなので」

寅三は護摩堂（ごまどう）の先を右折する。

「そんなあ……。せっかく、ここまで来たのに五重塔を素通りですか。あり得ません！」

「仕方ないでしょう。事件に関係ないんだから」

寅三が嬉しそうに言う。冬彦を悔しがらせるのが楽しいらしい。

「日比野さんだって、拝観したに決まってます。きっと熱心に寺域（じいき）を歩き回ったはずですよ。だから、こんな近くに宿を取ったんです」

「証拠はありますか？」

「は？」

「今の発言、警部殿の推測に過ぎないじゃないですか。何の根拠もありませんよね？　自分が拝観するためのでっちあげです」

「でっちあげとは、ひどいなあ、そこまで言わなくても……」

「ほら、行きますよ」

「引っ張らないで下さい。わかりました。行きます。ああ、残念……」

名残惜しそうに肩越しに五重塔を振り返りながら、冬彦が寅三についていく。

東大門を通り過ぎると、また冬彦のテンションが高くなる。正面に東院伽藍があるのだ。東院伽藍の中心には夢殿があり、乾漆行信僧都坐像が安置されている。

「法隆寺で何が見たいかと訊かれれば、一番に夢殿と答えます。日本最古の八角円堂というだけでなく、聖徳太子のタイムマシンではないかという説まであるんですよね。ＳＦチックだし、ぼくも信じているわけではありませんが、もしかすると……と思わせるようなロマンがありますよね。わくわくするなあ。聖徳太子って、すごい人なんですよ。八人と同時に会話できたというんですから。八人はすごい。ぼくなら、三人が限度だな」

「楽しそうでいいですね。ということで、こっちですよ」

寅三が冬彦の腕を引き、突き当たりを左に曲がる。

「ああっ、夢殿が、夢殿が……」

冬彦が溜息をつきながら振り返る。

「まったくもう。捜査を利用して観光に来たんじゃないかと疑いたくなりますよ」

寅三が舌打ちする。

「一応訊きますが、中宮寺も素通りですよね？」

「当然です」

「今日のところは仕方ないですね。諦めます。被害者か犯人が五重塔や夢殿を拝観したことが明らかになれば、堂々と拝観できるわけですからね。それまでは、お預けです」

「おっしゃっていることが何となく本末転倒のような気がしますが……」

「細かいことを気にするのはやめましょう」

　冬彦がにこっと笑う。

　四人は更に歩き続ける。

　次第に周囲には田圃(たんぼ)や畑が広がっていく。

「のどかでいい景色(けしき)ですね。さすが世界遺産です」

「こっちは、それどころじゃないです」

　法輪寺(ほうりんじ)を過ぎたあたりから寅三の顔に汗が噴(ふ)き出し、呼吸が激しくなっている。宿を出てから、もう三キロくらい歩いているので、さすがに疲れてきたのであろう。

「ははは、運動不足ですね。体重も多すぎるようです。そうですね。あと一〇キロくらいは落とさないとダメでしょう。今のままでは心臓に大きな負担がかかっていますよ」

「うるせえ、余計なお世話なんだよ。あ……すいません。独り言のつもりでしたが、聞こえてしまったら謝ります」

「気にしないで下さい。高虎さんも口の悪い人でしたよ。寺田家の人間の特徴なんですかね？　下品で頭が悪いです。これは悪口ではありません。事実を述べているだけです」

「勝手に好きなことを言って下さい。今は怒る元気もありませんので……。あの〜、目的地まで、あとどれくらいなんでしょうか？」

「一五分くらいですよ」

竹山巡査部長が答える。

「一五分かあ。たかが一五分、されど一五分……。今のわたしには、きついわあ」

寅三が汗を拭いながら、大きく息を吐く。

「斑鳩溜池の方には観光客も行くんでしょうか？」

冬彦が訊く。

「ほとんど行かないでしょうね。観光客がたくさん来るのは中宮寺あたりまでだと思いますよ。お寺巡りの好きな観光客は法輪寺から法起寺の方に向かうでしょうから、斑鳩溜池とは方角が違いますね。地元の人間だって、あまり行かないと思いますよ」

松橋巡査長が答える。

「ふうん、そうだとすると、なぜ、被害者の日比野さんがそっちに向かったのかが謎ですよね。その点に関しては、捜査報告書にも記載はありませんでしたよね？」

「わたしたちも当時の報告書を読み直しましたが、なぜ、被害者が斑鳩溜池に向かったのか、その理由はわからなかったようです。なあ？」

松橋巡査長が竹山巡査部長に水を向ける。

「この事件が解決できなかった原因のひとつが、それだと思います。なぜ、斑鳩溜池に向かったのかもわかりませんし、観光客も来ないような、あまり人気のないような場所だったから、目撃者もいません。そもそも遺体が発見されたのも偶然で、普通なら何日も発見されなかったかもしれないんです」

竹山巡査部長が言う。

「偶然というのは、どういうことですか？」

寅三が訊く。

「斑鳩溜池にはヨットの練習場があって、ヨット部の大学生がよく利用しています。たまたまヨット部の男子学生と女子学生が二人きりになろうとして、静かで落ち着ける場所を探して付近をうろうろしたらしいんです。その途中で、被害者を発見したんです」

松橋巡査長が説明する。

「遺体が発見された経緯は、ちゃんと報告書に書いてありましたよ」

冬彦が言う。

「まだ全部読んでないんですよ。昨日の今日の話で、いきなり出張なんですから」

寅三が口を尖らせる。

「この事件には他にも謎めいた点がいくつもあるんですよ。例えばですね、被害者の財布や時計などは手付かずで残っていたのです」

冬彦が言う。

「物盗(ものと)りの犯行ではないということですか？」

寅三が訊く。

「物盗りなら、財布を残してはいきませんよね。財布には五万円以上の現金、クレジットカード、キャッシュカードなどが入ってたんですから」

「物盗りでなければ、顔見知りか、通り魔を疑うところですね」

「通り魔はなさそうです、ねえ、松橋さん？」

「はい。人通りがない場所ですから」

「そもそも、すでにこのあたりにも人影がないじゃありませんか」

冬彦が周囲を見回す。さっきから誰ともすれ違っていないのである。

「じゃあ、顔見知りですね」

寅三が言う。

「そこが難しいところなんですよ。出張だと偽(いつわ)って家を出て、宿には一人で泊まっている。同伴者がいれば真っ先に疑いたくなるところですが」

「この土地に友達とか知り合いはいなかったんですか？」

「奥さんは、いないと思う、と答えています。ただ……」

「何ですか？」

「ひとつ気になることがあったんです。被害者は、ぼくたちと同じように一泊二日の予定で飛鳥山荘に泊まっています。一般的なプランには、その夜の夕食と翌日の朝食がつくんです。ぼくも、そのプランをお願いしました。ところが、被害者は夕食をつけず、朝食しか頼んでないんです」

「ということは……」

「外で夕食を摂ったということになりますよね。観光地にやって来て、一人で外で食事するでしょうか？」

「誰か、連れがいたと言いたいわけですね？　被害者は殺害される前夜、誰かと食事を摂っていた。だから、宿の夕食を断った」

「そう思いますよね。ところが……」

冬彦が寅三をじっと見る。

「何ですか、教えて下さいよ」

「何だと思います？」

「もったいぶらないで下さい」

「せっかちだなあ。もっと想像を楽しめばいいのに……。当時の捜査陣も、当然、そう考えて、大和郡山市だけでなく奈良市の方まで飲食店を調べたんです。でも、空振りでした。店員の記憶に残らなかっただけという可能性もありますが」

「クレジットカードは使われてないんですか？」

「その夜は使われていません」

「現金で支払ったかもしれません。クレジットカードを使うのが好きでなかったとか」

「チェックアウトするときには使ってますよ」

「それ以外には使ってないんですか？　レンタカーとか、お土産とか……」

「使ってません」

「なるほど、手がかりなしか」

「そろそろです」

竹山巡査部長が声をかける。

斑鳩溜池である。

六

「おおっ、広いですね～、いいな、いいな～」

溜池の畔（ほとり）に出ると、冬彦は両腕を大きく広げて、感嘆（かんたん）の声を洩らす。

「気持ちいいですね」

寅三も大きく息を吸いながら周囲を見回す。

遠くの方にちらほらと釣（つ）り人の姿が見える。

「こちらです」

竹山巡査部長が声をかける。

水辺から離れて、茂(しげ)みの中に入っていく。

「このあたりの景色は、事件が起こった当時とあまり変わってないんですね？」

冬彦が訊く。

「特に開発もされてませんから、ほとんど変わってないと思います」

松橋巡査長が答える。

「観光客が来るような場所だとは思えませんよね」

足元の蔓草(つるくさ)に足を取られて転びそうになりながら、寅三が言う。

「観光地巡りだと、このあたりには来ないでしょうが、最近はハイキングコースの休憩場所として組み込まれることがあるみたいです。そうは言っても、森の中には入らず、溜池を眺めながら休む程度だと思いますが」

竹山巡査部長が答える。

「さすが地元の方だけあって詳しいですね」

冬彦が感心する。

「いや、付け焼き刃(ば)です」

竹山巡査部長が恥ずかしそうに頭をかく。

「東京から警部殿がいらっしゃると伺い、わたしら二人で対応せよと命じられてから、大急ぎで当時の記録を読み返し、周辺の土地事情などを調べたんです」

松橋巡査長が説明する。

「おかげでスムーズに捜査できます。ありがとうございます」

冬彦がにこやかに礼を言う。

「事件現場ですが……」

竹山巡査部長が、あらかじめ用意してきた地図で確認しながら、そこだと思います、と大きな木の根元を指差す。周辺には、冬彦の膝(ひざ)のあたりまで届くほどの下草が生(お)い茂っている。

「当時の現場写真を見ると、これほど草は茂っていません。それが変化と言えば変化ですね」

「遺体が発見されたのが二一年前の四月一一日の火曜日で、今日は四月七日だから、別に季節が違うというわけでもありませんよね。当時と今でそんなに環境が変わっているのかなあ」

冬彦がつぶやく。

「写真をご覧になりますか?」

竹山巡査部長がコピーしてきた現場写真を冬彦に差し出す。

「すいません」

写真を受け取り、当時の様子と、実際に目の前にある現場を見比べる。

「まあ、当時もむきだしの地面というわけではなかったようだから、そんなに気にすることはないのか……」

「だけど、当時も今も、この木の周りの草は丈が高いですね」

横から写真を覗き込みながら、寅三が言う。

「遺体が見付かったあたりだけ、当時はいくらか草丈が短かったんでしょうかねえ」

冬彦が首を捻る。

「死因は失血ですよね？」

寅三が松橋巡査長に訊く。

「そうです。首を刺されて頸動脈が切れ、そこから大量に出血して亡くなったようです」

「凶器は見付かってないんですよね？」

「はい。見付かっていませんし、凶器が何だったのかも特定されていません」

「傷口の形状から鋭利な刃物ではなく、先端がぎざぎざした細長いもの……確か、検視報告書にはそんな風に記載されていましたよ」

冬彦が寅三に言う。

「ドライバーみたいなものですかね？　プラスかマイナスかはわかりませんけど」

「どちらも微妙に違うみたいですね。マイナスドライバーだと刃物のような傷跡になるそうですし、プラスドライバーでも直線的な傷ができるので専門家なら見極められるそうです……そう報告書に書いてありました」

「遺体が発見されたのは、お昼頃ですよね。胃の内容物は？」

寅三が訊く。

「ふふふっ……」

「何がおかしいんですか？」

「ついに寅三先輩がやる気を出してきたな、と感心しただけです」

「ふざけないで下さいよ」

寅三がムッとした顔になる。

「そのやる気は素晴らしいのですが、寅三先輩が質問している答えは、実はすべて捜査報告書と検視報告書に記載されているのです」

「じゃあ、後で読みますよ」

「教えてあげます。日比野さんの胃に残っていたのは、ごはん、漬物、卵焼き、鯵の塩焼き、納豆、焼き海苔……」

「それって、つまり……」

「そうなんです。宿の朝ご飯なんですよ。日比野さんは午前八時過ぎにチェックアウトしていますから、朝ご飯を食べたのは、その前です。六時半から朝食が食べられるそうですから、恐らく、午前七時前後に食べたのでしょう。それから殺害されるまでの五時間ほどは何も食べていないということです」

「ここで食べるつもりだったのかしら」

「え？」

「だって、溜池の畔は地面がどろどろしてるじゃないですか。このあたりなら、当時は下草も短かったみたいだからシートを敷くにも都合がいいかと思って」

「それは斬新な発想ですね。つまり、被害者の日比野さんは、ここでピクニックをするつもりだったということですね？」

「そんなことはわかりませんけど、ちょうどお昼時に殺害されたわけですし、ここで食べなければ、飲食店のある場所に戻るのは、ずっと後になったんじゃないでしょうか」

「誰かとピクニックをするつもりで、その誰かに殺害されたと考えると辻褄が合いますね。竹山さん、報告書には被害者の所持品についても詳しく記載されていますよね？　ピクニックを連想させるようなものはありましたか？」

「ありません」

　竹山巡査部長が首を振る。

「まあ、ラフな格好をしていたので、ピクニックに来たとしても不思議はありませんが、例えば、地面に敷くシート、お弁当や飲み物などは見付かっていません」

「ラフな格好とは、どんな格好だったんですか？」

寅三が訊く。

「ポロシャツ、薄手のウインドブレーカー、ジーンズにスニーカー……そんな格好です」

「でも、その日に帰京する予定だったわけですよね？　奥さんには出張だと偽っていた」

「所持品の中に東京駅のコインロッカーの鍵がありました。コインロッカーにはスーツやワイシャツ、革靴が入っていたそうですよ」

冬彦が言う。

「家を出て、どこかでラフな格好に着替え、スーツ類はコインロッカーに入れた。家に帰るときは、またどこかで着替えてから帰る……そういうやり方ですか？」

「そう思われます」

「普通に考えれば、やっぱり浮気でしょうけど、宿には一人で泊まっているわけですよね？　どういうことなんだろう……」

寅三が首を捻る。

「それが簡単にわかれば迷宮入りしてませんよ」

あははっ、と冬彦が明るく笑う。

それから二時間ほどかけて、冬彦たちは現場周辺を歩き回り、捜査報告書に記載されている内容をひとつずつ確認した。現場の環境が二一年前とほとんど変わっていないので、どういう状況で犯行が為されたのか想像する助けになった。

「そろそろ署に戻りますか」

　松橋巡査長が言う。

「そうですね。今後の打ち合わせもしなければなりませんよね」

　冬彦がうなずく。

「遅くなりましたけど、その前に昼ご飯を食べませんか？」

「お願いします！」

　寅三がぱっと右手を挙げる。

「じゃあ、腹ごなしに宿まで歩きますか」

　冬彦が言う。

「冗談はやめて下さい。腹ごなしなんかしなくても十分すぎるほど空腹です。もう歩けません。いや、歩きません！」

「寅三先輩は、わがままだなあ」

「どっちがわがままなのよ」

「とりあえず、法輪寺まで行き、バスかタクシーで宿に戻りましょうか」

　松橋巡査長が二人の顔を交互に眺めやりながら言う。この二人、なぜ喧嘩ばかりしているのだろう、と不思議に思っているらしい。

「お寺まで戻らないと、どうにもなりませんか？」

寅三が訊く。

「署からパトカーを回してもらうこともできますが、時間がかかりますよ」

「いいじゃないですか、こんなにいい陽気なんですから歩きましょうよ」

「仕方ない。お寺までは、がんばるか」

寅三が溜息をつく。

七

四人は法輪寺の近くでタクシーに乗り、飛鳥山荘に戻った。駐車場に停めておいた車に乗り換える。

「何か食べたいものはありますか？」

松橋巡査長が訊く。

「せっかくですから、地元のおいしいものが食べたいです」

冬彦が答える。

「何がいいかな？」

松橋巡査長が竹山巡査部長の顔を見る。

「吉野の親子丼は、どうですかね」

竹山巡査部長が提案する。

「あれは、うまいな。でも、親子丼なんかどこにでもあるから珍しくもないだろう」

「いいんですよ、何でも。警部殿、余計なことを言わないで下さい。物見遊山じゃないんですから」

寅三が慌てて言う。

「ただの親子丼なんですが、大和肉鶏という地元で育てた鶏肉を使っています。歯応えのあるプリプリした食感で、何て言うか……軍鶏に似た感じかもしれません。それでいて、値段はリーズナブルです」

竹山巡査部長が説明する。

「それも一夜漬けで調べたんですか？」

冬彦が訊く。

「いいえ、署の近くにある吉野という大衆食堂の看板メニューです。よく署員が利用しています」

「ふうん、おいしそうですね。話を聞くだけで涎が出てきそうです。そこに案内して下さい。お願いします」

「では、食事してから署に戻って、今後の打ち合わせをするということでいいでしょうか?」

松橋巡査長が確認する。

「はい、それでお願いします」

冬彦が一礼する。

八

「いやあ、うまかったですね。びっくりです。寅三先輩なら、もう一杯いけたんじゃないですか?」

食事を終え、西和警察署に向かう車の中で冬彦が寅三に話しかける。

「いけましたね。確かに、すごくおいしかった。鶏肉の食感が最高でしたね。だけど、鶏肉だけじゃない。卵も、ただものではないという感じがしました」

寅三がふーっと大きく息を吐きながら言う。よほど親子丼に満足したらしい。

「お二人とも食通ですね。あれは平飼いの卵なんですよ。店主の実家が農家で、平飼いで産ませた卵を毎日仕入れているらしいです」

竹山巡査部長が説明する。

「それは、おいしいはずだわ。平飼いの卵って高いんですよ。ひとつ五〇円くらいしますよね」

「寅三先輩も平飼い卵の愛好者なんですか？」

冬彦が訊く。

「まさか。わたしは、特売日に、ひとパック一〇〇円の卵しか買いません」

「その年齢で独身の巡査長だから、それなりに貯金もあるはずですが、割とみみっちい食生活なんですね」

「余計なお世話です」

寅三がムッとする。

「でも、お代わりしなくてよかったですよ。今夜の宿の食事も豪華なはずですからね。その分、お腹を空けておかないと」

「もちろん、晩ご飯は、たくさん食べますよ。何しろ、自腹なんですからね。誰にも遠慮なんかしません」

寅三が言い返す。

西和警察署に戻って、その日の調査内容と当時の捜査報告書を照らし合わせながら、冬彦たちは一時間ほど打ち合わせをした。

それから冬彦と寅三は宿泊先である飛鳥山荘に向かった。松橋巡査長と竹山巡査部長が車で送ります、と申し出てくれたが、さすがにそこまで気を遣(つか)わせては悪いと思ったのか、その申し出を冬彦は断り、バスを使った。

九

夕食まで時間があるので、冬彦と寅三は、入浴し、自室で休憩することにした。

「自腹は辛いけど、温泉に入れるのは嬉しいなあ。大浴場はかなり広いみたいだし、楽しみだわ」

「きっと疲れが取れますよ」

「確かに今日は疲れました。地方に出張することなんか滅多(めった)にないし、警部殿は人使いが荒いから」

「いい運動になりましたね。きっと体重が落ちてますよ。もっとも、夕食後には元に戻るでしょうが」

「ホントに嫌味(いやみ)がお上手ですわ。では、後ほど」

ロビーに冬彦を置き去りにして、寅三がすたすた歩き去る。

夕食を摂る場所は、自室、食堂の個室、広い座敷の中から選ぶことになっている。

「座敷でいいですからね」

寅三が念を押したのは、自室や個室だと追加料金が発生すると知ったからだ。これ以上、自腹を増やしたくない、という考えなのである。

浴衣姿の冬彦と寅三が座敷に出向くと、広い座敷に足高膳がずらりと並んでいる。ざっと五、六〇人は坐ることができそうな広さである。同じような浴衣姿で食事している客たちで席は半分くらい埋まっている。

一人につき足高膳がふたつの割り当てで、ひとつの膳には前菜や刺身の入った小鉢類が並び、もうひとつの膳には手鍋が置いてある。しゃぶしゃぶ用の鍋だという。

着物姿の女性従業員が、

「お飲み物は、どうなさいますか?」

と注文を取りに来る。

「ビールでいいですか?」

「ぼくはアルコールは苦手なので、炭酸水をお願いします」

「ふうん、ソーダですか。わたしはアルコールを飲んでも構いませんか?」

「どうぞ。もう勤務時間外ですし、どうせ自腹なんですから」

「じゃあ、生ビール。あ……二杯お願いします。どうせ、すぐに飲んじゃうから」

「さすがに豪快(ごうかい)ですねえ」

冬彦が感心する。

飲み物が運ばれてきて乾杯すると、寅三がいきなり生ビールをごくごく飲み始める。ひと息に飲み干してしまう。

「うわあ、すごい。本当にあっという間ですね」

冬彦が唖然(あぜん)とする。

「仕事の後の一杯は最高なんですよ」

二杯目のジョッキを手にしながら、寅三が言う。

「悪酔(わるよ)いしないように、食べながら飲んだ方がいいですよ」

「わかってます」

と言いながら、二杯目のジョッキもあっさり空にしてしまう。

「お姉さん、お代わり」

「野菜が新鮮でおいしいなあ。しゃきしゃきして、しかも、みずみずしい。お姉さん、このあたりで採(と)れる野菜なんですか？」

「はい。大和野菜といいまして、他の土地で採れたものとは味や食感が違うと思います」

従業員が冬彦の質問に答える。

「うん、確かに違いますね。インゲンにもトマトにも強い甘味がある。湯葉(ゆば)もおいしいな。ん？　このお汁は何ですか」

「それは、すまし汁に大和芋のすり下ろしを加えたとろろ汁でございます」

「ふうん、とろろ汁か……」

お椀を手に取り、口に運ぶ。

冬彦の表情がパッと明るくなり、

「いやあ、本当においしい。ねえ、寅三先輩？」

「……」

寅三の目許がぽってり赤くなり、機嫌よさそうに口許に笑みを浮かべている。冬彦が前菜を味わっている間に生ビールのジョッキを四杯も空にしている。ペースが異様に速い。

「勤務時間外だし、食事中だし、もう無礼講でいいですかね」

「ふふふっ、とっくに無礼講じゃないですか」

「そういう、人を嘗めたような言い方がムカつくんだよ。ちょっとくらい頭がいいからって、デカい面をするんじゃないっての」

「ちょっとどころか、かなり違うはずですよ。東大を出たときの成績は五番以内だったし、たぶん、警察庁に採用されたキャリアではトップの成績だったはずですから」

「……」

「それにデカい面といいますが、どう考えても寅三先輩の方が顔の面積は大きいじゃ

「……」

「うるせえ」

寅三が身を乗り出し、冬彦の胸倉をつかむ。

「てめえ、殺すぞ」

「迫力がありすぎて冗談に聞こえません」

「冗談に聞こえるか？」

「く、くるしい……」

冬彦の顔が充血してくる。

隣席では、六〇代の四人組の男女が食事をしていたが、その中の禿頭の男が、

「仲のよろしいことですなあ。年齢の離れたご夫婦のようですが、若い御亭主は姉さん女房に頭が上がらないと見える」

と笑いかける。

「はあ？」

冬彦から手を離し、寅三が禿頭に顔を向ける。

「おい、おっさん、わたしらが夫婦に見えるのか？　何で、わたしがこんなムカつく野郎の姉さん女房にならないといけないんだ？」

「あ……いや、間違いでしたか。すいません。失礼、失礼」

「バカ野郎。失礼で済んだら警察なんかいらないんだよ」

「まあまあ、落ち着いて下さい」

冬彦は寅三を宥めつつ、禿頭にも顔を向け、

「ちょっと酒癖が悪いものですから。気を悪くなさらないで下さい」

「何だと、酒癖が悪いとは誰のことだ？」

「ほら、お代わりのビールが来ましたよ。しかし、すごいペースだなあ」

「そろそろお鍋に火をつけさせていただきます」

従業員が手鍋に点火し、新たな小鉢を膳に並べる。

「大和牛のユッケとタタキでございます。お鍋が煮えた頃、しゃぶしゃぶのお肉をお持ちいたします」

「うわあ、おいしそうですねえ。少しお酒を飲むペースを落として料理を楽しんだらどうですか？　ろくに食べずに飲んでばかりじゃないですか」

「偉そうに説教なんかするんじゃねえ」

酔いが回るほどに、寅三は口が悪くなっていく。もはや無礼講どころの騒ぎではない。周りにいる客たちから向けられる白い目にもまったく気が付かない様子である。

「ユッケ、おいしいなあ。卵の甘味が肉と絡んで絶妙な味わいです。そう思いませんか？」

「……」

寅三の目は焦点が合っておらず、瞬きすらしない。

完全にできあがっている。

料理にはほとんど手を付けず、次々にジョッキを空にしていく。

「ああ、タタキもうまい。何て柔らかい肉なんだ」

冬彦は幸せそうな顔で料理を口に運ぶ。寅三のことは放っておき、好きにさせておこうと決めたらしい。迂闊なことを口にすると絡まれるだけだ。

「しゃぶしゃぶのお肉が来ましたよ。食べないんですか？　山菜だって、お刺身だって、ユッケだって、タタキだってものすごくおいしいのに……そんなに残してもったいない」

「やるよ。食え」

ビールを飲みながら、寅三が顎をしゃくる。

「え、いいんですか？」

「食えよ」

「そうですか。何だか、悪いですね。でも、残すのはもったいないから、遠慮なくいただきます」

寅三の足高膳に手を伸ばし、手付かずの料理を食べ始める。

やがて、しゃぶしゃぶ用の肉が運ばれてきたが、寅三は依然として飲んでいるだけで、まったく食べようとしない。

「ああ、お腹がいっぱいだ。何て幸せなんだろう。こんなおいしいものに手を付けない人がいるなんて信じられない。ビールなんか、日本のどこに行っても同じものが飲めるだろうに……」

冬彦は自分の肉を食べ終わると、寅三の皿にも手を伸ばす。もう満腹だが、寅三が残すのなら無理をしてでも自分が食べようというのだ。もったいなくて、とても残すことなどできないのである。

「ごちそうさまでした。もうダメだ。これ以上、とても食べられません」

デザートには、わらび餅が出たが、さすがに手を付ける気になれなかった。

「寅三先輩、そろそろ引き揚げましょうか？」

「……」

「大丈夫ですか？」

冬彦が寅三の周りに転がっている空のジョッキに目を走らせる。次々に飲み干してしまうので、従業員の片付けが間に合わないのだ。一〇杯以上飲んだのは確かだが、途中から面倒になって数えるのをやめた。二〇杯くらい飲んだかもしれない。

突然、寅三がジョッキを置いて立ち上がる。

「あれ、意外としっかりしてるんですね。ふらふらで歩けないいんじゃないかと心配してました」

「……」

寅三が出口に向かって歩き出す。

と、いきなり、ばったり前のめりに倒れる。

「え、マジですか」

冬彦が慌てて駆け寄る。

従業員も驚き顔でやって来る。

「気分でも悪くなさいましたか?」

「飲みすぎだと思います」

寅三は真っ赤な顔で大いびきをかいている。

「寅三先輩、寅三先輩!」

冬彦が耳許で呼びかける。

「うるせえ、バカ野郎。眠いんだから邪魔(じゃま)するな」

「ああ、よかった。ちゃんと反応がある。口の悪さはいつもと変わらない。無反応だと、急性アルコール中毒を疑うところですが、どうやら、その心配はなさそうですね」

「おしっこ……」

寅三がむっくり起き上がり、ふらふらした足取りで座敷から出て行こうとする。

「よかったら肩を貸しますよ」

冬彦が寅三を支えようとするが、その途端、寅三の振り回した腕が冬彦の顔面を強打する。わざとやったのか無意識にやったのか冬彦には判断できなかった。冬彦が尻餅をついている隙に、寅三は座敷から出て行ってしまう。

「手のかかる人だなあ……」

手の甲で鼻血を拭いながら立ち上がると、冬彦が寅三を追っていく。

女子トイレの前で待っていてもなかなか出てこないので、女子従業員に頼んで中の様子を見てもらうと、個室のドアを開け放したまま、便器に坐り込んで寝ていたという。その従業員の助けを借りて、何とか二人がかりで寅三を部屋に連れて行く。

客室は洋室ではなく和室なので、布団を敷いて寝るようになっている。食事中に従業員が布団を敷いてくれていたので、そこに寅三を寝かせる。部屋の鍵は従業員が合い鍵で閉めてくれた。

冬彦は自分の部屋に戻った。

「ああ、疲れた」

窓辺に籐椅子が置いてある。ふと思いついて、部屋の明かりを消し、カーテンを開けてから籐椅子に坐る。窓を少し開けた。ひんやりした空気が流れ込んできて心地よい。夜風に当たりながら、事件について、あれこれ思いを巡らせているうち、冬彦も眠り込んでしまう。

一〇

四月八日（木曜日）

冬彦と寅三が九時にチェックアウトして外に出ると、松橋巡査長と竹山巡査部長が待っていた。

「おはようございます」

「早くからすいません。よろしくお願いします」

冬彦が挨拶する。

昨日は、犯行現場まで歩いたが、今日は車で行くことになっている。

当たり前だが、車を使うと早い。スピードを出したわけではないし、近道を通ったわけでもないが、それでも三〇分そこそこで斑鳩溜池に着いた。車を停め、四人で犯行現場に向かう。

が……。

寅三一人が遅れている。肩で大きく息をし、はあはあと荒い息遣い（いきづか）で、顔中に脂汗（あぶらあせ）を浮かべている。

「大丈夫ですか？　具合が悪いのなら車で休んでいたらどうですか」

冬彦が気を遣う。

「平気ですよ。ただの二日酔いですから。無理しないで下さいね」

「それならいいんですが……」

と冬彦が言った途端、寅三が口を押さえて茂みに飛び込む。うげ～っ、おえ～っ、と激しく嘔吐する声が聞こえる。

「……」

松橋巡査長と竹山巡査部長が呆然としている。

「先に行きましょう。落ち着いたら、後から来るでしょうから」

冬彦が促すと、二人は無言でうなずく。

三人がその場を離れても、まだ背後から嘔吐の声が聞こえてくる。


昨日は、当時の捜査報告書の記載を確かめながら、現場周辺を調べたが、今日はいくらか範囲を広げて冬彦は歩き回った。少しでも気になるところがあると写真を撮り、メモを取り、足を止めて考え込む。

松橋巡査長と竹山巡査部長は手持ち無沙汰の様子で、冬彦について歩いている。冬彦を手伝うように署長から命じられはしたものの、いきなり、二一年も昔の殺人事件の捜査を手伝えと言われても、何をすればいいのかわからない。有力な手がかりもなく、容疑者も浮かばなかった。だからこそ、迷宮入りしてしまったのだ。以前から捜査に関わっていれば話も違ってくるだろうが、東京から捜査員がやって来ることになり、その一人はキャリアの警部だ、と聞かされたのが一昨日の夜なのである。それから大慌てで当時の捜査資料に目を通したのだから、二人が困惑するのも無理はない。

寅三は木の切り株に腰を下ろして休んでいる。見栄を張ってがんばる振りをするだけの余裕もないらしい。

「やっぱり、わたし、無理ですから」

と、冬彦に断り、開き直ったように悠然と休んでいる。

二時間ほど歩き回って、

「ありがとうございました。今日のところは、これで結構です」

冬彦が言う。

西和警察署に戻り、水谷署長と増山課長に挨拶する。

「手応えはありましたか？」

水谷署長が訊く。

「手応えと言えるほどではありませんが、解決が不可能だという感じもしません。東京に戻ったら、ご遺族に会って話を聞いてみるつもりです。その上で、また、ここに来ることになるかもしれません。そのときは、よろしくお願いします」

「いつでも喜んで協力させていただきますよ」

松橋巡査長と竹山巡査部長が車で駅まで送ってくれた。王寺から大和路快速で奈良に行き、奈良でみやこ路快速に乗り換え京都に行く。京都からは新幹線に乗って帰京である。

移動中に、冬彦は、昨日と今日の二日間の調査内容を熱心に確認している。その横で寅三は爆睡（ばくすい）している。

二

「ただいま戻りました」

明るい声を出しながら、冬彦がドアを開ける。

「お帰りなさい」

理沙子と樋村が笑顔で声をかける。

山花係長は、仏頂面（ぶっちょうづら）でちらりと視線を上げただけだ。

「どうでした、奈良は？　いいなあ、羨ましいなあ、ぼくも行きたいな～」

樋村が体をくねくねさせながら言う。

「仕事だよ、仕事」

寅三が不機嫌そうな顔で自分の席に着く。

「行ったのは法隆寺の方ですよね？　もろに観光地じゃないですか。世界遺産ですよ」

「だから、仕事だって」

寅三が嫌な顔をする。

「おいしいものをたくさん食べませんでしたか？」

「食べるはずないだろ」

「本当ですか、警部殿？」

「おいしいものがたくさんあったよ。昨日の昼に食べた大和肉鶏の親子丼なんか絶品だった。宿の晩ご飯も、すごかったなあ。大和牛のユッケやタタキ……今思い出しても涎が出てきそうだよ」

冬彦が夢見心地で溜息をつく。

「やっぱり、ごちそうを食べたんじゃないですか」

樋村が寅三に顔を向ける。

「……」

「晩ご飯のとき、寅三先輩は大酔っ払いでね、ビールばかり飲んで料理にはほとんど手を付けてないんだよ。だから、ぼくが二人分食べた」

「ずるいなあ、ずるい。ぼくも食べたいですよ」

「ダメダメ、樋村君にはもったいない」

「樋村には、そのあたりの牛丼で十分だよ」

理沙子が言うと、

「ひどいなあ」

樋村が嘆く。

それを見て、冬彦と理沙子が大笑いする。

「……」

そんな三人を寅三が苦々しげな顔で睨んでいる。

（何なんだ、こいつら。まるっきり修学旅行から帰ってきたばかりの高校生みたいじゃないか。こんなアホ丸出しの連中が、わたしの同僚なのか？）

ようやく二日酔いから回復してきた醒めた頭で、寅三はそんなことを考えている。

「小早川君、何か成果はあったのか？　事件を解決する糸口は見付かったか」

山花係長が訊く。

「やはり、そう簡単にはいきませんね。何しろ、二〇年以上も前の事件ですから。ただ幸いなことに、事件現場は開発もされておらず、ほとんど当時のままの状態で残っているんです……」

昨日と今日、現場を調査してわかったことを、冬彦がざっと説明する。

「ふんっ、つまり、当時の捜査報告書に記載されていることを確認してきただけということか。特に目新しい材料は何もなさそうだが」

山花係長がにこりともせずに言う。

「そういうことです」

冬彦が笑顔でうなずく。

樋村と理沙子がいろいろ質問し、それに冬彦が答える。賑やかである。

さりげなく山花係長が席を立つ。気にする者はいない。

廊下に出て、非常階段の方に歩いて行く。非常階段を降り、踊り場で携帯を取り出す。

「胡桃沢さんですか、山花です……。はい、小早川が帰ってきました。空振りだったようですが、本人はやる気満々です……。そうですね、解決の見通しのない難事件に首を突っ込んだり、過去の捜査データをパソコンに打ち込む作業ばかりしていれば、他のことを考える余裕もないでしょうし、活躍して注目を浴びることもないだろうと思います……。了解しました。また何かあれば、連絡させていただきます。よろしくお願いします」

携帯を切り、何食わぬ顔で部屋に戻る。

相変わらず、冬彦たちは賑やかに話している。

寅三は、腕組みしてぼんやりしている。居眠りしているのかもしれない。

「あ、そうだ。大食いの方、どうなってるの？　進展なし？」

冬彦が樋村に訊く。

「昨日と今日のたった二日で進展なんかあるはずないじゃないですか。テレビ局も協力的じゃないし」

樋村が口を尖らせる。

「明日、大食い選手権の予選があるそうなので、二人で行ってみようかと思ってます」

理沙子が言う。

「ふうん、そうなんだ。じゃあ、ぼくたちも一緒に行くよ」

樋村が気遣う。

「出張帰りで疲れてるんじゃないんですか？　報告書の作成も大変だろうし」

「ぼくは平気。報告書は今日中に作ってしまうつもりだし、大して疲れてもいないよ」

「警部殿ではなく……」

樋村がちらりと寅三を見る。

「ああ、寅三先輩か。予選が今日なら無理だろうけど、明日なら大丈夫じゃないかな。二日酔いなんていつものことだろうし」

「それならいいんですが」

樋村が肩をすくめる。

一二

四月九日（金曜日）

朝礼が終わると、冬彦たち四人は車で出かけた。

樋村が運転する。寅三はまだ不調なのだ。

樋村が興奮しているのは大食い選手権の予選を間近で見られることにわくわくしているせいだ。ゆうべは目が冴えて、ほとんど眠れなかったという。

対照的に渋い顔をしているのが寅三で、

「わからない、なぜ、そんなところに駆り出されるのか全然わからない……」

と腕組みして溜息をついている。

「築地でお寿司なんて最高ですよね。いいよなあ」

運転しながら、樋村が溜息をつく。

「お寿司といっても回転寿司なんでしょう？」

理沙子が訊く。

「ただの回転寿司じゃないんですよ。ネタが普通の寿司屋の倍くらい大きいんですよよ。それなのに値段はリーズナブルで、おいしいというので有名です。開店の二時間前には行列ができるという人気店で、この店のお寿司を食べるためにわざわざ関西方面からやって来る人もいるそうです。全国的に有名なんですよ」

　樋村が説明する。

「それをただで食べられるわけ？　しかも、好きなだけ？」

　冬彦が訊く。

「そうなんですよ。いくらでも食べていいんです」

「樋村君も出してもらえばよかったのに」

「そうしたいのは山々ですが、それは無理なんです」

「何で？」

「今日の予選で本選に勝ち上がるメンバーが決まるんですが、実は、この予選に出るのも、ものすごく大変なんですよ。何しろ、予備予選が全国各地で行われるんですからね。そこを勝ち抜いた人だけが、この予選に出られるんですよ」

「予備予選も厳しいの？」

「そりゃあ、厳しいです。東京の予備予選には五〇人くらい参加しましたが、勝ち残ったのは、ひと皿三〇〇グラムの焼きそばを二五皿食べた白樺さんです。白樺さんが東京の代表として、今日の予選に出ます。ぼくなんか、とても太刀打ちできませんよ。焼きそばは好きだけど、五皿で十分だなあ」

ふーっと大きな溜息をつく。

「白樺さんが東京代表？　じゃあ、森野さんは予備予選で負けちゃったの？」

冬彦が訊く。

「シンデレラは去年のチャンピオンなので、予備予選も予選も免除されて、本選で挑戦者を迎え撃つ立場なんですよ」

「ふうん、なるほどなあ。今日の予選には何人出る予定なの？」

「ええっと、一二人ですね。そこから六人が勝ち上がって本選に進みます」

「本選、すなわち決勝ということ？　決勝は七人で戦うことになるのかな」

「いいえ、そうではなく、日曜日の本選では、午前中に準決勝が行われ、七人のうち三人がふるい落とされます。午後に決勝が行われ、勝ち残った四人で優勝を争うんですよ」

「それは、なかなか大変だなあ」

「準決勝と決勝の間には、確か二時間か三時間くらいのインターバルがあるはずですから、その間に、いかに新陳代謝(しんちんたいしゃ)を活発にできるかがポイントになりますね」

「新陳代謝を活発に？　どういう意味？」

寅三が首を捻(ひね)る。

「いかにトイレをうまく使うのか、という意味ですよ、寅三先輩」

冬彦が笑う。

そんな話をしているうちに築地に着いた。

車を駐車場に入れ、四人で予選会場の寿司屋に向かう。

「寅三先輩、しっかりして下さい。起きてますか？」

「起きてるに決まってんだろ。こうして歩いてるんだから」

「何だか足許がふらついているように見えたものですから」

「やる気がないからなんだよ。いちいち、鬱陶しいことを言うなって」

「すいません」

冬彦と寅三のやり取りを見て、

「出張から戻ってから、寺田さんの態度が今まで以上に高飛車になってませんか？　何かあったんでしょうか」

樋村が小声で理沙子に言う。

「何かって、何？」

「何かしら、不謹慎なこととか……」

「バカ」

理沙子が樋村の後頭部を平手で、バシッと叩く。

「痛いなあ、もう」

樋村が後頭部をさする。

「あそこじゃないですかね」

冬彦が前方を指差す。大通りから築地市場の方に小路(こみち)を入ると、人だかりができているのが目に入った。

「ディレクターの船島さんがいますよ」

船島は、店の外でスタッフに指示を与えている。そこに冬彦が小走(こばし)りに近付いていき、肩をとんとんと軽く叩く。振り返った船島が、

「ああ、刑事さん。いらしたんですか」

「ええ、お邪魔ではありませんか？」

「本番中ですが、遠目(とおめ)におとなしく見学する分には問題ありません」

「では、おとなしく見学させていただきます」

「小湊君」

船島がＡＤの小湊を呼ぶ。

「刑事さんたちを見学しやすい場所に案内してあげなさい。なるべくカメラには映らない場所がいいだろうな」

「わかりました。こちらにどうぞ」

小湊が冬彦たちを店の中に案内する。カメラマンの横で、機材を置いてある場所の近くである。そこならば冬彦たちが画面に映り込むことはないし、店の中を一望することもで

きる。特等席だ。

二人の選手たちはカウンター席に坐り、ベルトで運ばれてくる寿司を次々に平らげ、目の前に皿を積み上げている。

「大きな声を出さないようにお願いします」

「わかりました」

小声で冬彦が返事をする。

その途端、樋村が、

「うわっ」

と声を発する。

「静かにお願いします」

小湊が慌てる。

「す、すいません」

「どうしたの、樋村君？」

「あ、あれ……」

「ん？　何？」

「解説者の女性……」

司会進行しているのは、いつもの芸人である。その横に眼鏡をかけた小柄な女性がいて、大食いに関する蘊蓄を披露している。

「黒坂さんだ……」

「黒坂さん？」

「知る人ぞ知る伝説の大食い女王・黒坂滝子さんです。ああ、感激だ。まさか生身の黒坂さんを間近で見られるなんて……。夢なら覚めないでほしい」

「ふうん、そんな有名人なのか。普通のおばちゃんに見えるけどなあ」

「何て失礼なことを！　まだ大食いが世間一般に認知されていなかった頃の功労者ですよ。無敵の強さだったんです。小柄な女性なのに、大男たちに勝ち続けたんですからね。ボウリング場で行われた決勝戦は忘れられませんよ。レーンに細長い台を並べ、そこに鉄火巻きを載せたんです。それを端から端まで食べたんですからね。最後の二秒で大逆転勝利でした」

「またまた大袈裟な。ボウリングのレーンって、二〇メートルくらいあるはずよ。そんな長い鉄火巻きを食べられるはずないじゃないの」

寅三が笑う。

「レーン自体の長さは厳密に言うと、二三メートル以上あるんですよ。ただ、ファウルラインから一番ピンまでは一八メートル少々ですね。話だけ聞いても信じられないでしょうが本当なんです」

「少しは目の前の勝負に集中したら？　かなり差がついてるわよ」

理沙子が樋村をたしなめる。

「すいません。つい夢中になって……。あとで黒坂さんにサインをお願いしよう」

「白樺さんがトップのようだけど、両脇の二人も僅差だなあ。あの三人が他の人たちを引き離しているね」

冬彦が言う。

「そうなんですよ。白樺さんを筆頭に、それに続く斎藤克之さん、新庄武彦さん、この三人は頭ひとつ、いや、頭ふたつくらい抜けてますからね。最終的には、この三人にシンデレラが加わって決勝戦を戦うことになるだろうというのが大方の予想です」

それから間もなく競技が終わった。

トップは、八五皿、つまり、一七〇貫を食べた白樺圭一である。それに続いたのが、八一皿の斎藤克之と七九皿の新庄武彦だ。それ以外の参加者は七〇皿にも届いていないから、樋村の言うように、この三人の実力が図抜けている。

店の外に出ると、

「何だか、見ているだけでお腹がいっぱいになった感じがするわ」

寅三が溜息をつく。

「わたしもです」

理沙子が顔を顰める。

「見た限りでは、これといって、おかしなことはなかったよね？」

冬彦が樋村に訊く。

「そうですね。不正はなかったと思います。結果も順当だし、みんなが実力を出し切った感じがしました」

樋村がうなずく。

「あの……これから、どうなさいますか？」

ＡＤの小湊が訊く。

「白樺さんに話を聞いてみようか。樋村君は解説者の黒坂さんにも会いたいんだよね？」

「ぜひ、ぜひ、お願いします」

樋村が鼻の穴を大きく広げて、興奮気味に何度もうなずく。

「今日は怪しいこともなかったし、四人が残る必要もないだろう。ぼくと寅三先輩は日比野さんの奥さんに話を聞きに行くから、樋村君と安智さんが残って話を聞いてよ」

「日比野さんって、あの斑鳩溜池の被害者ですね？」

理沙子が訊く。

「うん。奥さんが荒川区町屋のマンションで暮らしている。メトロを使えば、築地から三〇分くらいで行けるだろう。ついでだから寅三先輩と行ってくる」

「わたしもですか？」

寅三が嫌な顔をする。

「当然じゃないですか。相棒なんだから」

「アポは取ってあるんですか？　訪ねていって留守だったら無駄足ですよ」

「ぼくがそんな手抜かりをすると思いますか？」

「ですよね」

寅三が溜息をつく。

一三

二一年前、斑鳩溜池の近くで遺体で発見された日比野茂夫の妻・芙美子は、町屋駅から徒歩で一五分ほどのところにあるマンションで暮らしている。

冬彦と寅三がマンションを訪ね、玄関のチャイムを鳴らすと茶髪の男が現れた。

「潤一さんですか」

「はい。小早川さんですね？」

アポを取るために電話したとき、応対してくれたのが茂夫の長男・潤一だった。茂夫が亡くなったときは中学一年生で、今は三四歳になっている。髪型や髪の色、ラフな格好のせいか、実際の年齢より、だいぶ若く見える。

「お待ちしてました。お入りになって下さい」

「失礼します」

二人はリビングに通される。

ソファに上品な顔立ちの女性が行儀よく坐っている。茂夫の妻・芙美子であろう。年齢は六二。

「警視庁の小早川です」

「寺田です」

「日比野芙美子です」

芙美子が腰を上げようとするが、足がもつれてソファに尻餅をついてしまう。潤一が慌てて駆け寄って芙美子を支える。肩越しに振り返りながら、

「母は足腰が弱っていて、ここに坐っているのも辛いような状態です。失礼かと思いますが、楽な姿勢を取らせて構いませんか？」

「ええ、もちろんです。わたしたちのことは気になさらず、楽になさって下さい」

「ほら、お母さん、そう言ってくれてるから、ソファにもたれるといい。今無理すると、後から大変だよ」

「大丈夫よ。そんなに心配しないで」

芙美子は潤一の手を払いのけて、また背筋をピンと伸ばして坐り直す。

「おかけになって下さい」

潤一が二人にソファを勧める。

「失礼します」

二人が腰を下ろすと、潤一は台所に入る。お茶の支度でもするのであろう。

芙美子の体調がよくないことは、その姿を見るだけで冬彦と寅三にもわかる。顔色が悪く、皮膚にも潤いがなく乾燥している。脂肪が見当たらないほど痩せており、腕は枯れ枝のように細く、手も骨張っている。頭をすっぽり帽子で覆い隠しているのは、薬の副作用で頭髪が抜け落ちているからに違いない。

「この姿を見れば、たぶん、ご想像がつくと思いますが、わたし、癌なんです。抗癌剤を飲み始めたら、体重も減って力も出なくなり、髪の毛もなくなってしまいました。こんな体になって生きていても仕方ないという気もしますが……」

芙美子が溜息をつく。

「何を言うんだ」

お盆にコーヒーポットやコーヒーカップを載せて、潤一がリビングに戻ってくる。ソファに坐ってコーヒーの用意をしながら、

「今でも生きているから、こうして刑事さんたちとも話ができるんじゃないか」

「そうだけど」

「母は、癌が見付かると、治療を拒否して、天命に従って静かに死にたいと言い出したんです。ぼくは反対しました。まだ六二歳だし、今の時代、六〇代なんて、まだまだ若い部類なんだから病気と闘うべきだと思ったからです。それでも納得してくれなかったから、お母さんにはやり残したことがあるんじゃないのか、お父さんの無念を晴らさなくていいのか、天国でお父さんに会ったら、どう話すつもりなんだ、と説得を続けました」

潤一が説明する。

「わたしの父も母も癌で亡くなりましてね。抗癌剤治療に苦しんで死んでいく姿を目の当たりにしたものですから、ああいう死に方は嫌だな、どうせ死ぬのなら苦しまずに、ぽっくり死にたいなあ、と考えていたんです。だけど、息子に説得されて、確かにわたしにはやり残したことがある、まだ夫の無念を晴らしていないと気が付きました。それで手術を受けることにしたんです。幸い、手術は成功しましたが、すっかり体力も落ち、こんな有様です。退院を許可されて自宅に戻ったので、思い切って警察に電話してみたんです。再発や転移が見付かったら、また入院させられてしまうでしょうし、今のうちにやれるだけのことはやりたいと思ったものですから」

「どうぞ」

潤一が冬彦と寅三にコーヒーを勧める。

「ありがとうございます」

冬彦は一礼してから、実は、昨日と一昨日の二日間、一泊二日で奈良に出張して事件現場を調べてきたのだ、と話す。

「え、本当ですか？」

潤一が驚きの声を発し、聞いたかい、お母さん、と芙美子の顔を見る。

「すごいわ。信じられない」

芙美子も目を丸くする。

「何が信じられないんですか？」

寅三が訊く。

「だって、警察に電話して相談したのが火曜日で、今日は金曜日ですよ。こんなに早く訪ねて来て下さったことも驚きなのに、もう奈良にまで足を運んで下さったなんて……」

ねえ、びっくりよね、と芙美子が潤一に言う。

「本当だね。二〇年も前の古い事件をこんなに熱心に調べてくれるなんて。もう何年も警察からは何の連絡もありませんでしたから」

「何年どころか、一〇年以上じゃないかしら」

「そうかもしれない。被害者一人の地味な事件だから、すぐに忘れられてしまうよね。今の世の中、凶悪な事件が多いから。そうでしょう、刑事さん？」

潤一が冬彦と寅三に向ける視線には、いくらか非難めいた色が滲んでいる。

「時間の経過と共に事件が風化していくのは事実です。新しい証拠でも発見されない限り、捜査態勢も縮小されてしまいますからね。でも、それでは駄目だ、たとえ何年経とうが悪いことをした犯人を野放しにしておいてはいけない……そういう趣旨で、特命捜査対策室という部署が新設されたんです。わたしたちは、その部署の第五係に所属しています。実は、お電話をいただいた火曜日が仕事始めだったんですよ」

寅三が言う。

「まあ、じゃあ、わたしが第一号なんですの？」

芙美子が興奮気味に訊く。

「そういうことになります。あまり世間に認知されていないので、まだ相談が少ないんですよ」

「運がよかったのね。お父さんが力添えしてくれたのかもしれないわ」

「そうだね」

潤一が芙美子の手をぽんぽんと軽く叩く。

「当時の資料を読み返していますが、改めて、ご家族のお話を聞かせていただきたいと思って、伺った次第です」

「喜んでお話ししますわ。記憶が曖昧なところがあるかもしれませんけど、息子と二人でできるだけ正確に思い出します」

「よろしくお願いします」

会釈して、冬彦が質問を始める。

「茂夫さんは二ヵ月に一度くらいの割合で一泊二日の旅行に出かけていたわけですよね？」

「そうです」

芙美子がうなずく。

「いつ頃からですか？」

「亡くなる二年くらい前からだと思います」

「ということは、二四ヵ月ですから、一二回くらいになりますか？」

「必ず二ヵ月に一度というわけではなく、三ヵ月くらい間が空くこともありましたから、きっちり一二回だったかどうか……。でも、一〇回は行っているはずです」

「行き先は、まちまちだったわけですね？」

「お土産がいつも違ってたので、そう思ったんです。関西方面が多かった気がします。京都とか奈良とか……。大切なお得意さまがいると話してましたけど、よく考えれば、そんなはずはありませんよね。向こうにも会社の支店があるわけですから、わざわざ主人が東京から出向く必要はない。あの頃は、そんなことなど考えもしませんでしたけど」

芙美子が表情を歪める。

「確かに関西方面が多かっただろうけど、たまに東北にも行ったみたいじゃないか。ほら、『黒もち』とか『かもめの玉子』を買ってきてくれたことがあるだろう」

潤一が芙美子に言う。

「あ、それって、岩手の名物ですよね？」

寅三が弾んだ声を出す。食べ物の話題になるとやる気が出るらしい。

「寅三先輩、知ってるんですか？」

「ええ、以前、お土産にもらったことがあって、すごくおいしかったのを覚えています」

「じゃあ、『薄皮饅頭』や『ままどおる』もご存じですか？」

潤一が寅三に訊く。

「福島のお菓子ですよね。知ってます。どっちも大好きですから」

「へえ、誰にでも取り柄があるものなんだなあ……。しかし、関西だけでなく東北方面にも旅をしていたとなると、かなり広範囲ですね。ひとつお願いなのですが、わかる範囲で結構ですので、茂夫さんが旅に出た日にちと、どこに旅したかということを調べてもらえないでしょうか？」

「大雑把なことしかわからないと思いますが、それでもいいですか？　岩手に行ったとしても、岩手のどこに行ったのかということはわからないんです。それは京都や奈良でも一緒です」

　潤一が訊く。

「それで結構です」

　冬彦がうなずく。

「後から、母と二人で調べてみます」

「何か手がかりになる資料などがあるんですか？」

「若い頃から、日々の献立をノートに書き残す習慣があって、何か気になることがあると余白にメモしたりしてました。主人が旅行中は息子と二人だけの食事ですから、普段とは作る量も違いますし、注意して見直せば、主人がいつ留守だったかわかると思います」

　芙美子が言う。

「茂夫さんには、そういう習慣はなかったのでしょうか？　日記を付けるとか……」

「日記は付けてなかったと思いますが、手紙とかアルバムとか、そういうものなら残っています。中には随分古いものもあるようです。あまり役に立たないかもしれませんけど」

「次回に伺うとき、それも見せていただけませんか？　茂夫さんが定期的に旅をしていた理由が何かわかるかもしれません」

「父の遺品はトランクルームに預けてあるので、ここに運んでおきます」

「お願いします。話を戻しますが、仕事で出張したのでなかったとすると、旅の目的は何だったのでしょう。何か思い当たることはありますか？　最後の旅では法隆寺の近くに宿を取っておられたようですし、遺体が見付かったのも斑鳩溜池の近くです。お寺巡りが趣味だったんですか」

「お寺とか神社とか、そういう古いものを見るのは好きだったと思います。美術館や博物館も好きだったようですし、静かな雰囲気にいると落ち着けたのかもしれません」

「京都や奈良には有名な神社仏閣がたくさんありますから、お寺巡りの旅をしていた可能性はありますね。岩手にも中尊寺がありますし。福島だと、どうなんだろう……」

　冬彦が首を捻る。

「福島にも大國魂神社とか諏訪神社とか、いろいろありますよ。法隆寺ほど有名ではないかもしれませんが」

　寅三が言う。

「息抜きに一人旅がしたいのなら、嘘をつく必要なんかなかったんです。邪魔なんかしなかったのに、なぜ、何年も嘘をついて、わたしたちを騙したのか……」

　芙美子の表情が曇る。

「報告書を読んだのならご存じだと思いますが、当初、母は父の浮気を疑ったんです。そう考えるのが自然じゃありませんか？」

「事件が起こる前から、ご主人の浮気を疑ってらしたんですか？」

寅三が訊く。

「まったく疑っていませんでした。結婚するとき、これまで何人くらいの女性と付き合ったのか、怒らないから教えてちょうだいと訊くと、一人もいない、と答えました。実際には、そんなこともなかったんでしょうけど、あまり女性の扱いが得意ではないな、真面目（まじめ）な堅物（かたぶつ）なんだなあという印象を受けました。そもそも、わたしたちの結婚がお見合いみたいなものでしたから。わたしの父が夫の上司と友達で、その縁で紹介されて、お付き合いするようになったんです。最初から結婚前提のお付き合いでした。仕事上の付き合いで銀座（ぎんざ）のクラブに行くこともあったようですが、そういうところは好きではないと言ってました。休みの日は、うちで本を読んでいることが多かったです。図書館にもよく行ってましたし」

ねえ、そうだったわよね、と芙美子が潤一の顔を見る。

「そうだね」

潤一がうなずく。

「父は物静かで、あまりしゃべらない人でした。父が亡くなったとき、わたしは中学生になったばかりでしたが、それまで父に厳しく叱（しか）られた記憶がありません。大きな声で、人を怒鳴（どな）ったりするような人ではなかったんです。成績が悪くてもがみがみ怒ったりしなかったし、何というか、遠くからじっと見守ってくれるような人でした」

「いいお父さまだったんですね」

寅三が言う。

「はい。ですから、なぜ、父が命を奪われなければならなかったのか、ずっと理由を知りたいと思っていました。実は、これまでに何度か、わたしも事件現場に行ったことがあるんです。最初に行ったのは事件の直後で、母と二人で行きました。父の遺体を確認して、警察の方に現場に案内してもらいました。二度目に行ったのは、父の一周忌のときで、父と同じ宿に泊まって、そこから二人で事件現場に行って花を手向けました。そうだったよね？」

潤一が芙美子に顔を向ける。

「ええ、そうだったわね。わたしが行ったのは、その二回だけです。それ以来、どうしても行く気になれなくて……」

「わたしは、その後も一人で三度行ってます。行くたびに疑問が湧いてくるんです。あの現場は一般的な観光ルートからは外れていますから、なぜ、父があそこに行ったのかよくわかりません。でも、静かで景色のいい場所ですから、旅慣れた人には、観光の穴場みたいなものなのかもしれません。ただひとつ気になったのは、素人考えなのですが、通り魔とか偶然の物盗りとか、そういう犯罪が起こりそうな場所ではないな、と感じました」

「つまり、お父さまの命を奪ったのは顔見知りだとおっしゃりたいわけですか？」

寅三が訊く。

「見ず知らずの人間に、たまたまあの場所で襲われたとは思えないのですが」

「素晴らしい着眼（ちゃくがん）です。実は、わたしも現場に行って、単なる物盗りや通り魔の犯行ではない、と直感しました」

冬彦が言う。

「本当ですか？」

「そもそも財布や時計などが手付かずで残っていましたから物盗りの犯行とは思えません。これは、当時の捜査陣もそう考えたようです。ということは、金品（きんぴん）目当てではない通り魔か、もしくは顔見知りの犯行という可能性が強くなりますが、ほとんど人通りもなさそうな場所ですし、通り魔の線を消して顔見知りに絞（しぼ）って捜査をするべきだろうと思います。ところが、その顔見知りというのが厄介（やっかい）で、容疑者がまったく浮かばなかったのです。先程、浮気を疑ったというお話がありましたが、実際には、茂夫さんは宿にも一人で宿泊なさっていますし、女性と一緒だったという形跡は見付かりませんでした。それで一気に捜査が難しくなってしまったわけです。ただ……」

「何ですか？」

「遺体が見付かった場所ですが、大きな木の根元で、雑草の背丈も高くなくて、何というか……シートを敷いてお弁当でも食べるのにちょうどよさそうな場所でした」

「父が誰かと、そこで食事をするつもりだったという意味ですか？」

「実際に自分があの場所に行ってみて、通り魔ではないな、と強く感じました。やはり、顔見知りの犯行を疑いたくなりますね。そうだとすると、茂夫さんは、あの場所に一人でいたのではなかったということになります」

「しかし、一人でなかったとすれば、あまり人も来ない場所だし、地面も湿っているから足跡が残りますよね？」

潤一が言う。

「なかなか勉強なさったようですね」

寅三が口を開く。

「おっしゃる通り、あそこは足跡が残りやすい場所です。実際、足跡はあったんです。と言うか、問題は足跡がたくさんありすぎたことだったんです」

「どういうことですか？」

「遺体の発見者については、ご存じですか？」

寅三が訊く。

「大学生だったと記憶していますが……」

「その通りです。斑鳩溜池にはヨットの練習場があって、ヨット部に所属する大学生がよく利用しています。遺体を発見したのも、たまたま現場を通りかかったヨット部の男子部員と女子部員です。今なら、すぐに携帯で警察に通報するのでしょうが、当時は、携帯の普及率も今ほど高くありませんし、携帯にしても、最近のもののように小型で軽量ではありませんから、常に持ち歩くというものでもなかったようです。発見者の二人も携帯を所持していなかったので、大急ぎで仲間たちのところに戻ったわけです。そこで警察に通報して、何もしないでいてくれればよかったのですが、話を聞いて驚いた学生たちが何人も現場に駆けつけてしまいました。結果的に現場を荒らすことになり、現場近くにはサイズの異なる男女の足跡が散乱するということになったんです。鑑識が到着してから、現場付近の足跡を採取しようと試みたものの、うまくいかなかったようです」

「大切な証拠を滅茶苦茶にしてしまったわけですか」

潤一が憤慨する。

「お気持ちはわかりますが、現場の保存というのは簡単ではないんです。発見者が一般の方であれば、当然、驚くでしょうし、怪我をしているのであれば助けようとするでしょう。それが結果として現場を荒らすことになるとしても、もし介抱することで命が助かるのであれば、そうするべきなんです。犯人を捕まえることも大切ですけど、被害に遭った方を救命する方がもっと大切ですから」

寅三が諭すように言う。

「しかし、発見されたとき、父はもう死んでいたわけじゃないですか」

「その判断は一般の方には難しいと思います。発見者の二人は、茂夫さんが亡くなっていると判断して、大慌てで仲間のところに戻ったのでしょう。それを聞いて、他の部員たちが現場に駆けつけたわけですが、興味本位で戻ったのではなく、救急医療の知識のある学生が救命処置を施しています。ヨットで事故に遭うこともありますから、緊急の場合の知識を生かしたわけです。その人は、死んでいるように見えても、まだ生きているかもしれないと判断したのです。実際、茂夫さんがまだ生きていれば、その処置で助かったかもしれません。そう考えると学生たちの行動を責めることはできないと思いますよ。ケースバイケースなんです」

「そうよ、潤一。その学生さんたちは、お父さんを助けようとしてくれたのよ。感謝こそすれ、責めるなんて罰当たりよ」

芙美子が言う。

「だけど、残念で仕方がないよ」

「そうですね。現場が保存されていて、そこに茂夫さん以外の足跡が残されていれば、犯人に繋がる有力な証拠になったでしょう。足跡の大きさから犯人の身長を、足跡の深さから犯人の体重を推測することもできたでしょうし、それによって、犯人の性別や年齢も推測できたかもしれません。やむを得ない事情があったとはいえ、この事件が未解決のまま現在に至ってしまった大きな原因だったのは間違いありません」

お詫（わ）びします、と冬彦が頭を下げる。

「刑事さんのせいじゃありませんわ」

芙美子の方が恐縮する。

それから一五分ほどで冬彦と寅三は辞去（じきょ）した。

一四

新橋（しんばし）駅の近く、飲み屋が軒を連ねている一角に「酒虎（さけとら）」という居酒屋がある。駅の方からぶらぶら歩いてきた寅三が店に入る。カウンター席に、四人掛けのテーブル席が三つ、二〇人も入れば満席になってしまう、こぢんまりとした店である。

「いらっしゃいませ～」

カウンターの中から甲高（かんだか）い声がする。

「あら、寅三じゃないの。お久し振り～。どこで浮気してたのさ」

「してないって」

寅三がカウンター席に坐る。

「週末なのに暇（ひま）な店だねえ」

カウンターに常連らしき客が三人いるだけである。

「いやだもう、余計なお世話！」

割烹着姿の店主は、寅三の従兄で寺田虎之助という。年齢は五〇。どう見ても、ただのおっさんだが、ばっちり化粧しており、店では「小百合」と名乗っている。

「ビール？」

「うん、まずは、生」

「ルミちゃん、寅三にビール。もちろん、大ジョッキよ」

「了解です」

髪を引っ詰め、黒眼鏡をかけた、垢抜けない感じのアルバイトの女子大生である。

「どうぞ」

ルミが寅三の前に大ジョッキと枝豆の小皿を置く。

「お疲れ～」

小百合がビールのグラスを持ち上げ、寅三と乾杯する。仕事中に飲んでいたらしい。

寅三がごくごくと喉を鳴らして、ビールを飲む。あっという間に大ジョッキの半分がなくなる。

「ああ、うめえなあ」

ふーっと寅三が大きく息を吐いたとき、また新たな客が店に入ってきた。

「ま、高虎じゃないの。珍しい。ひょっとして待ち合わせ？」

小百合が驚く。

「そういうことだ」

高虎が寅三の横に坐る。

「もう飲んでるのか」

「あんたが遅いからよ」

「五分遅れただけだぜ。虎之助、おれにもビールだ。塩辛(しおから)もくれ」

「……」

小百合は聞こえない振りをしている。

「おい、シカトすんじゃねえ」

「やめてよ、そんな大きな声を出して。大体、ここには、そんな名前の人はいないんですからね」

「いるだろうが、おれの目の前に」

「ちゃんと小百合って呼んでよ」

「ふざけるな、このクソ親父。気持ちの悪いことを言うな。寺田虎之助っていう、親からもらった立派な名前があるだろうが」

「ああ、嫌だ。高虎と話してると、わたしの世界観が崩壊する」

小百合が両手で顔を覆う。

「こいつ、一発殴ってやろうか」

高虎が腰を浮かせかけたとき、

「お待ちどおさま。ビールと塩辛」

ルミが大ジョッキと小鉢を高虎の前に置く。

「ああ、すまんな」

椅子に坐り直して、大ジョッキを手に取る。

「じゃあ、乾杯するか」

「そうね」

寅三と高虎が乾杯する。

寅三の大ジョッキが空になったので、お代わりを頼む。

「で、何だよ、おれに話って。わざわざ呼び出すなんて珍しいよな」

「わかってるでしょう。あいつのことを訊きたいのよ」

「あいつって……警部殿のことか？」

「そう、能天気(のうてんき)なあんぽんたん野郎」

「確かに能天気だし、天然だ。口も悪いし、自分勝手だ。運転は下手だし、酒は飲まない。ギャンブルもやらない」

「よくコンビを組んでたね。あんたみたいな短気な男、初日にぶん殴ってコンビ解散でもおかしくないじゃん」

「おれも、そう思ってた」

「なぜ、我慢(がまん)したの？」

「別に我慢したわけじゃないが……」

「やっぱり、階級に遠慮したわけ？」

「そうじゃない」

「あいつが平(ひら)の巡査だったら、どうした？」

「まあ、ぶん殴っただろう」

「ほら」

「あの人は平の巡査とは違うし、頭がいいだけのキャリアでもない」

「庇(かば)うわけ？」

「何だよ、おまえ、もう我慢の限界か？」

「異動して、まだ四日なのに振り回されっぱなしだよ。水曜と木曜には一泊二日で奈良に出張よ。二一年前の迷宮事件の捜査で」

「ふうん、面白(おもしろ)そうじゃないか。おれなんか、ず〜っと杉並だけだぜ。仕事で旅行に行けるなんて最高じゃないか」

「あんたまで樋村みたいなことを言う」

　寅三の目尻が吊り上がる。

「おれに愚痴を聞いてもらいたいのか？」

「あいつのことを知りたい。だって、何を考えてるのか全然わからないんだから」

「おれにだってわからないさ。単純なのか複雑なのか、さっぱりわからない。本人に訊くのが一番手っ取り早いんじゃないか」

　高虎がちらりと時計を見る。

「そろそろだな」

「何が？」

　寅三が怪訝な顔になったとき、

「こんばんは～」

「どうも」

　冬彦、樋村、理沙子の三人が店に入ってきた。

「げ」

　寅三が口からビールを噴き出す。

「ちょっと、あんたが呼んだの？」

「いいじゃないか。週末なんだから腰を据えて飲もうぜ。うじうじしてないで、腹の中に溜まっているものを吐き出しちまえ。納得できないことがあるのなら本人に訊けばいい」

「何か訊きたいことがあるんですか？」

冬彦が寅三の隣に坐る。

その横に樋村と理沙子が並んで腰を下ろす。

「いろいろ不満があるみたいですよ」

高虎が言う。

「あ〜っ、わかります」

樋村が大きくうなずく。

「ぼくもね、異動してから、ずっと不満を感じていますから」

「おまえにどんな不満があるんだ？」

高虎が訊く。

「勉強できないんですよ」

「仕方ないだろう。バカなんだから」

「そういう意味の『勉強できない』ではないんです。勉強する時間がないんですよ」

「何を勉強してるのよ？」

寅三が樋村に顔を向ける。

「巡査部長になるための昇進試験対策なんですけどね。杉並にいた頃は、勤務時間中も割と暇だったので勉強できたんです。それで叱られるようなこともありませんでしたから。

だけど、今はダメなんですよ。山花係長がうるさくて、参考書を読んでいると注意されるんです」

「ふうん、あの人、そんな小言をいうんだ。意外と細かいんだね。まあ、当たり前と言えば当たり前だけど」

寅三が肩をすくめる。

そこに三人分のビールとつまみが新たに運ばれてくる。

「申し訳ありませんが、ぼくには炭酸水をお願いします」

冬彦が言う。

「あら、あなた、お酒がダメなの？」

小百合が驚いたように訊く。

「飲めないわけではありませんが、大して好きでもありませんから」

「かわいい人ねえ。酔わせてみたいわ」

うふふふっ、と小百合が笑う。

「キモいことを言うんじゃねえよ、虎之助」

高虎が言う。

「山花係長ね、一緒に仕事をするのは初めてだけど、あまり評判のいい人ではないわね」

「どういう意味ですか？」

冬彦が寅三に顔を向ける。

「上に弱く、下に強いというタイプらしいですね。警察にはよくいるタイプですけどね」

「そうなんですか。ぼくは嫌いじゃありませんよ。こっちの提案を何でも受け入れてくれるので、とても仕事がやりやすいです」

「それは、そうでしょう。向こうは警部補なんですから。亀山係長だってやりにくかったと思いますよ」

　理沙子が言う。

「警部殿と一緒にいて仕事がやりやすい人間はいないだろうな」

　高虎が笑う。

「いずれ警部殿が出世していくのは間違いないわけですから、警部殿が偉くなったときに備えて、今から気を遣ってるんじゃないですか。もしかすると、山花係長が警部殿の部下になる可能性だってあるわけだし」

　寅三が言う。

「いいなあ、警部殿は。勤務時間中に勉強しても、警部殿なら、山花係長も見て見ぬ振りをするんだろうから」

　樋村が溜息をつく。

「それは違うな、樋村君」

冬彦が首を振る。

「何が違うんですか?」

「ぼくなら、そんな無駄なことはしない。貴重な勤務時間を無駄にして試験勉強するなんて実に愚(おろ)かだよ。大して難しくもない問題なんだから、帰宅してから一時間くらい参考書を読めば十分なんじゃないかな。そんなことを言っても樋村君には無理か。頭が悪いからなあ」

「え、え、え」

樋村が口を開けたまま硬直(こうちょく)する。

「ぼ、ぼくはバカですか……」

「そう、あんたは、バカ」

理沙子が樋村の背中を軽く叩く。

「そうか、やっぱり、バカだったか」

「そう落ち込むな。警部殿は本当のことを言っただけだ。ほら、飲むぞ。ぐっといけ、ぐっと」

高虎が樋村を促す。

「そうだな。寺田さんにバカと言われても少しも気にならないけど、警部殿にバカと言われると傷つくなあ。寺田さんは同類だけど、警部殿は違うから……。ああ、くそっ、こんなことくらいで落ち込んでたまるか。杉並の一年間で警部殿の毒舌（どくぜつ）には免疫ができているはずなんだ。負けるもんか」

樋村がビールをごくごく飲み始める。

「たまには警部殿も飲めばいいのに」

理沙子が言う。

「いえいえ、ぼくにはストレスをお酒でごまかすという趣味はありませんから」

冬彦は涼（すず）しい顔で答え、炭酸水を飲む。

第三部　大食い選手権

一

四月一〇日（土曜日）

「ああ、頭が痛いよ……」

冬彦がぼやきながら部屋に入る。休日出勤である。

そんなつもりはなかったのに、朝までカラオケに付き合わされてしまい、帰宅できなかった。始発で帰ってもよかったのだが、家に帰ったところで何か用があるわけでもないので、せっかくだから少し仕事をしていこうと考えた。このところ、白樺圭一に相談された大食い選手権に関する捜査と、二一年前の日比野茂夫殺害事件の再捜査にばかり時間を取られて他の仕事をしていない。古い捜査資料も読まなければならないし、その捜査資料をパソコンに打ち込むという地味で骨の折れる作業も進めなければならない。自分が言い出したことだから放置しておくわけにはいかないのだ。

冬彦は自分の席に着くと、机に肘をついて、両手で頭を抱える。二日酔いというわけではない。酒は飲んでいない。頭が痛いのは、高虎のタバコとカラオケが原因だ。タバコの煙で気分が悪くなり、大音量のカラオケで神経が麻痺（まひ）した。カラオケボックスで眠り込んだのがよくなかった、と反省する。終電で帰ることができなかったのなら、カプセルホテルかサウナにでも泊まればよかったと今更ながら後悔する。

「ダメだ……」

よろよろと立ち上がると、部屋を出てトイレに向かう。冷たい水で顔を洗い、頭をすっきりさせようと思ったのである。

五分ほどして部屋に戻ると、寅三がいた。

「あれ、寅三先輩、どうしたんですか？　帰ったんじゃなかったんですか」

「家に帰ったところで、どうせ寝るだけですからね。頭が冴えて、すぐには眠れそうにもないし、それなら、少しくらい仕事をしてから帰ろうか、と思い立って引き返してきたんですよ」

「ほう、立派な心懸（こころが）けですね。でも、仕方ないかなあ。事務処理が滞（とどこお）っているみたいだから」

書類が乱雑に積み上げられている寅三の机を、冬彦がちらりと見遣（みや）る。

「滞っているなんて控え目ですね。全然何もやってない、とはっきり言えばいいのに」

「え、全然ですか？」

「はい、全然です」

「さすがにまずくないですか」

「まずいですよ。だから、わざわざ戻ってきたんです」

「なるほど」

冬彦が納得してうなずく。

「コーヒーでも淹れますか？　頭がすっきりするでしょう」

「ありがとうございます。遠慮する余裕もありません」

「どういたしまして」

冬彦がコーヒーを淹れる準備をする。

しばらくしてコーヒーが入る。

マグカップに注いで、寅三の机に持っていく。

「すいません。あれ、警部殿も飲むんですか？　コーヒー、好きじゃないでしょう」

「普段は飲まないんですけど、今日は頭の中がもやもやしているのでカフェインですっきりさせようかと思って」

「そういうこともあるんですね」

「そういえば、何か、ぼくに訊きたいことがあるんですよね？」

「何のことですか？」

「ほら、ゆうべ、最初の店で高虎さんが言ってたじゃないですか。寅三先輩がぼくに訊きたいことがあるらしいぞって」

「ああ、あれですか。もういいんです。警部殿と高虎が杉並中央署でどんなペアだったのか、高虎に訊いてみようと思ったんですよ。あいつ、自分に訊くより警部殿に訊けって。面倒だったんでしょうね」

「いいですよ。何でも訊いて下さい」

「そうですね……。じゃあ、ひとつだけ。警部殿は、どうして警察官になったんですか？」

「正しいことをしたかったからです」

冬彦が即座に答える。

「正しいことって何ですか？」

「法律を破らないことです」

「常に法律が正しいわけじゃないでしょう」

「そうかもしれませんが、正しい法律を作るのは、警察官ではなく、政治家の仕事です。ぼくは制定された法律に従うだけです」

「悪法も法なりですか」

「そんな難しいことを考えているわけではありませんよ。人を殺してはいけない、人を傷つけてはいけない、人のものを盗んではいけない……それは当たり前のことじゃないですか。だけど、その当たり前のことを守ることのできない人間もいる。ぼくは、悪いことをした人を野放しにしたくないんです」

「純真なんですね」

「どういう意味ですか？」

「優秀な成績で東大を出たキャリアだというから、てっきり出世主義者なのかと思ってました」

「ぼくが出世することで、より多くの人を助けることができるのなら出世したいと思います。とりあえず、今は自分にできることを精一杯やろうと考えているだけですが」

「ふうん……」

「寅三先輩は、どうして警察官になったんですか？」

「わたし？　あまり真剣に考えたこともなかったけど……」

寅三が小首を傾げる。

「でも、同じかもしれません。やっぱり、何か正しいことをしたい。世の中のためになることをしたいという気持ちで警察官になろうとしたような気がします。昔のことだから、よく覚えてないんですけどね」

「そういうものですよね」

冬彦がにこっと笑う。

「だから、警部殿は、白樺さんの件や日比野さんの件に熱心に取り組むんですか?」

「白樺さんの件は、果たして本当に事件なのかどうか、まだわかりませんが、もし何らかの不正が行われているとしたら許しがたいと思います。ぼくも自分なりに少し調べてみたんですが、大食い大会というのは世界中で行われていて、とても人気があります。日本でもたくさんの人たちが楽しみにしていて、だから、視聴率もいいんですよ。みんなが大食いを応援するのは、それが真剣勝負だと信じているからです。不正が行われていたとすれば、それは大食いを愛する多くの人たちを欺く卑劣な行為と言わざるを得ません。その罪は重いと思います。日比野さんの件は、もっと単純です。犯人は殺人という重い罪を犯しながら、その罪を償うことなく、二〇年以上も逃げています。ご遺族の苦しみや無念さを思うと、とても許すことができません。何としてでも捕まえなければなりません。そう思いませんか?」

「思いますよ。だけど、簡単ではなさそうですね」

「難しいと思います。普通の人にはできません。ぼくたち警察官にしかできないことなんです」

「なるほどねえ……」

「何ですか?」

「いいえ、何でもありません。ただ……」

「ただ?」

「警部殿のことが少しだけわかった気がします」

二

四月一二日（月曜日）

朝礼が終わって二〇分ほど経った頃、日比野潤一から冬彦に電話がかかってきた。トランクルームに預けてある荷物を調べたところ、意外に量が多いので、一人でマンションに運ぶのは大変だ、絞り込んで運べばいいのかもしれないが、何が重要で何が重要でないのか自分では判断できないので、どうすればいいか困っている、という内容だ。

話を聞いた冬彦は、

「それなら、わたしたちが取りに行きますよ」

と簡単に請け合った。トランクルームにある荷物をすべて警視庁に運び、冬彦自身が目を通そうというのである。


そのトランクルームは荒川自然公園の近くにあるという。住所を聞き取り、二時間後にそこで待ち合わせることにした。渋滞に巻き込まれることを懸念して、少し余裕を持たせたのだ。

　電話を切ると、

「寅三先輩、出かけましょうか」

　冬彦が寅三に顔を向ける。電話の内容から、そうなることを予期したせいか、寅三は、はいはい、と大きくうなずく。

「樋村君、忙しい？」

「特に急ぎの仕事はありませんが」

「それなら一緒に行かないか？」

「いいですよ、ねえ、安智さん？」

「わたしも大丈夫」

　理沙子がうなずく。

「係長、四人で外出してきていいですか？」

　冬彦が山花係長に訊く。

「どうぞ」

　書類に目を落としたまま、山花係長が返事をする。

「かなりの荷物を運ぶことになりそうだから、装備課から大きめのワンボックスカーを借りてくれないかな」

冬彦が樋村に頼む。

「ああ、やっぱり、荷物運び要員だったか」

樋村が溜息をつく。

「頭を使えないんだから体を使うしかないでしょうに」

寅三が鼻で嗤う。


その四〇分ほど後、四人はワンボックスカーで警視庁を出発した。冬彦が予想したように、途中、渋滞に巻き込まれたので、到着したのは約束の時間ぎりぎりだった。

日比野潤一はトランクルームの前で待っていた。

「これだけあります」

扉を開けると、中には、びっしりと段ボール箱が積み上げられている。

潤一が言うには、トランクルームはふたつ借りており、ひとつは、衣類や靴、愛用していた手回り品などを収めてある。もうひとつが、このトランクルームで、手紙やアルバム、書籍などを収めてあるという。

「洋服なんかを調べても仕方ないでしょうから、たぶん、何か手がかりがあるとすれば、こっちの方だと思います。それでもかなりの数ですが……」

「お預かりして、警視庁に持ち帰っても構いませんか？　もちろん、調べ終わったら、ここに戻しますし、大切に扱うことを約束します」

「はい、結構です」

「じゃあ、運ぼうか。樋村君、よろしく」

「え……。まさか、ぼく一人でやれなんて……」

「ぼくは力仕事が苦手だし、日比野さんに伺いたいこともあるから」

よろしく、と冬彦がにこやかにうなずく。

「これは、小早川さんに渡すように母から頼まれたものです」

潤一がクリアファイルを冬彦に手渡す。何枚かの便箋（びんせん）が挟んである。芙美子が日記やメモなどを確認しつつ記憶を辿り、茂夫が一泊二日の旅行に出かけた日時や回数を書き出してくれたのだ。茂夫が持ち帰った土産物についても書き記してある。どこに旅行に行ったかを知るための手がかりになると考えたからだ。

「どれくらい正確なのかわからないのですが、今の母には、これが精一杯です。何かの参考になればいいんですが……」

「助かります。ありがとうございます」

便箋の内容にざっと目を通し、気が付いたことを、冬彦が潤一に質問する。

確かに冬彦は忙しそうで、とても荷物運びなどできそうにはない。

しかし、理沙子と寅三は、そうではない。手持ち無沙汰の様子で携帯をいじっている。

樋村は救いを求めるように二人に顔を向けるが、二人とも知らん顔をしてそっぽを向いている。

「ぼくが一人で運ぶのなら、何のために四人で来たのかな。全然意味がわからない……」

ぼやきながら、樋村が段ボールをワンボックスカーに積み込み始める。全部で二〇箱以上ある。書籍類が多いから、かなりの重さである。一人で全部積み終える頃には汗だらけで、すっかりへたばっている。

「では、何かわかったらお知らせします」

「よろしくお願いします」

潤一が冬彦に頭を下げる。

四人はワンボックスカーに乗り込み、警視庁に戻ることにした。

「わたしと安智、ここに来る必要があったんですかね？　樋村と警部殿の二人だけで手が足りたんじゃないですか」

寅三が不満そうな顔をする。

「どれくらいの荷物があるかわかりませんでしたからね。幸い、樋村君だけで大丈夫そうでしたが」

「それって、荷物が多かったら、わたしたちにも運ばせたという意味ですか？」

「まあ、そういうことです」

冬彦が涼しい顔で答える。

「はあ……」

寅三が呆れたように首を振る。

帰りは、道路がさほど混んでいなかったこともあり、一時間弱で警視庁に着いた。

「じゃあ、樋村君、段ボールは倉庫に運んでよ。頼んだよ」

冬彦は、さっさと歩き去る。

「冗談じゃないよ。こんなにたくさんの段ボール、ぼく一人で運べるもんか。今度こそ手伝ってくれますよね？」

樋村が寅三と理沙子に懇願の眼差しを向ける。

「台車ってものがあるでしょうよ。エレベーターだってあるしね。三回か四回、往復すればいいだけじゃないの。甘えるな」

寅三が舌打ちしながら車を降りる。

「同じく」

理沙子も寅三に倣う。

「ひどい。これは立派な虐待だよ。ぼくは奴隷じゃないんだから」

樋村が嘆く。

三

「あ〜っ、疲れた、疲れた。警部殿、終わりましたよ」

樋村が額の汗を拭いながら、部屋に入ってくる。トランクルームから運んできたたくさんの段ボールを、一人で倉庫に運んだのだ。

「ご苦労さま」

冬彦がパソコンから顔を上げ、樋村をねぎらう。

「さて、次は、ぼくが仕事をする番だな」

「お手伝いしましょうか?」

理沙子が言う。

「わたしにもできることがあれば」

寅三も申し出る。

「大丈夫です。今日のところは、どんな遺品があるのか確かめたいだけですから」

「何ですか、二人とも! ぼくのことは無視したくせに、警部殿には媚を売って」

樋村が怒りを露わにする。

「あんたの階級は?」

寅三が訊く。

「巡査です」

「警部殿は？」

「言うまでもなく警部です」

「その通り。警察は階級社会なんだよ。巡査風情がぐだぐだ言うんじゃないよ」

「ひ、ひどい、やはり、これは差別だ。いじめだ」

樋村ががっくりと肩を落とす。

二時間ほど後……。

寅三が倉庫を覗く。

冬彦がせっせと作業している。段ボール箱から取り出した日比野茂夫の遺品をテーブルの上に並べているのだ。

「進んでますか？」

「まだ全然です。とりあえず、遺品を分類しているだけですから」

「ふうん……」

遺品はいい加減に置かれているわけではなく、書籍類、アルバムや写真、手紙やメモといったように種類別にひとまとめにしてある。

「亡くなった茂夫さんは、お寺や神社、美術館や博物館が好きだったと奥さんが話してましたけど、その通りですね」

テーブルには何十冊もの本が積み上げられているが、小説などは一冊もなく、神社仏閣のガイドブック、仏像に関する専門書や写真集などがほとんどである。全国の美術館や博物館のガイドブックもある。当然ながら、どの本もかなり古びている。

「こういうものに、ひとつひとつ目を通していくつもりなんですか？」

「はい、そうするつもりです」

「何を見付けようとしてるんですか？」

「う～ん、自分でもよくわかりません」

冬彦が首を振る。

「手伝いようがないじゃありませんか。何を見付ければいいのかわからないのでは」

「その通りです。まさに暗中模索ですね」

「まあ、そう簡単に手がかりが見付かるはずもありませんよね。だからこそ、迷宮入り事件なんですから」

寅三が肩をすくめる。

四

四月一三日（火曜日）

朝礼が終わると、冬彦はそそくさと倉庫に向かう。

「警部殿、何も言わないけど、どうなんですかね？　作業は進んでるんでしょうか」

樋村が言う。

「大変みたいよ。手探り状態だから」

寅三が肩をすくめる。

「手伝わなくていいんですかね？」

理沙子が言う。

「助けが必要なら自分から言うでしょう。そういうことを遠慮するとは思えないから」

「それも、そうですね」

「こっちにも退屈で単調な仕事がありますし」

古い捜査資料をパソコンに打ち込むという気の遠くなるような作業があるのだ。

三人の会話を聞きながら、山花係長は必死に笑いを嚙み殺している。

（よしよし、小早川。労多くして実りの少ない仕事に励むがいい。こっちは何の成果も期

待していないんだからな）

冬彦が地味な作業にのめり込んで何の成果もあげられず、この部署に埋没することこそ、島本警視監が望んでいることだと山花係長は承知しているのだ。言うまでもなく、島本警視監を満足させることが自分の出世に繋がるのである。

昼休みになっても、冬彦は戻ってこない。

「差し入れでもしましょうか？」

理沙子が提案する。

「売店でおにぎりとかサンドイッチを買ってきてよ。四人分ね。飲み物も忘れないように。警部殿には野菜ジュース。わたしはウーロン茶」

寅三が樋村に言う。

「じゃあ、わたしにはミルクティー。ペットボトルね」

理沙子が言う。

「まさか、それ、ぼくの自腹……」

「被害妄想じゃないの？　昼飯代をあんたにたかるほど落ちぶれてないよ」

寅三が財布から五千円札を取り出して樋村に渡す。

「え。奢ってくれるんですか？」

「そう言ってるつもりよ」

「やった！　売店に行ってきます」

樋村が軽い足取りで部屋を出て行く。

寅三と理沙子も椅子から腰を上げ、部屋を出て倉庫に向かう。後には山花係長一人が残される。自分だけ誘われなかったことに腹を立てるでもなく、淡々と事務処理を続ける。

寅三と理沙子が倉庫に入ると、冬彦は腕組みをして椅子に坐り、じっとホワイトボードを見つめている。

「警部殿、もうお昼ですよ。一緒に食べませんか」

寅三が声をかける。

「ああ、もうそんな時間ですか。全然気が付きませんでした」

「樋村を売店に行かせました。すぐに戻ってくるはずです。ちゃんと野菜ジュースも買うように言いましたから」

「寺田さんの奢りなんですよ」

理沙子が言う。

「そうなんですか。何だか申し訳ないです。大して高給取りでもないのに」

「ひと言余計です」

「これは何ですか？」

ホワイトボードを見て、理沙子が訊く。

「ええ、それは……」

冬彦が説明しようとしたとき、樋村が買い物袋を手にして倉庫に走り込んできた。息を切らせている。

「何をそんなに慌ててるのよ?」

「できるだけ急いだ方がいいと思って」

「こういうときは、がんばるんだな」

レシートとお釣りを受け取りながら、寅三が言う。

「お褒めの言葉として受け止めます」

樋村がにやにやしながら買ってきたものをテーブルに並べる。

「おいおい、随分買ってきたんだな」

寅三が驚く。おにぎりとサンドイッチを一〇個ずつに、サラダや唐揚げ、それに飲み物がある。

「道理でお釣りが少ないと思ったよ」

「残ったら持ち帰って、晩ご飯にしますから」

「何て、せこい男なの」

寅三が呆れたように首を振る。

「警部殿、野菜ジュースをどうぞ」

　樋村が差し出す。

「ありがとう」

　それを飲みながら、冬彦がホワイトボードに顔を向ける。

「これなんだけどね、日比野さんの奥さんが調べてくれたんだ。亡くなるまでの二年間に一泊二日で旅をした記録だよ」

　ホワイトボードには、次のようなことが記されている。

（1）一九八七年七月
　かげろう　金山寺味噌（きんざんじみそ）　↓　和歌山（わかやま）

（2）一九八七年九月
　塩味饅頭（しおみまんじゅう）　↓　兵庫（ひょうご）

（3）一九八七年一一月
　南蛮菓ざびえる（なんばんかざびえる）　↓　大分（おおいた）

(4)一九八八年一月
生八ッ橋 → 京都

(5)一九八八年三月
三井寺力餅 でっち羊羹 → 滋賀

(6)一九八八年五月
薄皮饅頭 ままどおる → 福島

(7)一九八八年七月
久寿餅 惣之助の詩 → 神奈川

(8)一九八八年九月
黒もち かもめの玉子 → 岩手

(9)一九八八年一一月
安倍川もち あげ潮 → 静岡

（10）一九八九年二月
　みたらし小餅(こもち)うぐいすボール　→　大阪(おおさか)

（11）一九八九年四月
　？　→　奈良

「奥さんが調べてくれたのは日時とお土産(みやげ)についてで、都道府県名は、ぼくが調べた。その土地で有名なお土産ばかりだから、たぶん、その土地で買ったんだろうと思ってね」

「よく調べられましたよね。昔のことなのに」

寅三が感心する。

「奥さんは甘いものが好きで、どれもおいしかったから家計簿にメモしていたらしいよ。機会があれば、また食べたいと思っていたんだね。残念ながら、その機会はなかったようだけど」

「きちっと二ヵ月毎(ごと)に旅行してますね。三ヵ月空(あ)いたのが一度ですか。元々、旅行好きだったんでしょうか」

理沙子が訊く。

「いや、そういうわけでもなさそうなんだよね。それ以前は一年に一度か二度、家族旅行をするくらいだったらしいんだ」

「突然、定期的に旅行を始めたんですか？」

「そういうことになるね」

「何か心境の変化でもあったのかしら」

寅三が首を捻る。

「もちろん、不意に思い立ったという可能性もありますね。だけど、思い立つに当たって、何かきっかけがあったのかもしれません」

「そのきっかけがわかれば、事件解決の手がかりになるかもしれませんね」

寅三がうなずく。

「最初の旅行が一九八七年の七月ですから、それ以前、その年の前半に何らかのきっかけがあったかもしれないということです」

「何だったのかしら？」

「そのヒントがあそこにあるかもしれません」

テーブルに整然と並べられた茂夫の遺品に冬彦が目を向ける。

五

三時過ぎに、寅三が倉庫に顔を出す。

冬彦は難しい顔をして山積みの遺品に取り組んでいる。

「警部殿」

寅三が声をかける。

「はい、もしかして、おやつの誘いですか？」

冬彦が顔を上げる。

「そうじゃありません。白樺さんがいらしたんです。一緒に話を聞くのがいいかなと思いまして。それとも、お忙しいですか？」

「大丈夫です。大食いの件も気になってましたから」

冬彦が立ち上がる。


「ぼくの思い過ごしだったのかもしれません」

去年の選手権準決勝で体調を崩したのは自分の問題であり、誰のせいでもなかったのではないか、と白樺圭一は言う。

「よくよく考えてみると、ぼくが負けるように仕組んだところで、その人には何の得もないわけですよね。誰かの恨みを買った覚えもありませんし……」

ナーバスになりすぎていたのかもしれません、反省しています、と白樺はうなだれる。

「自分でも気が付かないうちに誰かの恨みを買うことはありますが、そうだとしても、わざわざテレビで恨みを晴らす必要はありませんよね。そんな目立つところで……」

樋村が言う。

「そうか」

冬彦がポンと膝を叩く。

「白樺さんを負けさせようとしたのではないかもしれないね」

「どういう意味ですか?」

寅三が訊く。

「白樺さんがリタイアしたおかげで優勝したのは誰だった?」

「シンデレラですよ。えっ! 警部殿、まさか、シンデレラを疑ってるんですか」

「そうじゃない。彼女を疑ってはいない。ひとつ訊きたいんだけど、去年、白樺さんは優勝候補だったわけだよね?」

「ええ、二連覇してましたからね。ダントツの優勝候補でした」

樋村がうなずく。

「二番手は？」

「う〜ん、〝バーボン〟斎藤や〝クリーナー〟新庄も強い選手ですが……」

「森野さんだと思います。シンデレラ」

樋村の言葉を遮るように白樺が言う。

「なぜ、そう思うんですか？」

「準決勝を戦ったとき、彼女の強さを知ったからです。若い女の子だけど、これは強い人だなと感じました。もちろん、食材にもよるわけですが」

「と言うと？」

「彼女に限らず、女性は男性に比べて顎の力が弱いので、硬い料理、例えば、ステーキなんかはあまり得意ではないと思います。柔らかいものの方が得意なんです。ごはんとかラーメンとか……」

「去年の決勝はラーメンの大食いでしたよね？」

「そうです」

「体調が万全だったら、自分が優勝したと思いますか？」

「はい。そう思います」

白樺が自信を持ってうなずく。

「斎藤さんも新庄さんも強いのですが、今までに何度も戦っているので、彼らの限界はわかっているつもりです。彼らが相手なら、二杯くらいの差で、ぼくが勝ったはずです」

「シンデレラが相手なら？」

「たぶん、ぼくが勝ったと思いますけど、その差は一杯くらい……いや、もっと僅差だったかもしれません」

「なるほど、やはりなあ」

冬彦がうなずく。

「何が、やはり、なんですか？」

樋村が訊く。

「白樺さんを負かすために誰かが悪巧みしたのではなく、シンデレラを勝たせるために悪巧みしたんだよ。白樺さんがいなければ、シンデレラが勝つと思ったんだな。そして、その通りになった」

「だけど、シンデレラが犯人ではないんですよね？」

「違うと思うよ。まあ、ぼくの印象に過ぎないけどね。彼女はアイドルなんだろう？　彼女のためなら何でもするという熱狂的なファンがいてもおかしくないんじゃないのかな」

「追っかけですね。いると思います」

樋村がうなずくと、

「おまえもその一人じゃないのかよ」

と、寅三がつぶやく。

「ほとんど無名のアイドルに過ぎなかった森野さんは、全国放送された人気番組で優勝したことで、一躍、全国区のアイドルに飛躍したわけだ。まさにシンデレラストーリーだよね……。よし、樋村君、秋葉原に行くぞ」

「え、何しに行くんですか？」

「決まってるじゃないか。シンデレラに会うんだ」

六

冬彦、寅三、樋村、理沙子の四人は車で秋葉原に向かう。寅三が運転した。劇場の近くにある駐車場に車を停める。

平日の昼間だというのに、劇場の周辺には、こずえが所属するアイドルユニットのタオルや公演のパンフレットを持ったたくさんの男たちがうろうろしている。年齢は様々で、大学生くらいの若者もいれば、五〇歳くらいのおっさんもいる。年齢は違っていても、彼らの格好は似ている。ポロシャツの上にジャンパーを着て、ジーンズにスニーカーという姿で、ほとんどの人たちがリュックを背負っている。

「警部殿みたいな人がたくさんいますね」

寅三がにやりと笑う。

確かに冬彦の普段の姿も、彼らと似たようなものなのである。一緒にうろうろしても何の違和感もないであろう。

受付で警察手帳を提示し、森野こずえさんから話を聞きたい、と告げると、劇場の支配人だという中年男が出てきた。

「支配人の大内と申します」

「警視庁の小早川です……」

すでにこずえさんからはテレビ局で一度話を聞いているが、改めて確認したいことがあるのでお目にかかりたいのです、と説明する。

「わかりました。では、こちらへどうぞ」

大内は先になって冬彦たちを案内しながら、ちょうど昼の公演が終わったところで、今は休憩中です、と話す。

「公演は一日に何回あるんですか?」

「平日は昼と夜の二回です。週末は昼と夕方と夜の三回ですね」

「なかなか大変なんですね。平日なのに外にはたくさんの人がいましたし」

「ありがたいことです。それほど大きな劇場ではありませんし、平日もお客さまに来ていただかないと、とてもやっていけません」

「何人くらい入るんですか？」

「三〇〇人くらいですね」

そんな話をしているうちに楽屋に着く。

「すごいな。一人用の楽屋ですか？」

思わず樋村が口にする。

「今や不動のセンターですし、こずえは、他のメンバーとは格が違いますから」

「そういう風に差をつけて、他のメンバーとの間に不協和音が生じたりはしないんですか？」

寅三が訊く。

「仲良しクラブではありませんからね。彼女たちの人気がＣＤやグッズの売り上げに直結します。人気のある子が優遇（ゆうぐう）されるのは当然ですよ。彼女たちもプロですから、そういうことは自覚しています。悔しければ、こずえに負けないくらいの人気者になればいいだけの話です」

大内が言う。

「ふうん、厳しい世界なのね」

寅三がうなずく。

「入るよ」

ドアをノックし、大内だ、と声をかけながら、大内がドアを開ける。

一人用の楽屋といっても、まったく広くはない。

楽屋には、こずえと鶴崎(つるさき)というおかっぱ頭のマネジャーがいたが、そこに冬彦たちが入ると息苦しさを感じるほどの狭さである。

「あれ～、前にお目にかかりましたよね。確か、警視庁の刑事さんたち。今日は、どうなさったんですか？　まさか、みんなでライブを観に来て下さったとか？　それなら嬉しいな～」

こずえが両手を広げて明るく笑う。

「実はですね……」

冬彦が事情を説明する。

「え～っ、そんなこと信じられません。わたしを応援してくれるファンの方が白樺さんを陥(おとしい)れるなんて……」

こずえの表情が曇(くも)る。

「どうですか、森野さんを応援する熱狂的なファンは多いですか？」

冬彦が鶴崎に訊く。

「ファンの数が一気に増えたのは、去年、大食い選手権に優勝してからですが、それ以前から、それほど多くはありませんが熱心に応援してくれる方たちはいましたね。熱狂的とまで言えるかどうかはわかりませんが……」

　そうだよね、と鶴崎がこずえに顔を向ける。

「二列目の隅で地味に踊っていた頃から、手紙や贈り物を下さった人たちです。歌も踊りも今イチで、センターになるなんて夢の夢だったわたしが、何とか今までやってこられたのも、その方たちの応援のおかげです。本当にいつも温かく見守って下さったんです」

「そういう手紙は今でも取ってあるんですか？」

「ええ、もちろんです。わたしの宝物ですから」

「お願いなのですが……」

　その手紙の送り主を教えてもらえないか、と冬彦が頼む。すると、即座に、

「そんなことはできません！」

　と、こずえが拒否する。

「その手紙はファンの方からわたしへの心のメッセージなんです。それを、誰であろうと他の人に読ませるというのは裏切り行為です。たとえ、どういう事情があろうと、わたしには大切なファンの方を裏切るような真似はできません」

「決してご迷惑をかけるようなことはしませんが……」

　横から寅三も口を挟むが、

「駄目です。できません」

　こずえは頑なに首を振るばかりである。

　情報提供を無理強いすることはできないので、冬彦たちは諦めて楽屋を出る。

「ああっ、何て素晴らしいんだ」

　樋村が大きく息を吐き出す。

「何が？」

　寅三がじろりと樋村を見る。

「ファンを大切にするというシンデレラの姿勢ですよ。本当に素晴らしい。だから、みんなに愛されるんだな」

「ふんっ、バカバカしい。おかげで、こっちは無駄足だよ」

　寅三が舌打ちする。

「大内さん」

　冬彦が足を止めて大内に声をかける。

「はい？」

「あそこでＤＶＤを販売なさってますね？」

「ええ」

　大内が物販コーナーに顔を向ける。

　正面玄関を入ってすぐの場所に物販コーナーがあり、そこで様々なグッズを販売している。ＤＶＤは人気商品なのか、広いコーナーが設置されている。

「壁にこう書いてありますよね。毎週違った内容のＤＶＤを販売しています、と」

「ええ、そうですが」

「あれは、どういう意味ですか？」

「ここではなく、もっと広い会場で行ったコンサートやライブもＤＶＤにして売ってますが、それはちゃんとした制作会社が作ったもので、それなりの値段がします。それとは別に、この劇場の公演を撮影したものを、ここで独自に編集してＤＶＤとして販売してるんですよ。ちゃんとしたものに比べると、いくらか見劣り（みおと）はするでしょうが、その代わり、値段はかなり安くしてあります」

「なぜ、わざわざ毎週違うものを作るんですか？」

「メンバーの入れ替わりもありますし、ステージ上でのメンバーの立ち位置も変わります。ライブの内容も毎週少しずつ変更するようにしていますからね。熱心なファンだと毎週買って下さいますよ」

「映っているのはステージだけですか？　客席は、どうなんでしょう」

「いくらかは映ってますよ。小さい劇場だから、ステージの近くの席であれば、客席に自分の姿を見付けることもできますしね。それが楽しみで買って下さる方もいるようです」

「古い映像も保存してありますか？」

冬彦が大内にぐっと近付く。

「え、ええ、あると思います。今はコンパクトなハードディスクに大量の映像を保存できますから。誰がいつブレイクするかわからないので、古い映像もできるだけ残すようにしています。たぶん、五年分くらいは保存してあるはずです……」

誰かがブレイクすれば、そのメンバーだけに絞ったＤＶＤを作成するのだという。そのために古い映像も保存してあるのだ。去年、こずえが大食い選手権で優勝した後、こずえに焦点を当てたＤＶＤを何種類か制作販売したが、いずれも売り上げは好調だという。

「それ、観せていただけますよね？」

「何をですか？」

「去年の大食い選手権で事件が起こりました。恐らく、何者かが森野さんを勝たせようとして悪いことをしたのです。その何者かが森野さんの熱狂的なファンだとすれば、きっとこの劇場に何度も足を運んでいるはずです。だから、ライブの映像を分析すれば、その何者かの正体を突き止めることができるかもしれません」

「わかりました。では、ＤＶＤを用意させましょう」

「いいえ、観せてほしいのはＤＶＤではなく、編集される前のマスター映像です。ありますよね？」

「あるでしょうが……大変な量ですよ。一週間分の公演をすべて撮影し、そこからよさそうなところだけを切り取って編集しているわけですから」

「その方がありがたいです。恐らく、編集前の映像にはお客さんの姿もたくさん映っているでしょうから。お願いできますか？」

「ええ、うちは構いませんが」

　大内がうなずく。

「ということだから、樋村君、頼むよ」

　冬彦が樋村を振り返る。

「え？　ぼくが何をするんですか」

「必要な映像をすべて観て、シンデレラの熱狂的なファンを炙り出すんだ」

「どうすれば熱狂的なファンだとわかるんですか？」

「そういう人は何度も劇場に足を運んでいるはずだよね。たくさん観れば、いつも映っている人に気が付くんじゃないかな。そういう人たちをピックアップして調べればいい」

「待って下さいよ。そういう人がいたとして、必ずしもシンデレラのファンだとは限らないじゃないですか。他のメンバーのファンだって、たくさんいるんですから」

「ふうむ、そう言われると、その通りだな。でも、他に手がかりがないんだから仕方ないじゃないか。やってよ。最新の映像から遡って、去年の大食い選手権の半年くらい前まで分析してもらえばいいかな」

「そ、そんな無茶な……。ライブは毎日あるんですよ。平日二回、週末三回。週に一六回。一回のライブが二時間だとして三二時間。それを一年半分だとすれば……ひえっ、軽く二千時間を超えるじゃないですか」

樋村の顔が引き攣る。

「ステージはどうでもいいんだよ。お客さんを調べたいだけなんだから。観客席の撮影分は、かなり少ないはずだよ。そうですよね、大内さん？」

「そう思いますが、何とも言えません」

「でも……」

「ぐだぐだ文句ばかり言うな」

寅三が樋村の後頭部をぱしんと平手で叩く。

「ろくに仕事もできないんだから、それくらいがんばってやってみろ」

「まさか、ぼく一人でやれとは言いませんよね？　さすがに、これは無理でしょう。みんなで協力してやらないと……」

「一人でやってくれ」

冬彦がぴしゃりと言い放つ。

「……」

樋村は呆然として言葉を失う。

「気になるところはダビングさせてもらおう。近くに家電量販店があったよね。まず、そこで買い物だ。心配いらないよ、ちゃんと経費で落ちるからね」

冬彦がにこっと笑う。

七

四月一四日（水曜日）

朝礼に樋村の姿はない。秋葉原の劇場に直行なのである。

朝礼直後に、樋村から冬彦に電話連絡が入る。昨夜は終電まで録画された映像をチェックしましたよ、今日もこれから始めます、という内容である。

その言葉が本当なら、かなり疲れているはずなのに、樋村の声が弾んでいることに冬彦は気が付いた。

（なるほどなあ。好きなことをやっていると疲れなんか感じないということか……）

昨日は泣き言ばかり口にしていたくせに、実際に作業を始めると、結構楽しいに違いなかった。大好きなアイドルユニットのライブにどっぷり浸かっていられるのだから、樋村にとっては天国であろう。

「昨日も言ったけど、ステージの映像はどうでもいいんだよ。肝心なのは観客席なんだからね」

冬彦は念を押したが、

「はいはい、わかってますって」

樋村は、へらへらした様子で返事をした。

横で会話を聞いていた寅三が、

「あいつ一人に任せておいて大丈夫なんでしょうかね？」

と心配するほどだった。

「わたし、後から様子を見てきますよ。怠(なま)けてたら、お尻を蹴飛(けと)ばしてやります」

理沙子が言う。

「お願いね。マジで蹴飛ばして」

寅三がうなずく。

山花係長は、三人の会話に何の関心もない様子で書類に目を落としている。

昨日、これから週末まで樋村君を秋葉原の劇場に直行させて映像分析の作業に当たらせたいのですが構いませんか、と冬彦が話したときも、

「うん、いいよ」

と、山花係長は簡単に承知した。樋村のことなど、どうでもいいというような態度だった。冬彦としてはありがたかったが、山花係長の投げやりとも言える態度に訝(いぶか)しさを感じ

たのも事実だった。

「じゃあ、ぼくは倉庫で日比野さんの遺品を調べます」

「何かお手伝いしましょうか？」

　寅三が言う。

「いいえ、大丈夫です。何を見付ければいいのかわからない状態ですから、何かアンテナに引っかかるのを待つしかありません。そのためには同じアンテナの方がいいんです」

「よくわからない理屈ですけど、つまり、自分一人で作業したいという意味ですか？」

「その通りです。正解です」

　にこっと笑うと、冬彦が軽い足取りで部屋を出て行く。

「ま、お好きなように」

　肩をすくめると、寅三はのんびりコーヒーを飲み始める。

「あ～っ、ちょっと食べ過ぎたかなあ。ご飯の大盛りは余計だったな」

　お昼ご飯を食べ終えて、寅三が外から戻ってくる。

　何を食べようかとぶらぶらしているとき、店先に飾られていたトンカツの見本がおいしそうだったので、吸い込まれるように店に入った。特ロースカツ定食を注文したら、ランチタイムには、ごはんの大盛りとキャベツ二倍盛りサービスができますよ、と店員に教えられて、根が欲張りなので、どちらも頼んだ。

期待通りにおいしかったので、ごはんもキャベツも味噌汁も、もちろん、特ロースカツもすべて残さずに平らげた。おかげで、お腹がはち切れそうになるほど膨らんでいる。

部屋に入ろうとして、ふと、冬彦の様子を見に行こうと考える。急いで部屋に戻ったところで、退屈な事務処理が待っているだけなのだ。

そっと倉庫を覗くと、冬彦がパイプ椅子に坐り込んでぼんやりしている。パック入りの野菜ジュースにストローを挿して飲み、ビスケットのようなものを食べている。

「それがお昼ご飯ですか？　体力がもちませんよ」

寅三が声をかけると、冬彦がハッとしたように背筋を伸ばす。

「寅三先輩でしたか」

「もっと元気が出るようなものを食べた方がいいんじゃないですか」

「これ、栄養食なんですよ。小さいけど、必要なだけの栄養素はすべて入ってます。この野菜ジュースで食物繊維も取れますし」

「理屈はわかるんですけど、あまりおいしそうには見えませんね」

「一応、味はついてますが、そうですね。そんなにおいしいとは言えませんね」

冬彦がうなずく。

「依然として手がかりがなく、途方に暮れていたというところですか？　ぼんやりしてましたけど」

「必ずしも、そういうわけではないんですが……」

冬彦にしては珍しく歯切れが悪い。

「日比野さんからお預かりしたものに、ざっと目を通しました。本当に大まかなので見落としがあるかもしれません。改めて念入りに見直すつもりです。その結果……」

「何か見付かったんですか？」

「見付かったというか、これだけなんですが……」

冬彦がテーブルに視線を落とす。そこには黄ばんだハガキが二枚並べて置かれている。

「日比野さんは、亡くなる二年くらい前から定期的に一人旅をするようになったと奥さんは話してましたよね？　その時期に何かしらきっかけがあったのではないか、とぼくは考えました。日比野さんを旅に駆り立てた何らかのきっかけが」

「それは、わかります」

寅三がうなずく。

「それで、この二枚のハガキが気になったんです」

「触ってもいいんですよね？　手袋とかありませんけど」

「はい。ぼくも触りましたから」

「……」

寅三が一枚のハガキを手に取る。

「これは……同窓会の案内ですね？」

「そうです。日比野さんが通っていた高校の同窓会の案内ですね。日付を見て下さい」

「一九八七年五月、連休明けの開催……。日比野さんが旅行を始める二ヵ月前じゃないですか。これが旅行のきっかけなんでしょうか？」

「気になりますよね。それは往復ハガキで、片方を切り取って出欠の有無を幹事に知らせるようになっています」

「出席したのかなあ」

「久し振りに昔の仲間と再会して、彼らから刺激を受けて、思い立って一人旅を始めたなんていう想像もできますけどね」

「こっちのハガキは何ですか？」

寅三がもう一枚のハガキを手に取る。

表に日比野の名前と住所、送り主の名前と住所が書かれ、裏には、ごくありふれた時候の挨拶と、先日は皆さんとも日比野さんとも久し振りにお目にかかれて嬉しかった、という内容が書かれている。

「これが何か？」

「消印を見て下さい」

「……」

寅三がハガキに顔を近づける。古いハガキなので消印もぼやけているのだ。

「ちょっと読みづらいかもしれませんが、昭和六二、一九八七年の六月なんですよ」

「日比野さんが旅行する一ヵ月前ですね。何か関係があるんでしょうか？」

「どうですかね……」

冬彦が首を捻る。

「短い文面ですけど、もしかすると、同窓会で久し振りに顔を合わせた昔の同級生からのハガキかもしれませんね」

寅三が言う。

「それは違うんですよ。同級生からのハガキではないようなんです」

冬彦が首を振りながら、テーブルの上に置いてあるアルバムに手を伸ばす。

「そうなんですか？」

「これは、日比野さんの高校の卒業アルバムです。そのハガキの送り主、高野剛さんですが、アルバムに名前がないんです」

「クラスが違ったとか？」

「いいえ、同じクラスにいないというだけでなく、卒業生の中に、その人はいません」

「じゃあ、学年が違ったのかしら。同学年でなくても、部活動の先輩か後輩だったかもしれませんよね？　でも、おかしいか。それなら同窓会には呼ばれませんよね」

「まあ、可能性はゼロではありませんね。同学年の卒業生だけでなく、部活動の関係者にも声をかけたかもしれません。生徒だけでなく、教職員とかにも……」

「もしくは同窓会とは無関係な知り合いからのハガキかもしれませんね」

「それもあり得ると思いますが、文面には、『先日は皆さんとも日比野さんとも久し振りにお目にかかれて嬉しかった』とあります。この『皆さん』というのは同窓会で会った人たちを指しているのではないかという気がするんですよね」

「大阪の方ですね。同窓会がらみの知り合いだとすれば、卒業してから引っ越したんでしょうか？」

寅三がハガキの住所に目を凝らす。

そこには、

大阪市中央区難波五丁目
なんば中央ハイツ二〇一
高野剛

と記されている。

「そうなんでしょうね。通っていた高校は杉並ですから。杉並中央署の管轄です」

「へえ、そうなんですか」

何気なく、寅三が卒業アルバムに目を落とし、あっ、と叫び声を発する。

「どうかしましたか？」

「善福寺学園高校って、高虎の出た学校ですよ」

「ええっ」

さすがに冬彦も驚いて大きな声を出す。

八

四月一五日（木曜日）
朝礼の後、冬彦と寅三は町屋のマンションに日比野芙美子を訪ねた。昨日のうちに冬彦がアポを取っておいたので、息子の潤一が付き添っている。
芙美子は癌を病み、闘病中の身である。先週の金曜日に会ったときより、顔色が悪くなっていることに冬彦は気が付いた。
「抗癌剤の影響で、昨日からあまり体調がよくないんです。できれば、あまり長い時間は……」

「いいのよ」

潤一の言葉を芙美子が遮る。

「刑事さんたちは一生懸命に捜査して下さっている。わたしもがんばらないといけないわ。いつ何があるかわからないのだし、今のうちにできるだけのことをしないとね」

「わかったよ。だけど、無理は禁物だよ。辛くなったら言ってくれ」

「申し訳ありません。できるだけ簡単に済ませますので……」

そう前置きしてから、冬彦は二枚のハガキを取り出し、まず一枚を芙美子に渡す。

「預からせていただいた物の中から、これを見付けました。見ていただけますか?」

「同窓会の案内状のようですね」

潤一が言う。

「同窓会……」

芙美子がハガキを手に取り、顔を近づける。さりげなく潤一が老眼鏡を渡す。それをかけてから、改めて芙美子はハガキに目を凝らす。

じっとハガキに視線を落としたまま芙美子が何も言わないので、

「何か覚えてらっしゃいませんか?」

冬彦が訊く。

「すいません、何も覚えていなくて……」

「出席したかどうかは、どうでしょうか？」

「わかりません」

　芙美子が首を振る。

「幹事の後藤田文俊さんについては、いかがですか？」

「本当に何も……。お役に立てなくてすいません」

　芙美子が途方に暮れたように溜息をつく。

「いいんですよ。二一年も昔のことなんですから。今度は、このハガキを見てもらえますか？」

　もう一枚のハガキを芙美子に渡す。

「……」

　芙美子は丹念にハガキの表と裏を眺める。

「高野さん……」

「記憶にありますか？」

「いいえ」

「恐らく、茂夫さんの高校の同級生ではなさそうですが、先輩か後輩、そうでなければ教職員かもしれません。このハガキを書いた頃には大阪にいたようなのですが」

「高野さんという名前を主人の口から聞いた覚えはありません。そもそも、主人にどういう友達がいるのか、わたしはほとんど知りませんでした。高校時代どころか、大学時代の話も聞いたことがないんです」

「お母さん、よく考えてね」

潤一が励ますように言う。

「そうしたいんだけど……」

芙美子が改めてハガキを見直す。

しばらく眺めていたが、ごめんなさい、やっぱり、何も覚えていません、心当たりがありません、と頭を下げる。

「そうですか」

「すいません。せっかく来ていただいたのに、お役に立てなくて」

潤一が申し訳なさそうに詫びる。

「いいんです。気にしないで下さい」

「そのハガキが何か事件解決の手がかりになりそうなんですか?」

「何とも言えないのですが、茂夫さんが旅を始める直前に受け取ったハガキだったので、もしかして、旅を始める何らかのきっかけになったのではないか、と推測したわけです」

「そうでしたか。何か覚えていればよかったんですが……」

潤一が残念そうに芙美子の顔を見る。

九

マンションを出て、駅に向かいながら、

「残念でしたね。何か思い出してくれるかと期待したのに」

寅三が言う。

「仕方ないですよ。古い話だし、奥さん、抗癌剤のせいで、かなり具合が悪いということでしたから」

「また振り出しに戻りましたね」

「いやいや、そう考えるのは、まだ早いですよ」

「どうするんですか？」

「同窓会の幹事・後藤田さん、それにハガキの送り主である高野さんがいるじゃないですか。こうなったら、その二人に会いに行くしかありませんね」

「会いにって……二人とも地方じゃないですか。そう簡単には行けませんよ」

「今もこのハガキの住所におられるのであれば、後藤田さんは長野県の上田です。新幹線なら、あっという間です。一時間くらいですからね」

「高野さんは大阪ですよ」

「係長に出張許可をもらって、まずは長野ですね。それから大阪です」

「今もそこにいるかどうかわからないのに……」

「もちろん、本庁に戻ったらアポを取ります」

「じゃあ、帰りますか」

何を言っても無駄か、どうせ自分の好きなようにやるんだろうし、どういうわけか山花係長は、この人の言いなりだから……そんな諦めの表情で寅三が言う。

「せっかくだから樋村君の様子を見に行きましょう。一人でがんばっているわけですから応援しないと」

「がんばってるのかなあ……」

寅三は半信半疑だ。

町屋から秋葉原には、千代田線で西日暮里に行き、そこで山手線に乗り換えれば、二〇分そこそこで着く。すぐ近くなのである。

秋葉原駅を出ると、

「何か差し入れを持って行きましょうか？ お腹を空かせているでしょうからね」

「そこにドーナツ屋さんがありますよ」

寅三が前方を指差す。

「わあ、ドーナツかあ。樋村君を更に太らせるつもりですね？」

意地が悪いなあ、あははは っ、と冬彦が笑う。

「別に何でもいいんですけどね」

寅三が肩をすくめる。

「いや、そうしましょう。この際、樋村君には徹底的に太ってもらいましょう」

「意味わかりませんけど」

「いいんです」

冬彦は先になってドーナツ店に向かって歩き出す。


「よっ、樋村君、がんばってるか〜い」

冬彦が明るい声を発しながら、映像室のドアを開ける。劇場の支配人・大内の好意で、映像室を使わせてもらっているのだ。

だが、樋村の返事はない。聞こえてくるのは部屋中に響き渡る巨大ないびきである。

「やっぱりね、こいつ、怠けて昼寝してやがる」

起きろ、この野郎、と寅三が樋村の椅子を蹴飛ばす。椅子に仰け反って居眠りしていた樋村は、その衝撃で椅子から転がり落ちる。

「あ……」

咄嗟には何が起こったかわからない様子で、床に這いつくばりながら、樋村がきょろきょろする。冬彦と寅三の顔を認めて、

「警部殿、それに寺田さん」

「仕事もしないで」

寅三が目尻を吊り上げる。

「誤解です。仕事は、ちゃんとやってます。ちょっと休憩してただけですよ。さっき安智さんが来て、シュークリームを差し入れしてくれたんです。それを食べてたら、うとうとしてきて……」

「居眠りだろうが」

「ゆうべは終電で帰り、今朝は始発で来たんですよ。残業代ももらえそうにないのに自分なりにがんばってるんです。少しくらい昼寝しないと体がもちません」

「言い訳ばかりするな」

寅三が拳を振り上げる。

「まあまあ、そう怒らなくてもいいじゃないですか。ほら、ぼくたちからの差し入れ。ドーナツだよ」

「うわあ、すいません。遠慮なくいただきます」

「で、どうなの？　捗ってるの」

「映像はかなり観てます。と言っても量が多いから捗っているとも言えません。先は長いです」

「問題は、森野さんの熱狂的な追っかけを見付けることなんだけどね。その点は、どう？」

　冬彦が訊く。

「常連は多いですね。平日なんか同じような客ばかりです。オタクみたいな若い奴とか、やたらに元気なおっさんとか、凝ったコスプレして自分もメンバーになりきってるような奴とか……」

「それだと誰の追っかけかわからないわね」

　寅三が小首を傾げる。

「それがそうでもないんです」

「どういう意味？」

「当たり前と言えば当たり前ですが、みんな、一推しメンバーのグッズを持ってるんです。タオルとか扇子、帽子、マフラー……いろいろあるんですが、グッズにはメンバーの名前が入っていたり、色や模様に特徴があったりするんですよ。それを見れば、誰の追っかけか大体の見当がつきます」

「それは、いいね。森野さんの追っかけもいるわけ？」

「センターだし、テレビにもよく出るから当然ですが、最近は、ものすごく多いですね。この前の週末なんか、シンデレラ一推しの追っかけが三〇人以上いたんじゃないかな」

「それは多すぎるわね。もっと絞り込めないの？」

寅三が訊く。

「それをやっているところです。遡っていけば、少しずつ減っていくはずなんです。去年の大食い選手権で優勝する前と後では人気が違いすぎますからね」

「それなら最近の映像から分析するのではなく、古い映像から分析すればいいんじゃないの？　大食い選手権の前あたりから。白樺さんに一服盛った犯人は、その頃からの追っかけなんでしょうから」

「もちろん、やってみました。だけど、それでは駄目なんですよね」

「なぜ？」

「シンデレラはまったく人気がなくて、グッズもほとんど作られていなかったからです。その頃の映像にはシンデレラのグッズを持っている客が見当たらなかったんです」

「そうか。だから、最近の映像から遡っていって徐々に絞り込んでいくわけだね」

「はい。さすがに三〇人以上の追っかけを一人ずつ調べるのは大変ですから、最近の映像から大食い選手権の頃まで遡れば、数人に絞り込めるんじゃないかと期待してます。それくらいなら、古い映像を分析すれば、たとえグッズを持っていなくてもシンデレラの追っかけだと判断できます」

「素晴らしいよ、樋村君。見直した」

「本当ですか？」

樋村が嬉しそうに笑う。

「うん、ちょっとだけね」

冬彦が肩をすくめる。

一〇

四月一六日（金曜日）

今日も朝礼に樋村の姿はない。秋葉原の劇場に直行して映像分析をしているのだ。昨日も今日も警視庁に来ていないが、山花係長も別に気にしている様子はないし、ゼロ係の日常業務にも何の支障も生じていない。

「彼は存在感ありませんから」

理沙子が言うと、

「空気みたいなものだからね。但し、あまりきれいな空気ではない」

と、寅三が反応する。

「確かに」

理沙子と寅三が顔を見合わせて笑う。

その傍らで、冬彦は後藤田文俊の自宅に電話をかけている。二三年前、一九八七年五月に開かれた、日比野茂夫が卒業した高校の同窓会の幹事を務めたのが後藤田である。

高校は都内にあり、同窓会の会場も東京だが、後藤田の住所は長野県の上田市である。高校を卒業してから上田に引っ越したのだろうかと冬彦は考える。

二三年前のハガキに記されていた電話番号にかけたのだが、幸い、後藤田家に繋がった。但し、後藤田は自宅にはおらず、上田市内の介護施設に入所していた。

茂夫と同級生だとすれば、後藤田は六六か六七歳のはずだから、介護施設に入るには若すぎるのではないかと冬彦は思った。

電話に出た後藤田の妻が言うには、二年前に脳梗塞の発作で倒れ、それがかなりの重症で、リハビリの効果も見られないため自宅で介護することが難しく、本人の意向もあって、自宅から、そう遠くない介護施設に入所しているのだという。

冬彦が危惧したのは、そういう状態で、自分たちが面会に行っても構わないのだろうか、昔の記憶を辿ることができるのだろうか、ということだったが、

「それは大丈夫ですよ。体は不自由ですけど、頭はしっかりしてますから」

もし東京からいらっしゃるのであれば、わたしが付き添います、と言ってくれた。携帯

の番号も教えてくれた。

また改めて連絡させていただきます、と冬彦は電話を切る。

次に大阪の高野剛に連絡を取ろうとする。ハガキには電話番号が書かれていないので、まず、電話番号から調べなければならない。

しかし、うまくいかない。ネットで大阪市の電話帳にアクセスし、「高野剛」という名前をチェックする。かなり多くの数が見付かるものの、ハガキの住所に住んでいる「高野剛」はいない。

念のために「なんば中央ハイツ」についても調べてみるが、少なくとも今現在、そういうマンションもアパートも存在していない。ハガキが書かれたのは二〇年以上昔のことだから、すでに建物は取り壊されてしまったかもしれない、と冬彦は考える。

そうなると、高野剛はどこかに引っ越したはずである。引っ越し先が同じ大阪市内であれば、電話帳に載っている「高野剛」のうちの誰かが冬彦の探している人物かもしれない。もっとも、最近は電話帳に名前を載せることを拒む人も増えているから、絶対にそうだとも言えない。

どうしたものかと冬彦は思案する。

（まずは後藤田さんだな。どこにいるかわかっているわけだし、会ってくれるというんだから。高野さんは、その後に調べればいいや）

そう決めると、冬彦は席を立ち、山花係長のところに行く。

「係長、お願いがあります」

「何だね？」

山花係長は書類から顔を上げずに訊く。

「これから出張させて下さい。日帰りです」

「出張？ どこに行くんだね」

「長野の上田です」

「ふうん、上田か……」

しばし思案するが、書類から顔を上げて、ちらりと冬彦を見ると、

「いいよ。申請書をよろしく」

と承知する。

「ありがとうございます」

冬彦がにこやかに頭を下げる。

その様子を見ていた寅三が、

「嘘(うそ)でしょ？ あり得ない、おかしい、どうして、こんなに簡単に出張許可がもらえるわけ？ 何のための出張なのか、何も説明してないじゃん……」

と驚愕(きょうがく)する。

「あの……」

　理沙子が寅三に体を寄せて、小声で訊く。

「そもそも、どうして、わたしたちどこにでも出張して捜査できるんですか？　この前は奈良でしたよね？　今度は長野ですか。普通は管轄外での捜査は許されませんし、広域捜査ということであれば、警察庁を通して相手側の警察に連絡して捜査の許可をもらったり、確か、いろいろ煩雑な手続きや調整が必要だと思うんですが……」

「………」

　寅三がじっと理沙子の顔を見る。

「わたしがモノ知らずというだけですか？」

　理沙子の顔が赤くなる。

「ううん、違うのよ。そう言われると、そうだなあと思って。どうしてなんだろう。わたしにもわからない……」

　寅三が首を振る。

　二人の会話を小耳に挟んだ冬彦が、あははは、と笑いながら、

「二人ともそんな初歩的な疑問を持っているようではダメですよ」

「教えて下さい」

「特命捜査対策室の設立趣旨は、過去の未解決事件を解決することですが、再来週から殺

人事件については公訴時効が廃止されるので、今まで以上に腰を据えて継続捜査すること
が可能になるわけです」
「それは知ってますけど」
　寅三がうなずく。
「過去の未解決事件といっても、それは東京だけでなく全国に存在しているわけじゃない
ですか。管轄に縛られているのでは自由な捜査ができません。もちろん、特命捜査対策室
が勝手に地方で捜査したりすれば、その地方の警察と悶着が起きかねませんから、事前
の連絡や調整は行う必要があります。ただ、これまで行われていた広域捜査のように面倒
な手続きを踏む必要がないんです」
「そういうことなんですか」
「先日の奈良への出張では犯行現場を実地調査する必要があったので西和警察署に協力を
お願いしましたが、今日のように、上田で誰かから話を聞くというだけであれば、特別な
捜査協力は必要ありませんから、山花係長が決裁してくれれば、それで済むんです」
「ということは、これまでの広域捜査と同じやり方をするものの、捜査協力を依頼する手
続きが簡素化されたということですか？」
　理沙子が訊く。
「まあ、細かく説明すると、必ずしもそうでない部分もありますが、大筋では、その通り

です」

冬彦がうなずく。

「面倒臭い言い回しだなあ。その通りです、と言えばいいだけじゃん」

寅三が顔を顰(しか)める。

「何をぶつくさ言ってるんですか。許可をもらえたんですから行きましょう。レッツゴー」

二

新幹線が動き出すと、すぐに寅三は駅弁を食べ始める。

冬彦は野菜サラダと野菜ジュースだけだ。

「そんなものだけで、よく体が持ちますね」

寅三が買ったのは東京駅構内で高い人気を誇っているイベリコ豚のお弁当だ。ごはんの上に肉がたっぷり載っていて、卵焼きと漬物(つけもの)がついている。ボリューム満点だ。

「必要な栄養は、ちゃんと摂(と)れてますよ」

「すぐにお腹が空きそうですけど」

「そう感じるのは錯覚(さっかく)です。人間は空腹を感じると、ついつい食べ過ぎてしまうものですからね。寅三先輩がいい例です」

「わたしが？」

「常に食べ過ぎてしまうから、そんなに肉付きがいいわけじゃないですか」

「は？　デブってことですか」

「樋村君ほどではありませんが、かなり太めであることは間違いありません」

「行きたくもない出張に連れ出されて、おいしい駅弁を食べるのまで我慢しなければならないとしたら、いったい、何の楽しみがあるんですか？　わたしは我慢しません。食べたいものを食べます」

これ見よがしに、むしゃむしゃと食べる。

冬彦はサラダを食べ終えると、メモ帳を取り出して、何やら書き始める。難しい顔をして盛んに首を捻っているので、

「どうしたんですか、そんな顔をして？」

寅三が訊く。

「大阪の高野剛さんの所在がわからないんですよ……」

冬彦が事情を説明する。

「なるほど、その住所に高野さんはいないわけですか」

「そもそも、そのアパートが見付からないんです。とっくに取り壊されていても不思議は

ないんですけどね」

「そのハガキが来たのが二〇年以上前でしょう？　何があっても不思議はありませんよ。持ち家なら、ずっと住み続けるかもしれませんけど、借家であれば引っ越したのかもしれませんね」

「そう考えて、大阪の電話帳も調べたんですが、『高野剛』さんという方、かなりたくさんいるんですよ。そもそも電話帳に名前を載せているかどうかもわからないし」

「なかなか厄介ですね」

「区役所に足を運んで転出届を調べるのが一番早いかもしれません」

「簡単に言いますけど、区役所だって大阪にあるわけですからね」

「必要なら行くしかありません。係長、きっと快（こころよ）く許してくれますよ」

「そうでしょうね。あの係長、警部殿の言いなりですから」

寅三は肩をすくめ、また駅弁を食べる。

一二

上田駅に着くと、まず冬彦は後藤田の妻・正枝（まさえ）の携帯に電話した。もう介護施設にいるという。

冬彦と寅三は駅前からタクシーに乗った。一〇分ほどで介護施設に着いた。

受付で後藤田の部屋に連絡してもらうと、すぐに正枝が現れた。後藤田は休憩室で待っているという。

「お時間を取っていただきありがとうございます」

冬彦が挨拶すると、

「いいえ、とんでもございません。何かお役に立てればいいのですけど」

正枝が丁寧に挨拶を返す。

休憩室に入ると、窓際のテーブルの前に車椅子に座った後藤田がいた。

冬彦と寅三が挨拶すると、

「日比野のことですね」

後藤田が口を開く。いくらか呂律の回らないところはあるものの聞き苦しいというほどではない。

「覚えておられますか？」

「高校の三年間、同じクラスでしたから」

後藤田がうなずく。

「どんな人でしたか？」

「地味で目立たない奴でした。大して親しくもなかったので、あまんが」

「後藤田さんは、高校を出てから上田に引っ越しなさったんですか？」

「大学を出て就職した会社が転勤の多い会社で、全国あちらこちらに赴任しました。上田に赴任したとき、地元採用で同じ職場にいた妻と出会ったんです。上田という土地も気に入ったし、転勤生活に疲れてもいたので、結婚を機に上田に腰を据えることにしたんです。本社採用なので転勤ばかりさせられましたが、地元の販売会社に籍を移せば、ずっと上田にいられましたから。もっとも、そのせいで給料は安くなったし、出世の望みもなくなりましたが」

後藤田が笑う。

「では、この同窓会を開いたときには、もう上田で暮らすようになって何年も経っていたわけですね？」

冬彦がハガキのコピーを後藤田に渡そうとする。

後藤田は手を動かすのが不自由らしく、後藤田に代わって正枝が受け取って見せる。

「ああ、あの同窓会ですね。よく覚えています。割と盛大にやったんですよ。三年のときに担任だった先生がちょうど定年退職することになって、そのお祝いも一緒にやろうという話になりましてね。その後も何度か同窓会を開いてますが、やるたびに参加者が減って、わたしがこんな体になってからは、代わりに幹事をやろうという者もいないので、もう何年もやってません。わたしも好きで幹事を引き受けたわけではなく、卒業するときに、たまたまクラス委員をしていたから、そういう役回りになっただけなんです」

「お体のこともそうですが、上田にいるのに幹事をやるのは大変じゃないですか？　このときの同窓会も会場は東京だったようですし」

寅三が言う。

「それは仕方ないです。高校を卒業してから、わたしのように地方に引っ越した者もいますが、やはり、東京で暮らしている人間が一番多いですからね」

「日比野さんは出席なさったんですか？」

「ええ、来ましたよ。東京にいる連中は、ほとんど参加したはずです。二〇人くらいだったと思います」

「同窓会の二年後、日比野さんは何者かの手によって命を奪われました。驚かれたでしょう？」

「ええ、それは、もう驚きました。病気や怪我で死ぬのとは、わけが違いますからね。自分の知り合いが、そんなひどい目に遭うなんて信じられませんでした。日比野が死んだ次の年にも同窓会を開きましたが、その話題ばかりでした。不思議なものですよね。生きているときは全然目立たない奴だったのに、死んだ途端、みんなの話題の中心になるなんて……。あ、こういう言い方は不謹慎かな」

「日比野さんは法隆寺の近くで被害に遭ったのですが、その点について、何か思い当たることはありませんか？」

「いやあ、別に……」

後藤田が首を捻る。

「でも、そう言えば……」

「何かありますか？」

冬彦が身を乗り出す。

「いつだったかはっきり覚えてないんですが、放課後、委員会の集まりで学校に残っていたことがあったんです。三年の夏休み前くらいだったかな。委員会が終わって帰ろうとしたとき、教科書だったか参考書だったかを忘れたことに気が付いて、教室に取りに戻ったら、日比野がいたんです。あいつ一人でした。自分の席に坐って文庫本を読んでたんですが、随分熱心に読んでいるので、そんなに面白い本なのか、と訊いたんです。そうしたら日比野が立ち上がって、すごく面白いから、後藤田君も読めよ、とその本の内容を説明してくれました。亀井勝一郎（かめいかついちろう）の『大和古寺風物誌（やまとこじふうぶつし）』という本でした。あまり熱心に勧（すす）めてくれたから印象に残ったのだと思います。大学生になってから、たまたま、その本を読む機会があったんですが、わたしにはさっぱり面白くなくて、すぐに放り出してしまいました。だって、お寺や仏像のことしか書いてないんですからね。変な話ですよね。何十年も昔のことなのに、そんなことだけ、はっきり覚えているなんて」

「日比野さんは神社やお寺が好きだったということでしょうか？」

「好きだったでしょうね。あ、そう言えば、その本を勧めてくれたとき、仏像を研究しているという話を聞いた気がします」

「仏像の研究ですか？」

「日比野はスポーツ系の部活には入ってませんでした。図書部でした。三年になると受験勉強が忙しくなって部活どころでなくなるので、スポーツ系の部活を引退して文化系の部活に移る者が多かったんです。わたしもテニス部から放送部に移りました。日比野は最初からスポーツをやらずに、ずっと図書部だったはずです。本を勧められたとき、仏像研究会で活動しているという話を聞いたんです」

「仏像を研究する部活ですか？」

「どうだったかな……図書部の中にある同好会みたいなものだったようです。うろ覚えですが……」

「高校生のときから仏像を研究していたとなると、全国のお寺巡りを始めたのも納得できますね」

寅三が冬彦に言う。

「同窓会では、どんな話をなさいましたか？」

「ほとんど話しませんでした。二言三言、挨拶程度の言葉を交わしただけです」

「日比野さんが親しくしていた人はいらっしゃいましたか？」

「心当たりがありません」

後藤田が首を振る。

「ガールフレンドとかは、どうですか？」

寅三が訊く。

「彼女がいれば噂になったでしょうけど、そんな噂を耳にしたことはありません」

「これを見ていただけませんか」

冬彦がもう一枚のコピーを正枝に渡す。それを正枝が後藤田に見せる。

「高野剛……」

「ご存じありませんか？」

「知りません」

「同じクラスというだけでなく、他のクラスとか、あるいは転校していった同級生、先輩や後輩、あるいは教職員などの学校関係者とか……」

「ううむ、わからないなあ」

後藤田は何とか思い出そうとするが、結局、高野剛については何もわからないままだった。後藤田の疲労が濃くなってきたので、冬彦と寅三は質問を打ち切った。何か思い出したら、ご連絡をお願いします、と頼んで施設を後にする。上田駅までタクシーで戻る。次の新幹線が来るまで、あと三〇分ある。

「わたし、ちょっと買い物してきます」

冬彦を待合室に残して、寅三がどこかに行く。

しばらくすると、右手に大きな袋をぶら下げて戻ってくる。

「そろそろ、ホームに行きますか？」

「ええ、そうですね。何を買ってきたんですか？」

「うふふふっ、後からのお楽しみですよ」

寅三が機嫌よさそうに笑う。

ホームに上がり、五分ほどすると新幹線がやって来る。自由席に乗り込む。新幹線が動き出すと、すぐに寅三は袋から紙包みを取り出す。

「何だか、いい匂いですね」

「そうでしょう」

テーブルを下げ、そこに紙包みを広げる。

「唐揚げですか」

「ただの唐揚げじゃないんですよ。上田名物の美味だれ唐揚げですからね」

「おいだれ？」

「おいだれというのは、元々は上田の方言らしくて、『おまえたち』という意味だそうです。そのおいだれに、おいしいタレ、追いかけてかける、というふたつの意味を付け加えて、語呂合わせで、『美味だれ』という言葉を作ったらしいんですよ。昭和三〇年代に生まれたそうです。ニンニク醬油のタレを焼き鳥につけて食べるご当地グルメで、今では焼き鳥だけでなく、唐揚げにも使われていて、全国的にも有名なんです」

「随分詳しいんですね」

「調べたんですよ。せっかく地方に出張するのなら、何かおいしいものを食べたいじゃないですか」

「奈良では、ビールを飲み過ぎて、大和牛を食べ損(そこ)ないましたからね」

冬彦がくくくっと笑う。

「同じ失敗は繰り返しません」

寅三が唐揚げを口に入れる。その途端、顔いっぱいに笑顔が溢(あふ)れる。

「うわあ、おいし～い。口の中に肉汁と肉の旨味が広がる。何て、おいしいのかしら」

またひとつ口に入れる。

「警部殿も、どうぞ」

「では、遠慮なく」

冬彦もひとつ口に入れる。

「あ、本当だ。すごくおいしい」

「もっと食べて下さい。たくさんあるんですから。これ、ビールに合うなあ」

「駄目(だめ)ですよ。まだ勤務時間中なんですから」

「わかってますけどね……」

残念そうに溜息をつきながら、寅三が次々と唐揚げを食べる。

一三

四月一七日(土曜日)
朝、冬彦、寅三、理沙子の三人は秋葉原駅前で待ち合わせをした。劇場で映像分析を続けている樋村を激励するために集まったのだ。駅前のコンビニで差し入れのお菓子やジュースを買い、三人は劇場に向かう。
公演は、平日は昼と夜の二回だが、週末は昼と夕方と夜の三回行われる。昼の公演時間が近いのか、劇場の周辺には多くのファンが集まっている。そのほとんどが男性だが、年齢は様々である。一〇代や二〇代の若者たちばかりでなく、中年男性の姿も目につく。ファン層が広いのである。
樋村は映像室で真剣に仕事をしていた。目が真っ赤に充血し、顔色が悪い。いつもは樋

村に厳しい寅三ですら、

「あんた、大丈夫？　ちゃんと寝てるの？」

と心配したほどだ。

「一応、寝てはいるんですが、ベッドに入っても頭の中に映像がちらつくし、音楽がガンガン鳴り響いている感じなんですよ」

樋村が溜息をつく。

「もう壊れる寸前だねえ」

あはははっ、と冬彦がのんきに笑う。

「警部殿、笑いごとじゃありません。このままだと本当に体を壊してしまいますよ」

寅三が冬彦を睨む。

「その心配はありません。なぜなら、大食い選手権は明日が本番です。つまり、明日までに結果が出なければ、樋村君がやっていることは無意味なのです。今日一日がんばればいいだけですから、それくらいなら、まあ、何とか持つでしょう」

冬彦は能天気だ。

「随分冷たいんですね」

「これまで樋村君は警察官として大した仕事をしていません。ようやく貢献できるときが来たんです。これで結果を出せれば、もう給料泥棒と言われなくて済むんです」

「ちょ、ちょっと待って下さい。いったい、誰がぼくを給料泥棒なんて言ってるんですか？」

樋村が慌てる。

「ぼくだ」

「え」

「杉並中央署時代から今に至るまで、ずっと樋村君の仕事ぶりを見てきたけど、樋村君は給料に見合った仕事をまったくしていない。税金の無駄だ。ぼくに権限（けんげん）があれば、とっくの昔に樋村君をクビにしているよ」

「えっ、えっ、えっ」

樋村が目を白黒させる。

「だから、今、がんばるんだよ」

冬彦が樋村の肩をぽんぽんと叩く。

「励ましているのか、脅（おど）しているのか、それとも、ただ単に馬鹿にしているだけなのか、まったく区別がつきませんね」

寅三が呆れたように首を振る。

三人は映像室に二時間くらいいたが、樋村の映像分析を手伝うわけでもなく、何の役にも立たないような雑談をしただけだった。

もっとも、軽食を摂りながら、仲間たちと気の置けない会話をしたことが気晴らしになったのか、三人が腰を上げたときに、いくらか樋村の顔色はよくなっていた。

「じゃあ、ぼくたちはホテルに行くよ」

大食い選手権の本選に進んだ選手たちは、テレビ局が用意した都内のホテルに前泊することになっている。前夜祭ということで、ちょっとしたパーティーも開かれるし、選手たちのインタヴューも撮影され、番組内で使われることになっているのだ。

「ああ、いいなあ。ぼくも行きたいけど、行けないなあ……」

樋村が溜息をつく。

「明日までに手がかりを見付けることができれば、本番には間に合うよ。それを励みにがんばればいいじゃないか」

冬彦がまた樋村の肩をぽんぽんと叩く。

一四

冬彦たち三人は秋葉原から新宿に移動する。大食い選手権の本選に出場する選手たちが宿泊予定のホテルが新宿にあるのだ。

「こんなに早く行っても、まだ選手たちはホテルにいないんじゃないんですか？　前夜祭というんですから、スタートは夜でしょう」

寅三が訊く。

「いいえ、選手たちは昼前にはホテルに集合することになってるんです。昼ごはんを食べるところから撮影を始めるらしいですよ」

冬彦が答える。

「詳しいですね」

「ADの小湊さんに確認しました。その程度の下調べをしておくのは当然です」

「その通りなんだけど、素直にうなずけないのは、なぜなんだろう……」

寅三が首を捻る。

「その気持ち、わかります。杉並中央署時代、警部殿と一緒にいた誰もが感じた気持ちですから」

理沙子がにこっと笑う。

「自分の心がささくれ立ってくるのがわかる。いつかは、こういう状態に慣れるのかな」

「大丈夫ですよ。高虎さんだって、何とかやってましたからね」

「そうだといいけど」

寅三が肩をすくめる。

三人が駅に向かって歩く。秋葉原から新宿まで、乗り継ぎがうまくいけば、一五分しかかからない。

「今からだと、ちょうどお昼時になってしまいますね。どこかで食事してから行きますか？」

　寅三が訊く。

「せっかくですから、大食い選手たちがどんな風にお昼ごはんを食べるか見たいじゃないですか。ぼくたちが食べるのは、その後でもいいでしょう。興味ありませんか？」

「興味がないとは言いませんけど、あの人たち、すごすぎて、あまり現実感がないんですよね」

「それがいいんじゃないですか。寅三先輩のような中途半端な大食いは、世の中に掃いて捨てるほどいますからね」

「どういう意味ですか？」

「現実感がありすぎてつまらないという意味です。よくいるでしょう、小太りで、よく食べる人」

「それは樋村でしょう」

「同類じゃないですか。五十歩百歩、大同小異、目くそ鼻くそを笑う……」

　ははは、と冬彦が明るく笑う。

「ちょっと……」

寅三が目尻を吊り上げて冬彦に詰め寄ろうとする。

それを理沙子が押しとどめ、

「我慢(がまん)ですよ、我慢。これくらい普通なんですから。深呼吸しましょう」

何とか宥(なだ)めようとする。

「そうね、深呼吸だ、深呼吸」

自らに言い聞かせるようにつぶやくと、寅三が何度も大きく深呼吸する。

「そのうち慣れますから」

「そうだといいけど」

「ほら、何をもたもたしてるんですか。行きますよ」

さっさと改札を通った冬彦が寅三と理沙子に呼びかける。

「時々、というか、かなり頻繁(ひんぱん)にあいつを殴りたくてたまらなくなるんだけど」

「それが普通です」

「今も殴りたい」

「また深呼吸しましょうか」

「ええ、そうね」

深呼吸しながら、寅三が改札を通る。

一五

冬彦たち三人がホテルに着いたのは、ちょうど選手たちの昼食風景の撮影が行われているときだった。

駅から連絡しておいたので、ＡＤの小湊がエントランスで待ってくれていた。

「皆さん、同じ店で食べてるんですか?」

冬彦が訊く。

「いいえ、順番に違う店で食べます」

「好みが違うということですか?」

「どの店で食べるのかは、こちらで指定しています。ええっとですね……」

小湊の説明によれば、全員が同じものを食べるのではつまらないから、ホテル内にあるレストランやカフェをそれぞれの選手が訪れて、その店の人気メニューを食べるという趣向なのだという。一応、何を食べたいか、選手たちの希望を確認はしたものの、必ずしも、その通りには決まっていないらしい。

「それって、さりげなくホテルの宣伝をしてるわけですか?」

理沙子が訊く。

「まあ、局とホテルのタイアップ企画ですから」

　小湊がにこりともせずにうなずく。

「このホテルの料理がいかにおいしく、いかに居心地がいいか、前夜祭という名目で宣伝するわけですか。当然、選手たちの食事代や宿泊代は無料なんでしょうね。ホテルの宣伝費で落とすわけでしょう？」

「刑事さん、そんな大きな声を出さないで下さい」

　小湊がそわそわと周囲を見回す。

「順番に撮影するのでは最後の選手が食べられるのは夕方になってしまいますね」

　寅三が言う。

「撮影自体は、もう始まってますし、一人当たりの撮影時間は一五分程度ですから、それほど遅くならないと思います」

「そんなに短い時間でいいんですか？」

「番組の中で使うのは、せいぜい、一分くらいですよ。レストランフロアは最上階です。エレベーターは、あっちです」

　小湊が先になって歩き出す。

一六

エレベーターを降りると、

「撮影中ですから、お静かに願います」

小湊が注意する。

「わかってま～す！」

冬彦が大声で返事をする。

「わかってないじゃないですか。刑事さん、お願いしますよ」

小湊が泣きそうな顔になる。

その様子を見て、

「警部殿って、誰に対しても変わらないのね。ブレないのは、すごいわ」

寅三が感心する。

「究極のＫＹですから」

理沙子が肩をすくめる。

フロアの奥の方にあるステーキハウスの前に人だかりができている。撮影を見学している野次馬（やじうま）だ。

「さっきまでは中華料理店で撮影してたんですが、もう次に移動したようです。ステーキということは、白樺さんですよ」

「ほう、白樺さんですか。それは見逃せないなあ」

冬彦が走り出す。

「あ、待って下さい」

小湊が慌てて後を追う。寅三と理沙子もついていく。

「失礼します。すいません。関係者みたいなものですから」

野次馬をかき分けて、冬彦が店内に入っていく。

窓際の席に白樺圭一が坐り、その傍らに司会進行役の芸人と、解説者の黒坂滝子がいる。その後ろに白樺以外の選手たち六人が並んでいる。

白樺が「モンスター」と呼ばれているように、選手たちには、それぞれ愛称がある。森野こずえは「シンデレラ」、斎藤克之はバーテンをしていて、バーボンが大好きだというので「バーボン」、新庄武彦は子供の頃から大食いで、出された物は何でも残さずきれいに食べるので「クリーナー」、犬山里香は顔がシベリアンハスキーに似ているので「シベリアン」、双子の丸山亜希子と丸山加奈子は、姉の亜希子が「ツインズ一号」、妹の加奈子が「ツインズ二号」である。選手たち七人は、誰もがスリムで、人並み外れた大食いには、とても見えない。

　白樺のテーブルには、ひと切れ七〇〇グラム以上は優にありそうなTボーンステーキが四皿と、大盛りのライスが四皿、山盛りのサラダが並べられており、今まさに白樺が食べ始めようとしている。

「どう、これくらいランチとしては軽いかな？」

　芸人が訊く。

「軽いということはないですが、そもそも、こんな高級な肉を、こんなにたくさんランチで食べるなんてあり得ませんよ」

　白樺が答える。

「普段は、どんなランチ？」

「牛丼屋で肉だけ買って、あとは自宅から持参したごはんを食べるという感じですかね」

「ごはんは、どれくらい食べるの？」

「一〇合は食べます」

「は？　一〇合？　それって、マジなんですかね、黒坂さん？」

「いやだ、わたしは、そんな食べませんよ。せいぜい、七合くらいかしら」

　下がってきた眼鏡を小指で持ち上げながら、黒坂滝子が笑う。

「七合って、あんた、化け物ですか！　すいません、化け物といっても顔のことじゃありませんからね」

「何を言ってるのよ、嫌ねえ」

滝子がまた笑う。

すると、

「何て面白い人たちなんだろう」

あははは、と冬彦が大笑いする。

店にいた者たちの視線が冬彦に向けられる。

「お願いです、おとなしくして下さい」

小湊が背後から冬彦を羽交い締めにする。

「何ですか、笑っただけですよ」

「とにかく、お願いします、ぼくが責任を取らされます」

もう小湊は涙目である。

「では、白樺君、食べ始めて下さい」

芸人が言うと、白樺が猛然とTボーンステーキにかぶりつき始める。

その一時間後……。

昼の撮影が終わった。

選手たちは夕食まで自由時間である。

ただの大食い選手ではなく、タレントとしても知名度の高い森野こずえだけは、雑誌のグラビア撮影やインタヴューの仕事が入っているから休む暇はない。他の選手たちは自室でくつろいだり、散歩や買い物に出かけたりして、思い思いに過ごす。

白樺は冬彦と一緒にレストランにいる。ラウンジでお茶でも飲みながらお話を伺いたいと冬彦が申し出たのだが、刑事さんたち、食事がまだでしょう、それならレストランにしましょう、と白樺が提案してくれたのだ。

「お昼も食べないで仕事だなんて、刑事さんたちも大変ですね」

ここはおいしいですよ、一緒に食べましょう、と白樺が言うと、

「え？　白樺さん、また食べるんですか？　ついさっき、あんなに大きな肉をいくつも食べたばかりなのに」

寅三が驚く。

「おいしい肉でしたよ。でも、肉とごはんとサラダ、全部で三キロちょっとくらいしかなかったですからね。あれでお腹がいっぱいになったわけじゃありませんから」

「くらいって……。わたしたちなら三人がかりでも食べきれるかどうかわかりませんよ。ねえ？」

寅三が冬彦と理沙子に同意を求める。

「無理ですよ。サラダだけでお腹いっぱいになりそうです」

理沙子が首を振る。

「ぼくは白樺さんが食べる姿を見ているだけで満腹になった気がしました。満腹感は伝染するのかもしれないな」

ははは、と冬彦が笑う。

「さて、何を食べましょうか……」

四人がそれぞれメニューを手に取る。

「わ〜っ、どれもおいしそうだなあ」

寅三が目を細める。

あれこれ迷った末、寅三はミックスフライのランチセットを頼むことにした。

理沙子はパスタのランチセット、冬彦はノンドレッシングのグリーンサラダとハーブティーを選ぶ。

「白樺さん、何にしますか？」

寅三が訊く。

「皆さんに合わせます」

「は？」

寅三が怪訝(けげん)な顔になる。意味がわからなかったのだ。

「つまり、皆さんが頼んだものを全部という意味です。ハーブティーはいりませんが」

三人が頼んだものを、それぞれ二人前ずつ頼むというのである。

一五分ほどで、すべての料理がテーブルに並ぶ。ミックスフライのランチセットとパスタのランチセット、それにグリーンサラダがそれぞれ二人前である。

「すごいなあ。しかし、量もすごいけど、毎日こんなに食べていたら食費が大変じゃないですか？」

冬彦が白樺に訊く。

「さっきの撮影でも言いましたけど、普段は白米をたくさん食べて、おかずにはお金をかけないように心懸けています。まあ、それでも普通の人に比べたら、量が違いすぎるから、家計に占める食費の割合はかなり高めですね。でも、仕方ないですよ。食べることが一番の幸せですから」

そう言いながら、早速、白樺は食べ始める。

特に急いで食べているようにも見えないが、冬彦たちに比べると食べるのがかなり速い。口に運ぶのも速いし、一口あたりの量も多いし、咀嚼して飲み込むのも速い。寅三や理沙子が三分の一くらいしか食べていないのに、白樺はひとつのセットを完食して、早くも次のセットに取りかかっている。

寅三と理沙子が目を丸くする。

「いよいよ明日が決戦ですが、何か気になることはありませんか？」

冬彦が訊く。

「そうですね……」

白樺の手が止まる。

「これといって気になることはないんですが……」

「でも、何かある？」

「今回、本選に出場する六人とは以前からの知り合いです。仲がいいんです。みんな、ぼくに気を遣って何も言いませんが、ぼくが局に苦情を申し立て、警察に相談したことを知っています。表面的には和気藹々としているし、何も知らないような顔をしていますが、内心、愉快ではないはずです。つまり、ぼくらの世界では、大食いの世界という意味ですが、明日の試合は、とても重要なんです。その真剣勝負に水を差されたと感じたとしても不思議ではないはずです。ぼくが彼らの立場だったら、きっと、そう感じると思います。それが申し訳なくて……」

「白樺さんは何も悪くありませんよ」

「そうですよ」

寅三と理沙子が慰めるように言う。

「でも、ぼくの思い過ごしだったとしたら……体調を崩したのは自分のせいだったとしたら……おかしな妄想を抱いて騒ぎ立てて、周りに迷惑をかけているだけだとしたら……」

白樺が表情を曇らせて大きな溜息をつく。

「そんなことはありません。誰かが悪巧みをして、白樺さんを陥れたのです」

冬彦が断言する。

「そうでしょうか？」

「そうです」

「でも、誰がいったいそんなことを……」

「それを調べるのが、わたしたちの仕事です。白樺さんは、明日の試合のことだけに集中して全力を出して下さい」

「わかりました。よろしくお願いします」

白樺が頭を下げる。

ホテルを出て、駅に向かいながら、

「警部殿、さっきは自信満々でしたけど、何か根拠があるんですか？」

寅三が訊く。

「あります」

「何ですか？　わたし、何も聞いてませんけど」

「わたしもですよ」

寅三と理沙子が冬彦を見つめる。

「直感です」

「は？　直感って……警部殿の直感？」

「そうです。ぼくの鋭い直感が、これは事件だと告げています」

冬彦が胸を張ってうなずく。

一七

四月一八日（日曜日）

昨日と同じように、冬彦、寅三、理沙子の三人は朝早くに秋葉原駅前で待ち合わせた。

いよいよ今日は大食い選手権の準決勝と決勝が行われる。

三人は試合に立ち会うつもりだが、会場のホテルに行く前に樋村に会い、映像分析の進捗状況を確認したかった。できれば準決勝が始まる前に何らかの手がかりを手に入れたいのである。準決勝は昼過ぎに、決勝は夕方に行われる予定になっている。無事に試合が終わればいいが、去年の準決勝で白樺が不可解な体調不良に陥ったようなことがまた起きたのでは取り返しがつかない。

「ゆうべ、メールしたんですけど、樋村、泊まり込んだみたいですよ」

理沙子が言う。

「あいつなりにがんばってるんだなあ」

珍しく寅三が感心する。

「やる気があっても、結果が出ないのでは何もしていないのと同じですよ」

冬彦が平然と言い放つ。

「その言い方は、ちょっとひどいと思いますよ」

寅三が冬彦を睨む。

「それが事実です。何らかの犯罪行為が行われようとしていて、結果的にそれを防ぐことができなかったとしたら、努力したんだから仕方ないと言い訳できますか？」

「それは、そうですけど……」

「たとえ結果が出なくても、結果を出そうとした努力が素晴らしいと賞賛されるのはスポーツだけです。犯罪捜査には当てはまりません」

冬彦がぴしゃりと言う。

「クールだわ。いや、冷酷と言った方がいいかしら。だけど、たとえ結果が出なかったとしても、樋村一人に責任を負わせることはできませんよ」

「承知しています。樋村君が無能だとしたら、そんな無能な人間に大切な仕事を任せたぼくが無能だということですから。責任を回避するつもりはありません」

「あの〜っ、ここであれこれ言うより、コンビニで差し入れでも買って、向こうに行ってから話しませんか？　たぶん、樋村はゆうべから何も食べてないと思うんですよ。時間ももったいないですし」

　理沙子が冬彦と寅三の間に割って入る。

「そうだね。よし、行こう」

　冬彦がコンビニに向かって、すたすた歩き出す。

　おにぎりやサンドイッチ、フライドポテトや春巻きなど、樋村が好きそうなものを冬彦が適当に買い、しかも、割り勘にして、寅三と理沙子に代金を請求する。

「何だか、すごくセコい気がするんですけど」

　財布から小銭を取り出して冬彦に渡しながら、寅三が顔を顰める。

「何事も連帯責任です」

　冬彦は買い物袋を提げて、さっさと先に行く。

「何が連帯責任よ、意味不明だっての。ただのケチってことじゃん」

「まあまあ、警部殿は、そういう人ですから」

　理沙子が寅三を宥める。

「わたし、セコい男、大嫌いなのよ。理屈っぽくて、ケチでセコくて、周りに気配りができない……ああ、わたしの嫌いな特徴をすべて備えている。苛々する。思い切り、ぶん殴ってやりたい。きっと、スカッとするだろうなあ」

「寺田さん、深呼吸です。顔が真っ赤ですよ」

「うん、頭に血が上ってるのが自分でもわかる」

深呼吸しながら、寅三が冬彦の後を追う。

一八

「おいおい」

樋村を見て、寅三が目を丸くする。

昨日もかなり疲弊している様子だったが、今日はもっとひどい。赤く充血した目は腫れ上がり、顔色は死人のように土気色だ。髪はぼさぼさで、あたりにフケが飛び散っている。家に帰らず、徹夜したせいか、かなり汗臭い。映像室は換気が悪くて狭いので、むっとするような嫌な空気が澱んでいる。

「昨日は壊れる寸前だったけど、今日の様子では、すでに壊れ始めているようだね」

冬彦が笑う。

「あんた、寝てないんでしょう?」

寅三が心配そうに訊く。

「だって、時間がありませんから」

モニターの画面を凝視(ぎょうし)したまま、樋村が首を振る。

「何か食べたの？」

「食べてません」

「やっぱりか。いろいろ買ってきたから食べなさい。サンドイッチやおにぎりなら、手を止めなくても食べられるでしょう」

寅三が理沙子に目配せする。

理沙子が包み紙を取って、樋村におにぎりを差し出す。

「どうも」

樋村がむしゃむしゃ食べ始める。慌てて食べたので噎(む)せ返る。

「お茶もあるから」

寅三がペットボトルを渡す。

「すいません。ああ、おにぎりって、こんなにおいしいものだったんだな」

樋村が溜息をつく。

「空腹は最高の調味料だからね」

冬彦が言う。

「で、どうなの？　やっぱり、依然(いぜん)として手がかりなし？」

寅三が訊く。

「そこに……」

樋村が振り返って、部屋の隅にあるテーブルを顎でしゃくる。

「これ？」

テーブルの上に置かれている七枚の写真を寅三が手に取る。

「映像からプリントアウトしたので、あまり画質がよくありません。なるべく、はっきり映っているものを選んだのですが……」

「この七人がシンデレラの熱狂的な追っかけということ？」

冬彦が訊く。

「七人じゃありません。一人です」

「え？　そうなの」

「着ているものが違っているのは、撮影された時期が違うせいだと思います」

「だけど、顔がわからないじゃない。どの写真でも帽子を目深に被っているし、しかも、違う帽子を被っている。中には目出し帽みたいなものまであるわ。眼鏡をかけたり、マスクをしてる写真もある。まるで、わざと顔を隠しているみたいね」

「それは、あると思います」

樋村がうなずく。

「劇場の常連であれば、公演が撮影されていることを知っているでしょうし、中には、自分の素顔を人目にさらしたくないという人もいるかもしれません。ぼくだって嫌ですよ。警察官という職業に就いていることを考えると、たとえ、プライベートのことだとしても、歓声を上げて盛り上がっている姿を知り合いに見られたいとは思いません。小さな劇場だし、たくさんの撮影カメラが設置されているわけでもありませんから、カメラの位置がわかっていれば、自分が映らないようにすることは、そう難しくないと思います。念のために、いくらか変装すれば、もっと安心できるでしょうね」

「格好がどれも違っているのに、どうして同一人物だってわかるの？」

理沙子が訊く。

「うん、素晴らしい！　樋村君、ぼくは君を見直したよ。いやあ、見事だ。よく気が付いたね。よほど真剣に、一心不乱に仕事に集中しなければ見逃してしまうだろうな。ぼくも最初はわからなかった」

冬彦が興奮気味に語る。

「ねえ、警部殿、どういうことなんですか？　わたしも安智もさっぱり理解できないんですけど」

寅三が首を捻る。

「木を見て森を見ず。知ってますか？」

「ええ」

「逆もまた真なり。森を見て木を見ず……まあ、これは、ぼくが勝手に言ってるだけですがね。まずは、ここに注目です」

冬彦は、プリントアウトされた写真の一ヶ所を指で示す。次はここ、そして、ここ、というように七枚の写真それぞれについて指し示す。

「あ」

寅三が声を発する。

「気が付いたようですね」

「指輪ですね？」

「そうです」

七枚の写真に写っている七人の人物は見かけが違うから、一見すると別人のようだが、よく見ると、七人とも、左手の薬指に同じような指輪をはめている。同じ指輪だと断定できないのは、映像がぼんやりしているせいであろう。

「変わった指輪ですね。大きな石がついてるみたいだけど……紫かな、それとも青かしら？」

寅三が理沙子に写真を見せる。

「男性が身に着けるような指輪には見えませんね。薬指にはめてるけど、結婚指輪には見えないし、何の石だろう……」

　理沙子が小首を傾げる。

「たぶん、アメジストですよ」

　樋村がぼそりとつぶやく。

「アメジストの指輪？　何でわかるの？　あんた、宝石に詳しいの」

　寅三が訊く。

「いいえ、全然詳しくありません。誰かに買ってあげる予定もないし、誰かからもらえる予定もありません。アメジストが二月の誕生石だと知っているだけです。シンデレラの誕生日、二月一日なんですよ」

　樋村が言う。

「そうか、森野こずえさんの誕生石をこれみよがしに左の薬指にはめて全力で応援する謎の男……かなり熱狂的な追っかけと考えてよさそうだね？」

　冬彦が訊く。

「はい。シンデレラが大食い選手権で優勝して、一躍、全国区のアイドルになる、それ以前から、この指輪をはめて声援を送ってますから、これは筋金入りの追っかけですね。この人以外にも頻繁に応援に来ている人たちはいるのですが、誰の追っかけかわからないんですよね。この人だけは、この指輪のおかげでシンデレラの追っかけだと判断できます」

樋村がうなずく。

「彼女以外に二月生まれのメンバーはいないの？」

理沙子が訊く。

「いないことはないのですが、このアメジスト男、シンデレラが出演していない公演には姿を見せていません。念のために、シンデレラ以外の二月生まれのメンバーが出演している公演の映像も調べたんです。幸い、それほど数は多くなかったので、大した手間ではありませんでした」

「ということは、やはり、森野さんの追っかけなのかしらね」

「深読みすると、ちょっと怖いですよね。この人、自分が森野さんと結婚しているというような幻想を抱いてるんじゃないですか？　指輪もキモいけど、その指輪をわざわざ左薬指にはめているのが、もっとキモい」

寅三が気味悪そうに言う。

「恐らく、そうでしょう。ストーカーとは、そういうものです。現実ではなく、自分が作り上げた虚構（きょこう）の世界に生きているわけですからね。劇場で応援しているとき、この人は、たぶん、森野さんと二人だけの世界にいて、自分と森野さんは特別な関係なのだという幻想に浸っているのだと思います」

冬彦が言う。

「この人が犯人なんでしょうか?」

　寅三が訊く。

「それは何とも言えません。今の段階で言えるのは、この人が森野さんの熱狂的な追っかけだということだけです。そんな人なら、森野さんのためにどんなことでもするかもしれませんね。たとえ、それが犯罪行為であったとしても」

「何はともあれ、手がかりが見付かってよかったですね。試合会場で、この指輪を探せばいいわけでしょう? この写真には顔が写ってませんから、指輪だけが頼りですからね」

　寅三が言う。

「心細い手がかりですが、他に何の取っかかりもありませんからね。どうだろう、樋村君、他にも何か手がかりを見付けられそうかな?」

　冬彦が樋村に顔を向ける。

「やってみます。このアメジスト男にしても、ゆうべ、頭が朦朧としているときに、たまたま指輪が目についたんです。ほんの一瞬なんですけど、照明の光を反射したんですよね。それでハッとして、慌てて他の映像も確認したんです。そうしたら、その七枚の写真を見付けることができました」

「アメジストの指輪男以外にも、ペンダント男やピアス男がいるかもしれないものね」

　寅三が大真面目に言う。

「樋村君のがんばりに期待しましょう」

「大変だと思うけど、よろしくお願いね」

「あんたが頼りなんだからね」

冬彦、理沙子、寅三の三人が口を揃えて樋村を励ます。

「ああ……」

樋村の目に涙が滲む。

「苦労した甲斐があったなあ。ようやく、みんなに認めてもらえた気がする……」

一九

冬彦たち三人はホテルに向かう。

準決勝と決勝は、この日のためにホテルの中庭に特設される会場で行われることになっている。

まず、中庭に行ってみた。

特設会場と言っても大したものではなく、選手たちが並んで坐るテーブル、食材を提供する業者が料理をするテントがあるくらいだ。

中庭で忙しげに立ち働いているのはテレビ局や制作会社のスタッフたちだけだ。

出場する選手たちは自分の部屋で待機しているのだろう、と冬彦は思った。

「捜してみますか、アメジスト男？」

寅三が冬彦の顔を見る。

「そうですね。そう簡単に見付かるとは思えませんが、念のためです」

冬彦がうなずく。

「見付かったら、あっさり事件解決、なんてことになるかもしれませんからね」

理沙子が言う。

三人で手分けして、ホテル内を捜すことにする。大きなホテルなので、宿泊客以外にもレストランを利用する客もいるし、ホテル内にあるブティックや宝飾店に買い物に来る客もいるので、かなり多くの人間がいる。地下から最上階まで見て歩くだけでも大変だ。念入りに調べようとすると切りがないので、一時間後にフロントの前で待ち合わせることにする。

その一時間後……。

寅三と理沙子が戻ってくる。

「どうだった？」

「駄目ですね。見当たりません」

理沙子が首を振る。

「わたしも駄目だった」

　寅三が言う。

「まだ現れていないのかもしれませんね」

「もしくは、犯人はまったく違う人間だという可能性もあるわね」

「それだと、お手上げじゃないですか」

「他に何も手がかりがないんだものね」

　寅三が顔を顰める。

「警部殿、何をしてるのかしら？　遅いわね」

「あ、来ましたよ」

「遅かったですね。何かわかりましたか？」

　寅三が訊く。

「いいえ、全然駄目です」

「ああ、やっぱり。みんな、空振り（からぶり）か」

　寅三が肩を落とす。

「諦めるのは早いですよ。準決勝は二時から始まるそうですから、まだ時間はあります。白樺さんの部屋に行ってみましょうか」

「そうですね。気を揉（も）んでいるでしょうから、せめて励ましてあげましょう」

二〇

白樺は部屋で本を読んでいた。

「お邪魔じゃありませんでしたか？」

冬彦が訊くと、

「いや、大丈夫ですよ」

本を閉じて、テーブルの上に置きながら白樺が言う。

ツインルームなので、部屋はそれほど狭くない。

白樺が言うには、テレビ局が用意した部屋はシングルルームだったが、狭い部屋にいると息苦しさを感じるので、差額分を自分が負担してツインルームに変更したのだという。

「お昼は食べないんですか？」

寅三が訊く。

「二時から準決勝ですからね。さすがに我慢します」

「朝ご飯は食べたんですか？」

理沙子が訊く。

「食べましたよ。七時にビュッフェを」

「やはり、控え目になさったんですか?」

「いいえ、朝は普通に食べました。いや、そうじゃないな。おいしそうなものばかり並んでいたから、ついつい、たくさん食べました。まあ、ぼくだけではなく、他の選手たちも同じくらいもりもり食べてましたよ」

白樺が笑う。

「試合に影響はないんですか?」

「朝ご飯は平気ですね」

「そういうものですか……」

寅三が信じられないという顔で首を振る。

「何か、わかりましたか?」

白樺が冬彦を見る。

「いいえ、まだです」

「そうですか」

白樺が気落ちした表情になる。

「あ……白樺さんにも見てもらいましょうか?」

寅三が言う。

「あの写真ですか?　そうですね」

冬彦がうなずくと、理沙子がバッグから写真を取り出して冬彦に渡す。七枚の写真のうち、指輪が最も鮮明に写っている写真を冬彦が白樺に見せる。

「ここに注目して下さい」

冬彦がアメジストの指輪を指し示す。

「え？」

戸惑(とまど)ったような表情で、白樺が写真に顔を近づける。

「この指輪ですか？」

「はい。見たことはありませんか？」

「いやあ、ないですね。これが何か？」

「手がかりのひとつかもしれません。確証はないのですが」

「そうなんですか」

白樺は表情を引き締めると、いきなり、冬彦たちに向かって深々と頭を下げる。

「ありがとうございます。ぼくなんかのために、こんなに一生懸命に捜査して下さって。どう感謝すればいいのかわかりません」

「いえいえ、とんでもない。試合当日になっても、この程度の手がかりしかつかめていないのですから、こちらの方こそ、お恥ずかしい限りです」

「去年のことは去年のこととして、今回は全力でがんばります。がんばって、きっと優勝します。それが、ぼくなりの刑事さんたちへの感謝の気持ちの表れです。刑事さんたちのおかげで、ぼくは何の不安もなく、自信を持って試合に臨むことができます」

「そう言ってもらえると、わたしたちも嬉しいですけど……」

寅三が控え目に言う。

「まだ諦めたわけではありません。恐らく、犯人は森野さんの熱狂的なファンだと思います。今年も森野さんが優勝して二連覇することを願っているはずです。率直に伺いますが、今回、白樺さんは優勝できますか？」

冬彦がストレートに訊く。

「はい。体調さえ万全であれば、ぼくは優勝できます。確信しています」

「森野さんには負けないわけですね？」

「食材によっては接戦になる可能性もありますが、接戦だとしても、最後には、ぼくが勝つはずです」

「犯人も大食いには詳しいでしょうから、今のままでは森野さんが白樺さんに勝てないとわかっているかもしれませんね。そうだとすると、また同じことを企んでも不思議はないということです」

「警部殿、どうして白樺さんを不安にさせるようなことを言うんですか」

寅三が腹を立てる。

「油断してほしくないからです。もちろん、ぼくたちも目を光らせ、最後まで警戒しますが、白樺さんも決して油断しないでほしいのです」

冬彦が白樺に顔を向ける。

「わかりました」

白樺が真剣な面持ちでうなずく。

二

午後二時。

「さあ、いよいよ開始だぞ～」

司会の芸人の第一声で大食い選手権の撮影が始まる。

「元祖大食い女王の黒坂さん、今日の見所は、どんなところでしょうね？」

「シンデレラの二連覇か。それとも、モンスター白樺のリベンジか、あるいは、伏兵の台頭か……見所はたくさんあると思いますよ」

小指で眼鏡を持ち上げながら、黒坂滝子が答える。

会場にはテーブルカバーをかけられた細長いテーブルが置かれており、そこに七人の選手たちが並んで坐っている。白樺圭一、森野こずえ、斎藤克之、新庄武彦、犬山里香、丸山亜希子、丸山加奈子の七人だ。司会者と黒坂の二人が選手たちそれぞれに意気込みや抱負をインタヴューする。

番組を放映するテレビ局以外にも、新聞や雑誌、ニュース番組などの記者やリポーターがいるのは、この選手権自体の注目度が高いせいだ。

特に森野こずえの存在が大きい。今や単なる大食いタレントではなく、アイドルとしての知名度も抜群に高いのである。

「さあ、準決勝の食材は何だ！」

司会者が右腕を振り上げる。

「全然わかりません」

黒坂滝子が首を振ると司会者がずっこける。

「もうちょっと反応して下さいよ」

「だって、台本に何も書いてませんよ」

「アドリブですよ、アドリブ」

「すいません」

黒坂滝子が真顔で謝ると、あははは っ、面白(おもしろ)いなあ、と野次馬の中にいる冬彦が手を叩いて笑う。

司会者が一瞬、ぎょっとした顔になるが、すぐに気を取り直し、

「準決勝は、これで勝負だ〜」

と叫ぶ。

選手たちの背後にテントがあり、周囲から見えないようにシートで覆われていたが、そのシートが取り外される。

「黒坂さん、あの山積みになっている食材は何だと思いますか？」

司会者が訊く。

「あれ……ゴボウかしら？」

「は？」

司会者がまたずっこける。

聞きましたか、あの山芋（やまいも）がゴボウに見えるらしいです、それとも冗談なんですかね、と寅三に話しかけながら、冬彦が大笑いする。

そこに小湊が飛んできて、

「刑事さん、静かにして下さい。もう撮影が始まってるんです。本番なんですから」

大汗をかき、顔を引き攣（つ）らせながら懇願する。

「わかってます。だけど、あの人が面白いことばかり言うから、つい笑ってしまって」

「それはわかりますが、少しは周りの空気を読んで下さい。他の人は誰も大笑いなんかしてないじゃないですか」

「ふうん、おかしいなあ。なぜだろう……」

冬彦が小首を傾げる。

「すいませんね。こっちでも注意します。何しろ、空気を読めない男なもんですから」

寅三が申し訳なさそうに詫びる。

「本当にお願いしますからね」

小湊が小走りに離れていく。

「大変ですね、ＡＤさん。さっきから独楽鼠のように走り回ってますよ」

理沙子が言う。

「うちの部署で言えば、樋村みたいな立ち位置なんでしょうね」

寅三がうなずく。

「あ……始まるみたいですよ。静かにしましょう」

冬彦がシーッと人差し指を口の前に立てて寅三を注意する。

「あんたがそれを言うかね」

寅三の目尻が吊り上がる。

「深呼吸です」

理沙子が寅三の耳許で囁く。

「わかってる。わかってるけど、警部殿と一緒にいると血圧が上がる。高血圧になりそうだわ」

寅三が深呼吸しながらうなずく。

七人の選手たちの前には大きめの茶碗が置かれている。筍ごはんの上に摺り下ろしたばかりの白い山芋がたっぷりかけられ、真ん中に平飼い鶏卵の黄身が載せられている。それに漬物が二切れ添えられている。シンプルなとろろ飯である。

浅草で江戸時代から営まれているという全国的に知られた名店の看板メニューで、店で出すとろろ飯定食には、このとろろ飯の他に味噌汁と冷や奴、板わさと焼き海苔がつくという。

「一椀二〇〇グラムのとろろ飯、制限時間は四五分、上位四人が決勝進出だ〜！　よ〜い、スタート！」

司会者が銅鑼を打ち鳴らす。

いよいよ準決勝の始まりである。

スタートダッシュしたのは双子の大食い姉妹、丸山亜希子と丸山加奈子の二人だ。わずか三〇秒で一杯を完食する。その後も一分で二杯というペースを崩さずに食べ続ける。

森野こずえはアイドルという立場もあるので、テレビ映りや食べ方を強く意識しながら食べている。早くたくさん食べようとすると、どうしても食べ方が汚くなってしまう。口の周りが汚れたり、咀嚼中の口の中が見えたりして、かなり見苦しい。

こずえは、無理のない量しか一度に口に運ばないので、口の周りが汚れることがない。しかも、咀嚼中は絶対に口を開かないし、咀嚼中にインタヴューされても答えない。それがこずえのポリシーなのである。そんな食べ方をしているから、食べるスピードは決して速いとは言えない。丸山姉妹には序盤でかなりの差をつけられている。

しかし、こずえは、まったく気にしない。四五分という時間をきちんと意識して、その時間内にどれだけ食べればいいかを計算している。丸山姉妹が最後まで今のペースを維持すれば、とても歯が立たないが、そんなことは不可能だと見切っているのである。

それは白樺圭一も同じだ。準決勝は、あくまでも決勝に進出するためのステップに過ぎないと割り切っているから、少しも慌てることなく、自分のペースを守ることだけを心懸けて食べている。トップを取ろうとすれば、どうしてもどこかで無理をすることになるが、上位四人に入ればいいのだと割り切ってしまい、自分のペースで食べていけば、少なくとも四位以内には入ることができるという自信があるのだ。幾多の修羅場をくぐり抜け、モンスターと呼ばれるようになった大食い世界の第一人者の、経験に裏打ちされた矜持というものであった。

あとの三人、犬山里香、斎藤克之、新庄武彦は横目で他の選手たちの状況を確認しながら食べている。白樺とこずえは別格だという頭があるから、いかにして残るふたつの枠に滑り込もうかと思案しているのだ。それに準決勝を勝ち抜いたとしても、その数時間後には決勝が行われるので、できるだけ無理せず、余力を残して勝ち上がりたいという思惑(おもわく)もある。傍(はた)から見れば、七人の選手たちは単にとろろ飯を口に運んでいるだけのように見えるが、実際には様々な駆け引きや思惑が交錯(こうさく)しているのである。

「残り一五分！」

司会者が叫ぶ。

すでに三〇分が経過している。

トップは依然として丸山姉妹だ。三〇秒で一杯食べるというペースはさすがに崩れてしまったものの、ここまで二八杯を完食している。五・六キロが胃の中に収まった計算になる。二人は顔も体型もそっくりで、食べる速さまでほとんど同じである。

白樺圭一が二六杯で三位、新庄武彦が二四杯で四位、斎藤克之と犬山里香が二三杯で並んでいる。

この時点で、何と、前回の覇者・森野こずえは最下位の二二杯だ。

「意外な展開ですね～、シンデレラ、最下位ですよ。大丈夫なんでしょうか、黒坂さん？」

司会者が黒坂滝子に訊く。

「ええ、大丈夫ですよ」

「なぜ、そう言えるんですか？」

「だって、シンデレラだから」

「は？」

「かぼちゃの馬車ですよ」

「は？　は？　は？　どういう意味ですか」

「シンデレラは魔法が使えるのよ」

うふふふっ、と黒坂滝子が笑う。

その直後、またもや、あははははっ、面白い人だなあ、と冬彦の笑い声が響く。画面には映っていないが、音声は拾われている。

「さあ、いよいよ終盤に突入です。シンデレラが最下位という予想外の展開。これから、どうなるのでしょうか〜」

司会者が叫ぶ。

前半に飛ばしていた丸山姉妹は、さすがにペースが落ちてきた。

とは言え、序盤の貯金が大きくモノを言い、先行逃げ切りの可能性が濃厚である。

二人は横目で残り時間を確認しながら、それでも手を休めることなく、少しずつ食べ続けている。

白樺圭一は、まったくペースが変わらない。一貫して同じペースで食べている。無理をしているわけではないが、丸山姉妹のペースが落ちてきたため、かなり差が詰まってきており、このまま行けば二人を捕らえることができるかもしれない。

新庄武彦、斎藤克之、犬山里香の三人は、最初から互いに牽制し合い、決勝に勝ち残ることだけを意識して、それほど無理はしていない。

だが、準決勝ともなるとレベルが高く、三〇分で五キロ前後のとろろ飯をお腹に入れているわけだから、決して楽な戦いではない。残り時間が一五分もあることを考えれば、六キロくらい食べたのでは、とても勝ち残ることはできそうにないとわかる。相手の力量と自分の力量を知り尽くしているので、頭の中で計算が成り立つのである。

（最低でも六・五キロ、できれば七キロは食べないと安全圏ではないな）

三人それぞれがそういう計算をしながら、黙々と食べ続けている。

試合前の予想を裏切り、ここまで最下位に沈んでいる森野こずえだが、決して苦しんでいるわけではない。食べるのが辛いのではなく、カメラ映えを意識して、きれいに上品に食べることを心懸けてきたからペースが上がらなかっただけの話である。その表情には余裕があり、まだまだ食べられそうだ。残り一五分という司会者の声を聞き、七人の中でこずえ一人だけが明らかに食べるペースが上がっている。

「残り三分！」

司会者が絶叫する。

この時点で、トップが入れ替わり、白樺圭一が一位になっている。それに続くのが丸山姉妹だ。それ以外の四人は大混戦で、ほとんど差がないように見える。

「三、二、一、そこまで〜！」

銅鑼が打ち鳴らされ、準決勝が終わる。

「第一位は文句なし、三八杯、七・六キロ完食のモンスター白樺！」

司会者が白樺圭一の右腕を持ち上げる。

「どうでしたか、余裕でしたか？」

「いやあ、余裕はありませんでしたね。みんな強いから」

白樺が謙虚（けんきょ）に答える。

「続いて、第二位は、ツインズ一号、二号の丸山姉妹が三六杯で同数。七・二キロを食い尽くしだ〜」

「ありがとうございます」

丸山姉妹が笑顔で拍手しながら頭を下げる。

「さて、難しいのは、ここからなんだな……」

司会者が首を捻る。

斎藤克之は三五杯で最下位が確定している。残りの三人は三六杯を食べている途中で試合が終わったので、見ただけでは誰が上位なのかわからないのである。

「計量勝負！」

司会者が言うと、スタッフが大きな秤を運んできて、テーブルに置く。

茶碗に残っているとろろ飯を量り、その重さが最も軽い者が四位ということになる。

新庄武彦。残り一〇〇グラム。七・一キロを食べたことになる。

犬山里香もほぼ同じで、残り一〇〇グラムだ。

皆が固唾を呑んで見守る森野こずえの計量。

残りは五〇グラムだった。七・一五キロを食べたことになる。

わずか五〇グラムの差で新庄武彦と犬山里香を振りきり、四位で劇的に決勝進出を決めたのである。

第四部　仏像研究会

一

「お疲れさまでした。さすがですねえ」

寅三が目を輝かせて、白樺に言う。

準決勝が終わった後、白樺はホテルの裏庭の和風庭園内にあるティーラウンジで休憩(きゆうけい)している。寅三の後ろから冬彦と理沙子がついてくる。

白樺は立ち上がり、

「刑事さんたちのおかげです。余計な心配をすることなく試合に集中できましたから」

と頭を下げる。

「謙遜(けんそん)をなさらないで下さい。誰が見ても、白樺さんの実力が一枚も二枚も上でしたよ。ねえ、警部殿？」

理沙子が言う。

「お腹(なか)の容量が他の人たちと違っているように見えましたね」

冬彦がうなずく。

「お待たせしました」

ウェイトレスが白樺のテーブルにアイスコーヒー、カツサンド、チョコレートパフェを並べる。

「まさか……食べるんですか？」

寅三が目を丸くする。

「さっきのとろろ飯、確か、白樺さん、三八杯食べたんですよね？　七・六キロ……」

理沙子もぽかんと口を開けている。

「あれは、また別物です。同じ物ばかり食べるのも辛いですからね。味に変化がありませんから。試合が終わると、違ったものがほしくなるんです。試合ではごはんばかりだったから、肉も少し食べたいし、甘いものも食べたくなります。とは言え、さすがに試合の後ですから、そんなには食べられませんが」

白樺が笑う。

「モンスターと呼ばれる理由がわかりました。どうか食べて下さい。邪魔をするつもりはありませんから」

冬彦が言うと、

「では、遠慮なく」

白樺が食べ始める。

「試合中、何か気になることはありませんでしたか？」

寅三が訊く。

「いいえ、何も。さっきも言ったように、刑事さんたちが見守っていて下さったので安心できました」

白樺が答える。

「今年は何もないんですかね？」

寅三が冬彦に顔を向ける。

「そうですねえ……」

冬彦が首を捻る。

「去年の件も、ぼくの思い過ごしだったかもしれないわけですし、今となっては他の選手たちや刑事さんたち、テレビ局の関係者の皆さんに申し訳ないという気持ちです。無事に準決勝も終わったし……」

白樺が溜息をつく。すでにカツサンドと付け合わせのサラダはなくなっており、チョコレートパフェに手を伸ばそうとしている。

「まだ終わったわけではありません。決勝がありますからね。去年は準決勝で不測の事態が起こったわけですが、今年もそうだとは限りません。油断は禁物です」

冬彦が言う。

「決勝で何か起こるとお考えなんですか?」

一瞬、白樺の表情が曇る。

「それは、わかりません」

「何事も起こらなければ、優勝する自信はありますか?」

寅三が訊く。

「そうですね……。勝てると思います」

白樺がうなずいたとき、

「ああ、ここにいたんですね」

ADの小湊が小走りに近付いてくる。

「撮影機材に不調が出まして、その調整に時間がかかりそうなので、決勝の開始時間が遅れそうなんです。たぶん、夜になると思います」

「夜ですか……。まあ、みんなのコンディションを考えると、それは悪くないかもしれませんね。誰もが万全の状態で決勝に臨むことができるでしょうから」

白樺が言う。

「開始時間が決まり次第、こちらからご連絡しますので、ホテルからは出ないようにお願いします」

「部屋で休んでますよ」

「お願いします」

ぺこりと頭を下げると、また小走りに小湊が去る。

寅三が訊く。

「やはり、時間が長く空いた方がいいんですか？」

「時間があれば、それだけお腹に多くのスペースを作ることができますからね」

白樺がうなずく。

「普通の人より消化が速いということなのかしら」

寅三が小首を傾げる。

「素人考えですが、それはあり得ないんじゃないでしょうか。タンパク質や炭水化物をきちんと消化するには八時間くらい必要なはずですよ。消化の速度はトレーニングで速くできるというものではないでしょうし、あれだけの量のとろろ飯をほんの数時間で消化できるとは思えません。それにきちんとすべて消化吸収していたら、大食いの選手というのは、誰もが巨漢だと思います。どうでしょう、白樺さん？」

冬彦が白樺に顔を向ける。

「素晴らしい推理ですね」

白樺がにこりと笑う。

「おっしゃる通り、わたしたちは特別に消化が速いわけではありませんし、すべてを消化吸収しているわけでもありません。じゃあ、どうなっているのか、という答えは、敢えて沈黙することにしましょう。女性たちの前ですしね」

白樺はチョコレートパフェを平らげ、アイスコーヒーを飲み干すと、

「他にご用がなければ、部屋に戻って休みたいと思うのですが」

「ええ、どうぞ。ゆっくり休んで下さい」

「刑事さんたちは決勝も見ていって下さるんですよね？」

「もちろんです。こんな面白いものを見逃すわけにはいきません」

「それで安心しました」

では、失礼します、と白樺がレシートを手にして席を立つ。

後には、冬彦、寅三、理沙子の三人が残る。

「ねえ、警部殿、さっきのことですけど……」

「さっきのこと？」

「ほら、消化も速くないし、完全には消化吸収もしないという話ですよ。じゃあ、どうやってお腹を空かせるんですか？」

「わからないんですか？」

「さっぱり」

「単純な話です。短時間にお腹の中に多くのスペースを作るには、たくさんウンチをすればいいのです」

「え」

「かつてローマ帝国の貴族たちは、山海の珍味をいくらでも食べられるように、お腹がいっぱいになると、薬を使って嘔吐したそうです。理屈としては正しいですよね。胃が空になれば、また食べられますから。しかし、テレビの番組のために薬を使ったりはできないでしょうし、喉に指を入れて吐くというのも現実的ではありません。すべて吐き出すのは難しいでしょうし、そんなことをすれば気分が悪くなるに決まってます。そうなると、答えはひとつ。ウンチです。恐らく、量も多いでしょうし、回数も多いのではないかと思います。もっとも、これは、ぼくの推理に過ぎません。本当のことを知りたければ、白樺さんに確かめて下さい」

「結構です。ねえ？」

「はい。知りたくありません」

　寅三と理沙子がげんなりした顔になる。

「あれ？」

　冬彦が背筋を伸ばして、前方を見遣る。

「どうかしたんですか？」

寅三が訊く。

「樋村君が……」

「え?」

寅三と理沙子が振り返る。

樋村が入り口付近をうろうろしている。

お〜い、樋村〜っ、こっち、こっち、と寅三が手を振りながら大きな声を出す。

樋村がやって来る。

「いやあ、残念だなあ。準決勝に間に合いませんでしたよ」

ぼやきながら席に着く。

「どうしたのよ、いきなり現れて。何かわかったの?」

寅三が訊く。

「わかりません。もう無理です。限界です。これ以上、モニター画面を眺めていたら、間違いなく倒れるだろうと確信したので、思い切って作業を打ち切りました」

「まあねえ、わからないでもないけどねえ……」

寅三が樋村の顔をじろじろ見る。顔色が悪く、目が血走っている。視線も定まらない。

確かに限界なのだろうという気がする。

「体調も悪そうだし、作業を打ち切ったのなら、こんなところに来ないで、うちに帰って寝た方がいいんじゃないの。ねえ、警部殿？」

「樋村君がここにいても役に立ちそうにないしなあ」

冬彦がうなずく。

「嫌だ、嫌だ！　絶対に嫌だ。大食い選手権を間近で見られるチャンスなのに、何が悲しくて家に帰って寝なければならないんですか」

樋村が興奮する。

「どうやら疲れすぎてアドレナリンが出まくってるみたいですね。このテンションの高さ、普通じゃありませんよ」

理沙子が呆(あき)れたように首を振る。

「どうしても帰れとおっしゃるのなら、ぼくにも覚悟があります」

樋村は鼻息が荒い。

「こいつ、目が据(す)わってるわ」

寅三が鼻で嗤(わら)う。

「樋村君の体調を心配しただけで、別に悪気はないんだ。君が大丈夫だと言うのなら残ればいいさ」

冬彦が肩をすくめながら、いてもいなくても大差ないわけだし、とつぶやく。

「ああ、よかった」

樋村がずるずると椅子から滑り落ちそうになる。

「ちょっとしっかりしてよ。本当に大丈夫なの？」

寅三が心配する。

「眠いし、お腹も空いたし、何が何だかわからなくなって……」

「それなら何か食べればいいじゃないの。さっき白樺さんもカツサンドをおいしそうに食べてたわよ」

理沙子が言う。

「え、ここに白樺さんがいたんですか？」

「ええ、準決勝がとろろ飯対決だったから、ちょっと違ったものを食べたいと言って、カツサンドとチョコレートパフェを食べたのよ」

「会いたかったなあ、白樺さんに……。よし、それなら、ぼくも同じものにしよう。白樺さんにシンクロするんだ」

「本当にわけがわからないわね」

寅三が溜息をつく。

「すいませ～ん」

樋村が店員を呼んで、カツサンドとチョコレートパフェを注文する。

「皆さんは、いいんですか？」

樋村が訊く。

「じゃあ、わたし、コーヒー」

「わたしも」

寅三と理沙子が同じものを注文する。

「ぼくは、トマトジュースをもらおうかな」

冬彦が言う。

すぐに注文したものが運ばれてくる。

樋村は、よほど空腹なのか、がつがつ食べ始める。

「ねえ、警部殿、これからどうします？　準決勝までは無事に終わりましたけど、まだ決勝が残ってますよね。だけど、わたしたちには、できることがない。何事も無く終わってくれればいいですけど……」

寅三が言う。

「あれは、どうなったんですか？　アメジスト男」

カツサンドを頬張りながら、樋村が訊く。

「もちろん、捜したわよ。だけど、見付からないの。だから、準決勝を見ているときは気を揉んだのよ。少なくとも、わたしと安智は、ね」

寅三が横目で冬彦を睨む。

「警部殿は完全に観客になって、大はしゃぎしてましたからね」

理沙子がうなずく。

「だって、あの黒坂さんという女性、ものすごくおかしなことばかり言うからさ。どうして、みんなが笑わないのか、ぼくは不思議で仕方なかった」

「いいなあ、黒坂さん、お目にかかりたいなあ、できれば、一緒にお茶でも飲みたい」

樋村が羨ましそうな顔をする。

「決勝が始まるまで、四人で捜してみますか、アメジスト男を？」

寅三が言う。

「でも、よく考えれば、あんな目立つ大きな指輪をはめて、うろうろしているはずがありませんよね。劇場の観客席にいるのなら、周りにはコスプレしてる人もいるし、派手な人ばかりだから大して目立たないかもしれませんけど、こんな静かで落ち着いたホテルだと目立ちますからね」

樋村が言うと、

「そうか、そういうことか」

冬彦がポンと両手を打ち合わせる。

「何かわかったんですか？」

「なるほど、確かに、そうだよな。当たり前だよ。まったく、その通りだ……」

寅三の問いを無視して、冬彦は自分の考えに没頭する。

二

大食い選手権の決勝戦は午後七時からの開始と決まった。

冬彦たち四人は、試合会場となるホテルの中庭やホテル内、それにホテルの周辺までも警戒して巡回したが、これといって怪しいことは何も見付けられなかった。

「何事も起こらず、無事に決勝戦が終わることを祈るしかありませんね」

寅三が言う。

「ぼくも、そう願ってはいますが……」

何か気になることでもあるのか、冬彦は盛んに周囲を見回している。

「たまんないなあ、何ていい匂いなんだ」

樋村がうっとりした顔になる。

決勝戦はラーメン対決である。ラーメン勝負は大食いの王道と言っていい。

すでに職人たちによって仕込みが始まっており、ラーメンを作る仮設テントからスープの匂いが漂い出ている。

「ラーメンかあ。おいしそうねえ。白樺さんたち、何杯くらい食べるのかしらね?」

寅三が樋村に訊く。

「かつて大食いの試合では、スープまですべて飲み干さなければいけないというやり方だったんですよ。文字通り、丼を空にしなければならなかったわけです。その頃は、一〇杯前後が勝敗の分かれ目でしたね」

樋村が答える。

「今は違うの？」

「はい。ここ数年、麺と具材だけを食べてスープは飲まなくてもいいことになっていいます。スープは熱いじゃないですか。急いで飲んで火傷する選手が続出してしまったんですよね。選手の安全を考慮して、スープは飲まなくていいことになったんです。ただ、そうなると、スープの分だけ食べる量が減りますから、今は最低でも三〇杯は食べないと勝負にならなくなりましたね」

「は？　三〇杯？　嘘でしょう」

寅三が目を丸くする。

「まあ、これから始まる決勝戦を見てて下さい。ラーメンが苦手な大食い選手はいませんから、すごい戦いになるはずですよ。最低でも七キロ、いや、八キロ以上は食べないと優勝は無理だと思います」

「ああ、想像するだけで目が回りそうだわ」

　寅三が頭を押さえて首を振る。

「あ、選手たちが出てきましたよ」

　理沙子が言う。

　番組スタッフに先導されて、四人の選手たちが中庭に姿を見せる。まだ本番まで時間があるので、四人ともリラックスした表情だ。

　司会者の芸人と、解説者の黒坂滝子も現れる。

「ああ、信じられない。黒坂さんだ。すぐそばにいる。まさか肉眼で黒坂さんの姿を見ることができる日が来るなんて……夢みたいだ」

　樋村が深い溜息をつく。

「おお、あの面白いおばさんか。よし、ちょっと挨拶に行こう」

「え？　何を言ってるんですか。相手は大食い界のレジェンドなんですよ。ぼくたちなんかが気軽に話しかけられる相手では……」

「ほら、行くよ」

　冬彦が樋村の手を引っ張って黒坂滝子に近付いていく。寅三と理沙子もついていく。

「あ、どうもお仕事中、失礼します」

　冬彦が声をかける。

　台本を見ながら進行を確認していた芸人と黒坂滝子が顔を上げる。

「何か？」

「わたし、警視庁捜査一課の小早川と申します」

「刑事さん？」

芸人が疑わしそうな目を向ける。

冬彦が警察官らしい格好をしていないせいだ。

それを察し、

「本当に刑事です」

冬彦が警察手帳を提示する。

「彼らは同僚です」

「はあ、何か？」

「あなた、何か後ろめたいことがありますね？」

「え」

芸人が仰け反る。

「白状するなら今ですよ。少しでも罪が軽くなりますから」

「え、いや、あの……何だろう、いったい……」

「正直に答えるのが身のためですよ」

冬彦がじっと芸人の目を見る。

「架空の伝票をでっち上げたことかな、それとも、駐車違反の罰金を何年も払わないでいることかな……」

芸人の目は焦点が合わず、忙しなく動く。

「いろいろありそうですね。続きは署で伺いましょうか」

「そ、そんな……。これから大切な本番なのに」

「ははは、冗談です」

「え、冗談？」

「わたしたちが捜査一課の捜査員であることは事実ですが、別にあなたに用はないんです。黒坂さんとお話ししたいだけです」

「何だ、びっくりさせないで下さいよ。心臓に悪いなあ」

「わたし、何も悪いことをした覚えはありませんよ」

黒坂滝子が無表情に言う。

「そうではありません。大食い界のレジェンドに敬意を表しに来ただけです」

「まあ、そうなんですか」

「ここにいるのは樋村君といいまして、あまり仕事のできない同僚です。なぜか、黒坂さんの大ファンなのです。なあ、樋村君？」

冬彦が樋村の背中をぽんと叩く。

「は、はい、お目にかかれて光栄です」

樋村は真っ赤になっている。

「樋村さんとおっしゃるの？　あなた、おいしそうだわ」

「ぼ、ぼくがですか？」

「ええ、何て言うか、巨大なお餅(もち)みたいよ。お肉がとっても柔(やわ)らかそう」

黒坂滝子が樋村の大きなお腹を人差し指で押す。弾力で指が押し戻される。

「よかったら食べて下さい、と言いたいところですが、さすがに、それは困ります」

「ふふふっ、冗談に決まってるでしょう。本当に食べたらお腹を壊しそうだもの」

黒坂滝子がにやりと笑う。

「やっぱり、面白い人だなあ。すごいユーモアのセンスの持ち主だ」

冬彦が感心する。

その背後で、

「ねえ、そんなに面白い？」

寅三が理沙子の耳許(みみもと)で小声で訊く。

「わたしには、さっぱりです」

理沙子が首を振る。

「変わり者同士の特殊な感覚なのかしら。わたしも理解できないわ」

寅三が首を捻る。

そこに、

「本番直前です。スタンバイ、お願いします」

ＡＤの小湊が駆け寄ってくる。

「おれは、そうしたいんだけど、この刑事さんたちがさあ……」

芸人が顔を顰める。

「ああ、また刑事さんたちですか。困りますよ。大事な決勝戦の直前なんですから邪魔しないで下さい。お願いします」

小湊が泣きそうな顔で頼む。

「いやいや、邪魔はしません。ちょっと黒坂さんにご挨拶していただけで……。ところで、その格好、小湊さんもラーメンを作るんですか？」

冬彦が小湊を凝視する。

テントの下でラーメンを出す用意をしている職人や配膳担当の女性従業員は、黒い三角巾に黒い作務衣というお揃いの制服を着込み、臙脂の前掛けをして、両手に薄手のグローブをはめているが、小湊も同じ格好なのである。

「ラーメンは作りませんが、試合が始まると、ラーメンを運ぶ人手が足りなくなるかもしれないので、いつでも手伝えるようにしているのです」

「ふうん、そうなんだ。ADって、何でもやらされるんだなあ」

「さあ、刑事さん、あっちの見学席に移動して下さい。もう試合開始ですから」

なかなか動こうとしない冬彦の背中を、小湊がぐいぐい押していく。小湊にしては強引である。それほど切羽詰まっており、悠長に冬彦の相手をしている暇がないということであろう。樋村、寅三、理沙子の三人は素直に見学席に移動する。

「何だか、わくわくしますね。すごいものを間近で見られるわけですから」

寅三が言う。

「その通りですよ。本当にすごい勝負になると思います」

樋村がうなずく。

「あ……始まるみたいですよ」

理沙子が言う。

四人の選手たちがテーブルに着いたのである。

左端に白樺圭一、その隣にツインズ二号の丸山加奈子、更にツインズ一号の丸山亜希子、そして、右端が前年の優勝者・森野こずえだ。

ディレクターの船島裕司が合図すると、

「本番いきます！」

小湊が大きな声を出し、撮影が始まる。

「さあ、皆様、いよいよ大食い選手権決勝戦の始まりです」

芸人が第一声を発する。

「決勝戦の解説は、準決勝に引き続き、黒坂滝子さんです。どうぞ」

黒坂滝子が芸人の隣に現れる。

「黒坂さん、いよいよ決勝戦ですよ。楽しみですね」

「はい。とても楽しみです」

「準決勝がすごい戦いだったじゃないですか」

「激闘(げきとう)でした」

「下馬評(げばひょう)通りというか、実力者であるモンスター白樺は順当に勝ち上がりましたね。しかし、昨年のチャンピオン・シンデレラ森野は際(きわ)どく勝ち上がりました。二人に力の差があるということでしょうか。その点は、どうですか？」

「うう〜ん、わたし的には、それほど際どかったとは思えませんでしたけどね」

「そうですか？」

「他の人たちは、決勝に勝ち上がるために全力で戦っているという印象でしたけど、シンデレラからは余裕が感じられましたよ」

「モンスターとシンデレラは余力を残していたということですか？」

「ええ、そう見えました」

「ツインズは、どうですか?」

「あの二人も強いと思いますよ。スピードが最大の武器でしょう。先行逃げ切りタイプ」

「準決勝ではモンスターにつかまってしまいましたが?」

「食材が違いますからね。選手によって得意不得意があるし、ツインズは麺類が強いはずですよ」

「シンデレラもラーメンは得意ですよね?」

「ええ、得意なのよ。だけど、モンスターも得意なのよね。だから、楽しみなんですよ。きっと、すごい戦いになりますよ」

「去年は、シンデレラが優勝しましたが、モンスターは準決勝でリタイアしてしまいましたから、今回は本当の意味でのガチンコ勝負ということになりますね」

「わくわくしますよね〜」

黒坂滝子が笑顔でうなずいたとき、

「はい、そこでカット」

ディレクターの声が響く。

「次は選手の抱負を撮るよ」

撮影スタッフが慌ただしく動き回って、カメラや撮影機材を移動させる。

「なかなか始まらないんですね。すぐに始まるのかと期待していたのに」

冬彦は不満そうだ。

「生放送じゃないんですから、いろいろ段取りがあるんでしょう」

寅三が言う。

芸人と黒坂滝子が選手たちそれぞれにインタヴューする場面を撮影すると、次に食材を提供するラーメン店の社長やスタッフにもカメラを向ける。

何だかんだと撮影しているうちに三〇分くらい過ぎた。

「まだかなあ、いつになったら始まるんだろう」

冬彦は不満そうだ。

「静かにして下さい。騒ぐと閉め出されますよ」

寅三が人差し指を口の前に立てる。

「あ……いよいよ始まるみたいですよ」

選手たちがスタンバイし、その前に芸人と黒坂滝子が並んで立っている。芸人の横には銅鑼（どら）が置かれている。

「大食い選手権決勝戦、六〇分、ラーメン対決、いよいよスタートだあ～」

銅鑼が打ち鳴らされる。

配膳担当の女性従業員たちが四人の選手たちの前に素早（すばや）くラーメンを置く。

四人が猛然（もうぜん）とラーメンを食べ始める。

準決勝のときと違い、森野こずえものんびりしていない。真剣な表情で箸を動かす。

わずか一分で四人は、ほぼ同時にお代わりをする。

その勢いは止まらず、三分後、四人は三杯を食べ終わって四杯目に突入する。

「これは、すごい速さですね。四人とも箸が止まりませんよ」

芸人が目を丸くする。

「モンスターとシンデレラが飛ばしてますね。こうなると、ツインズはちょっと苦しいかな。先行逃げ切りが持ち味ですけど、先行できずに後半に入ると、たぶん、モンスターに突き放されるでしょうから」

黒坂滝子が解説する。

「すると、開始三分で早くもモンスターとシンデレラの一騎打ち濃厚ということですか？」

「さすがにそれを言うのは早いでしょう。だって、今のところラーメン一杯を一分くらいで食べてますけど、どんな怪物だって、一時間で六〇杯は食べられませんからね。どこかでペースが落ちます。だけど、四人が揃って同じ程度にペースダウンするとも思えません。差が出るはずです。それを見極めれば、勝敗の行方を占うことができるでしょう」

「さすがだなあ！」

冬彦が大きな声で感心する。

「あの黒坂さんというおばちゃんの解説、ものすごく説得力がある。そう思いませんか、寅三先輩」

「警部殿、おとなしくして下さいよ。プロデューサーとかディレクターとか、みんながこっちを睨んでますよ」

　寅三が顔を引き攣らせる。

「だって、興奮するじゃないですか。声も出ますよ」

　試合開始から一五分が過ぎても四人のペースはさして落ちず、四人揃って一二杯目を食べている。わずか一五分で五〇杯近くのラーメンが食べ尽くされたのだ。テントでは職人たちが大汗をかきながらラーメンを作っているが、このままの状態が続けば、ラーメンの提供が間に合わなくなりそうだ。

　配膳も大変で、女性従業員たちだけでは手が足りなくなり、小湊もラーメンを運ぶのを手伝っている。

　開始二〇分を過ぎて、ついにモンスター白樺圭一が頭ひとつ抜け出した。

　白樺は、この時点で一五杯を完食し、一六杯目を食べ始めている。いくらかペースは落ちているものの、依然として一杯食べるのに二分もかかっていない。異常なハイペースと言っていい。

　それを追うのが森野こずえで、一杯差の一五杯、ツインズは、まだ一三杯だ。

制限時間の半分、ちょうど三〇分あたりで、白樺の優位がはっきりしてきた。

白樺は一九杯、こずえは一七杯、ツインズは一五杯だ。開始直後の猛烈なスピード感こそないものの、それでも四人は箸を止めることなく食べ続けている。ただ表情には違いがあり、白樺の表情には変化がないが、こずえは眉間に皺が寄って表情は険しく、ツインズは明らかに苦しげな表情になっている。

ここまでの経過を見れば、このまま白樺が他の三人を引き離して優勝するだろうと誰もが考える。

が……。

三五分過ぎ、いきなり白樺の手が止まる。

うつむいて苦悶の表情を浮かべる。

手から箸を落とし、左手で腹を押さえ、右手で自分の太股を強くつかむ。顔には脂汗が浮かんでいる。この様子は普通ではない。異常事態の発生だ。

直ちにドクターが呼ばれる。

白樺と何事か話すが、すぐにドクターが両手で×印を作る。白樺のリタイアである。

「これは予想外の展開ですね。まさか二年続けてのリタイアとは……」

芸人も驚きを隠せない様子である。

「どうしたんでしょう、心配ですね」

黒坂滝子が顔を曇らせる。

そこに、

「そうだったのか。ようやく、わかったぞ」

冬彦が走り出てくる。

撮影中であることもお構いなしに、カメラの前を横切り、選手たちの前も走りすぎ、ラーメンを作っているテントの方に向かう。何とか冬彦を止めようと寅三が追いかける。必然的に寅三もカメラの前を横切る。もはや撮影どころではない。

「おまえが犯人だ～」

冬彦が小湊に飛びかかろうとするが、するりと身をかわされてしまう。

「警部殿、どういうことですか？」

寅三が追いつく。

「小湊さんの左手を見て下さい。薬指にはっきりと指輪の痕があります。彼こそがアメジスト男です。彼が白樺さんのラーメンに薬を混ぜたんです。アメジスト男の痕跡があって、しかも、去年と今年、続けて白樺さんに一服盛ることができるのは、この人以外にはいないのです」

ラーメン店の従業員と同じ格好をしている小湊だが、四人のペースが落ちてきたので、もう手伝う必要もなくなり、黒い衣装こそ着ているものの、グローブや前掛けは外している。グローブを外したので、冬彦も指輪の痕跡に気が付いたのだ。

「おまえ、白樺さんに一服盛ったのか?」

寅三が怒りの形相で小湊に近付く。その剣幕に怖れをなして小湊が後退りして逃げようとする。

「待て、誰が逃がすか」

寅三は襟をつかんで引き戻すと、暴れる小湊を得意の柔道技で放り投げる。

小湊は地面に仰向けにひっくり返り、その拍子にポケットから白い粉薬の入った小瓶が転がり出る。

三

四月一九日(月曜日)

「やっぱり、電車の方がよかったんじゃないですかねえ。電車なら時間通りに動くし、車でないと行けないような不便なところに行くわけでもありませんし、電車には渋滞がないし」

助手席の冬彦がぼやく。渋滞に巻き込まれて車が動けなくなってしまったのだ。

「その信号の先から裏道に入りますから、あと少しの辛抱ですよ。こんなの大した渋滞じゃありません。都心では珍しくもありませんよ」

運転している寅三は涼しい顔だ。

朝礼の後、二人は外出することにした。

大食い選手権に関する事件が解決したので、これからは、二一年前に奈良で殺害された日比野茂夫の事件解決に全力投球するつもりなのだ。

二人が向かっているのは、つい先日まで冬彦が勤務していた杉並中央署である。そこで、かつての相棒であり、寅三の従弟でもある寺田高虎と合流し、茂夫が卒業した善福寺学園高校に向かうことになっている。そこは高虎の母校でもあるのだ。

冬彦の携帯が鳴る。

「はい、小早川ですが……」

時折、相槌を打ちながら、冬彦は相手の話を聞いている。五分くらい話して、わかりました、失礼します、と電話を切る。

「プロデューサーの高尾さんでした」

「ああ、大食い担当の」

「はい」

「どうしたんですか？」

「ゆうべ、白樺さんが回復してから、局の人たちと白樺さんが話し合いをしたそうです。

白樺さん、小湊さんを告訴しないことに決めたらしいですよ」

「えーっ、マジですか？　それ、おかしいでしょう。去年と今年、二年も続けて小湊に一服盛られたんですよ。立派な刑事事件なんですから告訴するべきでしょう。あ、もしかして……」

「何か？」

「テレビ局から圧力をかけられたんじゃないんですか？」

「高尾さんが言うには、白樺さんの方から穏便にしてほしいという申し出があったそうですよ」

「そんなの信じられますか？」

「白樺さん本人の話を聞かないと何とも言えませんが、何となくわかる気もします」

「は？」

「考えてみて下さい。これが刑事事件になって小湊さんが逮捕されるという事態になれば、恐らく、大食い選手権は中止されるでしょう。今年だけなのか、それとも来年もなのかわかりませんけど、大食いそのものがイメージダウンすることは避けられませんよね。白樺さんは、それを危惧したのではないでしょうか」

「だけど、小湊のした卑劣なことは弁解の余地がないじゃないですか」

「その通りです」

冬彦がうなずく。

「ただ、小湊さんが用いた薬物は、毒性のあるものではなく、強めの下剤の一種だったようで、どこの薬局でも買えるものらしいんですよ。普通であれば、さして即効性もないし、体調が悪化することもないみたいなんですが、大食いの最中で、ある意味、お腹が極限状態だったから、白樺さんもすぐに具合が悪くなったのだと思います」

「毒物でないとしても、ズルはズルじゃないですか。現に去年は準決勝でリタイアしているし、今年だって、警部殿が気付かなければ、決勝でリタイアしたままになっていたはずです。小湊を許すのは納得できませんね」

「許すわけではありません。小湊さん、懲戒解雇処分になるらしいですからね。退職金ももらえないでしょうし、もうあの業界にはいられないでしょう。会社員にとっては最も重い罰です」

「でも……」

「白樺さんが心配しているのは競技としての大食いがダメージを受けること、それに森野さんの精神的ショック、そのふたつだそうです。自分のことは二の次なんですね」

「あの子は、かわいそうですよね。自分は何も悪くないわけだから」

「森野さんのためなら何でもしたいという熱狂的な追っかけがいて、どんな手段を使ってでも大食い選手権で優勝させることが森野さんのためになると勘違いしてしまったわけですよね。常軌を逸してますね。だからこそ、あんなことをしたのでしょうが」

「勘違いとは言えないでしょう。実際、去年、優勝してから森野さんは一気に大ブレイクしたわけですから。彼女には悪いけど、恩恵を被ったのは確かですよ」

「だからこそ、森野さんは苦しんでいるみたいですよ。昨日の試合が中断してから、自宅に引き籠もっているそうです。売れっ子だから、びっしりスケジュールが入っていたのに、当面、すべてのスケジュールをキャンセルするそうです」

「そう聞くと、かわいそうですけどね」

「この事件の処理が長引けば長引くほど、森野さんが受けるダメージは深刻なものになっていくでしょう」

「そうですよねえ」

ようやく車が少しずつ流れ出す。信号を過ぎて、寅三が脇道に入る。狭い道だが渋滞とは無縁なので、車をスムーズに走らせることができる。

また冬彦の携帯が鳴る。

「はい、小早川です……。ああ、白樺さん。体調は、どうですか？」

冬彦と白樺は、一〇分くらい話をする。

電話を切ると、

「聞いてましたか？」

「ええ、小湊を告訴しないというのは、やはり、白樺さんの意思なんですね」

「そのようです。白樺さん自身がはっきり、そう言ってましたからね。去年の件、自分の思い過ごしでなかったことがわかって、すっきりしたと言ってました。もう少し早く小湊さんが犯人だと見抜いていれば、無事に決勝戦を終わらせることができたのになあ。それが残念です」

「わたしもです」

「ひとつ期待できる話を聞きました」

「森野さんに関することですか？」

「ええ、森野さんと話をしたそうです。いろいろ話したそうですが、大食い選手権を続けたいという点で意見が一致したそうです」

「白樺さんと森野さんだけでなく、この件では、あの双子ちゃんたちも被害を被ったわけですよね」

「その通りです。彼女たちも被害者です。白樺さんと森野さん、改めて決勝戦を開いてもらえないか、とテレビ局側に申し入れるそうですよ」

「え〜っ、それは無理でしょう。たとえ小湊を告訴しないにしても、こんなことが起こった後なのに……」

「さっき話したじゃないですか。小湊さんが逮捕されたら今年は中止で、来年もどうなるか、わからないんじゃないかって。大食い選手権は選手たちが真剣に戦う競技であると同時に、スポンサーのいるバラエティ番組でもあります。刑事事件にならなくても、何らかの不祥事が起こって中止されれば、この先、スポンサーが開催に二の足を踏むことになりかねません。それを防ぐには、この大会を最後までやり通すことが必要だ、というのが白樺さんの意見なんです」

「若いのに、しっかりした考えを持っている人ですね。人格者だわ」

「こうも言ってましたよ、罪を憎んで人を憎まず、と。小湊さんを告訴しないのも、そういう考えに基づいているようです。今回の件を反省して、立ち直ってほしいと願っていると話してました」

「すごいわ。本当にすごい。それなら、ぜひ、決勝戦をやり直してほしいですよね」

「ぼくも同じ意見です。白樺さんと森野さんの考えをテレビ局が受け入れてくれることを祈りましょう」

四

それから一時間ほどで、冬彦と寅三は杉並中央署に着いた。電車を利用していたら、もっと早く到着していたはずだ。渋滞に巻き込まれたせいで、電車を利用した場合の三倍以上の時間を費やすことになった。

「おせえ、おせえよ～っ、どれだけ人を待たせれば気が済むんだっての」

冬彦と寅三が「何でも相談室」に顔を出すと、寺田高虎がスポーツ新聞から顔を上げて喚き散らす。

「ふんっ、忙しい振りをしてんじゃないよ。どうせまた昨日の競馬で大負けして、その反省でもしてたんだろうが。そんなことだから女房子供に逃げられるんだよ」

寅三が、ふんっ、と鼻を鳴らして嘲笑う。

「うるせえ、この野郎……」

高虎がスポーツ新聞を放り出して立ち上がろうとしたとき、

「きゃ～っ！」

と黄色い歓声を上げて、三浦靖子が冬彦に飛びつく。

「どうしてたのよ～、急にいなくなっちゃってさ～、淋しかったじゃないのよ～」

「三浦さん、まあ、落ち着いて」

亀山係長が左手で腹部を押さえながら、腰を上げる。腹が痛いらしい。

「小早川警部、大人気じゃないですか。いかがですか、警視庁の水は？　甘いですか、辛いですか」

冬彦の後任として「何でも相談室」に配属された古河祐介主任が笑う。

「なかなか居心地(いごこち)がいいですよ。ここにいたときより自由にやらせてもらえているくらいですから」

靖子にぎゅーっと抱きつかれて息が苦しいのか、冬彦が充血した顔で答える。

「ほう、それは羨(うらや)ましい」

「警部殿の異動は理解できますけど、あとの二人は、どういうことですか？　アンジーはいいとしても、何で、樋村が本庁へ？　お願いです、おれたちの、どちらか一人でいいですから、樋村とトレードして下さい」

理沙子と樋村の代わりに、この部署に配属された藤崎と中島が懇願する。

「樋村君もね、彼なりには、がんばってるよ。その努力だけは認めてあげたいところだね。あ……」

冬彦が靖子を押しのけながら、

「三浦さん、さすがにチュ～はやめましょうよ」

「嫌よ！　離れてみてわかったの。わたし、警部殿が好きなのよ。好きで仕方ないのよ」

「だからといって……」

「いいじゃないですか。いっそ、もらったらどうですか。お互いに独身同士だしね」

高虎がにやりと笑う。

「ぼくは仕事で来たのです。何とか言って下さいよ、寅三先輩」

「何なら、警部殿は、ここに残ればいいじゃないですか。高校には、わたしと高虎が二人で行ってきますから」

　寅三は肩をすくめると、高虎と一緒に部屋から出て行く。

「待って下さい。あ、ちょっと、三浦さん、離して下さい」

「ダメよ、デートの約束をしてくれるまで離さないから」

「そ、そんな……」

　誰か助けて～と冬彦が悲鳴を上げる。

五

「あら、警部殿、顔に口紅（くちべに）がついてますよ。あの姥桜（うばざくら）の口紅ですか？」

　運転しながら寅三がからかう。

「モテモテで楽しそうですねえ、警部殿」

　高虎がにやりと笑う。

「ふざけないで下さい」

　冬彦は袖（そで）で顔をごしごしこする。

「おれが一緒に行く意味があるのかね？　被害者とおれが同じ高校を卒業してるといって

も、おれが卒業したのは……ええっと、二四年前か。で、その被害者は、おれより二四歳年上なわけだよな？　卒業したのが半世紀近く前だ。当然、おれは面識がないし、その人を知ってるような教職員だっていないはずだぜ」

　高虎が言う。

「大丈夫。そういうことは期待してないから」

「は？」

「道案内みたいなもんよ」

　寅三が肩をすくめる。

「道案内だと？」

「ぼくの調べた限り、高虎さんが卒業してから校舎の改修工事などは行われていません。つまり、高虎さんが通っていたときのままの姿で校舎が残っているわけです」

「だから、道案内？」

「そういうところです」

「ふざけないでもらいましょうか。何が道案内ですか。おれがいなくたって、カーナビがちゃんと高校まで連れて行ってくれますよ。高校に着いたら、駐車場に車を停めて事務室に行けばいいだけでしょうが。わからないことがあれば職員に訊けばいい」

「ぼくも同意見ですが、寅三先輩が高虎さんも連れて行こうと言うものですから」

「おい、寅三」

高虎が寅三を睨む。

「いいじゃないのよ。仕事中にスポーツ新聞を読んでるより、ずっとましよ。これは立派な仕事なんだからね。一緒に行けば何かしら用事があるわよ」

「ああ、面倒臭え～」

高虎は大きな溜息をつくと、後部座席にのけぞって居眠りを始める。不貞寝である。


三〇分ほどで目的地の善福寺学園高校に着いた。

駐車場に車を停めて三人が下りる。

「おお～っ、昔と全然変わってないな」

不貞寝をしていた高虎が、急に元気になる。

「そんなに久し振りなんですか？」

冬彦が訊く。

「久し振りも何も……。卒業式以来ですよ。高校のことなんか、まるっきり忘れてましたけど、この場に立つと、やっぱり懐かしいもんですねえ。おれの青春がここにある」

高虎が感慨深げに校舎を見上げる。

「高虎さんに青春時代があったなんて信じられませんね」

「誰にだってあるんですよ、甘酸っぱい青春ってやつがね」

「なるほど、そういうものですか」

冬彦が感心してうなずく。冬彦自身は、青春などとは、過去も現在もまるっきり無縁に生きてきた。そもそも中学生のときから不登校で、高校にも通っていない。大検に合格して東大に入学したのである。大学生の頃も、自宅と大学を往復するだけの毎日で、勉強以外のことはほとんどしなかった。友達もいなかったし、恋をしたこともないし、青春と言われても、ピンとこないのは当然なのである。

「ほら、事務室に行こうよ」

寅三が高虎を促す。

「こっちです」

高虎が先になって歩き出す。心なしか足取りが軽くなっている。

正面玄関ではなく、裏手の方に回る。

「事務室は、こっちからの方が近いんですよ」

「さすが母校ですね。久し振りでも記憶が甦るわけですから」

「そんな大したことじゃありませんよ。そこの小さな入り口、生徒は使わないんですよ。教職員と来訪者限定なんです」

いやあ、昔と変わってないなあ、今もおんぼろ校舎だぜ、と言いながら、高虎は木製の観音扉（かんのんとびら）を開けて、中に入る。スリッパを借りましょう、と下足箱（げそくばこ）に置いてあるスリッパを勝手に三足取り出して並べる。

「どうぞ」

「すいません」

「事務室に行ってみましょう」

高虎が先になってすたすた歩き出す。

「ほら、やっぱり、張り切ってるでしょう？　こうなると思ってましたよ」

寅三が、くくくっと笑いながら冬彦に小声で言う。

「すいません」

高虎が事務室の引き戸を開けて声をかける。近くにいた、眼鏡（めがね）をかけた女性事務員が、

「何でしょうか？」

と椅子（いす）から立ち上がる。

「わたしたち、警察の者ですが……」

警察手帳を提示しながら、高虎が言う。

「警察の方？　どんなご用件でしょうか」

「殺人事件の捜査なんですよ」

「え、殺人……」

　女性事務員の顔色が変わる。

「ちょ、ちょっとお待ち下さい」

　慌てて奥に引っ込み、すぐに初老の男性を連れて戻ってくる。

「事務長の有田と申しますが、警察の方だとか……」

「ええ、古い話なんですが、四八年前にここを卒業した人について伺いたいことがあるんです」

「ここでは何ですから、応接室でお話を聞かせていただきます。よろしいですか？」

「ええ、もちろん」

　有田が三人を応接室に案内する。

　三人がソファに坐ると、少々、ここでお待ち下さい、校長先生を呼んできますから、と言い残して有田が応接室から出て行く。

　数分で戻ってくる。別の男を一人連れている。

「校長の山城でございます。警察の方がどのようなご用件でしょうか？」

　有田と山城校長が冬彦たちに向かい合ってソファに坐る。

「殺人事件の捜査と聞きましたが……」

「そうなんですが、古い事件なのです。二一年前に奈良県で殺害された男性がいるのですが、被害者の日比野茂夫さんは四八年前にこの高校を卒業しているのです」

冬彦が説明する。

「そんなに古い話ですか……」

山城校長がいくらかホッとしたような顔になる。在校生が関わっているわけではないとわかって安心したらしい。

「それほど古い話ですと、その当時の教職員は残っておりませんね。卒業アルバムくらいならあると思いますが……」

「卒業アルバムは、日比野さんのご遺族に見せてもらいました」

「はあ、では、何を……？」

「在学当時、日比野さんは仏像研究会で活動していたらしいのです」

「仏像研究会？」

山城校長が首を捻り、有田さん、知ってるかね、と有田に顔を向ける。

「いいえ、聞いたことがありません」

有田が首を振る。

「昔はあったのかもしれませんが、少なくとも、今はありません。初めて聞きました」

「図書部の中にある同好会みたいなものだったらしいんです」

寅三が横から口を挟む。

「図書部ですか」

「日比野さんは、ずっと図書部に所属していて、仏像研究会という同好会で仏像の研究をしていたようなんです」

「そう言われましても……」

山城校長が困惑顔になる。

「あの、仏像研究会のことはわかりませんが、図書部のことなら少しはわかるかもしれません」

有田が言うには、文化系の部活は、三年生が卒業する前に何らかの記念になる活動をすることになっているのだという。

「例えば、演劇部であれば卒業公演をしますし、音楽部は演奏会を開きます。美術部や書道部は展覧会を開きます。図書部は卒業文集を作ります。いつ頃から始められたものかわかりませんが、かなり長く続いている伝統ですから、もしかすると、その当時のものが残っているかもしれません」

「ぜひ、見せて下さい」

冬彦が膝を乗り出す。

「あるとすれば、図書室の倉庫です。書架には出していないはずですから。行ってみますか？」

「お願いします」

「お役に立てることがあれば、遠慮なくおっしゃって下さい」

そう言いながら、山城校長が冬彦たちを見送る。

山城校長を応接室に残し、冬彦たち三人は有田に案内されて廊下を歩いて行く。

「静かですね」

冬彦が言う。

「授業中ですからね」

有田が答える。

「ふうん、高校って、こんなに静かなのか。大学の方がよっぽどうるさかったですよ。大学では、講義中でも決して静かとは言えなかったし」

「ふんっ、得意の大学自慢ですか。東大といえども、みんながおとなしく講義を受けているわけじゃないんだよ、と」

高虎が横目で冬彦を睨む。

「高虎さんの母校だというから、てっきり、授業中でも生徒たちが廊下で大騒ぎしたり、タバコでも吸ったりしてるのかと想像してました。きちんとした高校を出てるんですね」

「また、そうやって、さりげなく人をバカにする。高校はまともだけど、大学が駄目だったと言いたいわけですか？」

「だって、そうなんでしょう？」

冬彦が不思議そうな顔をする。何を当たり前のことを言っているのか、という感じだ。

「もう、いいっすわ」

高虎が溜息をつく。

寅三が高虎の肩をぽんぽんと軽く叩き、

「わかるよ、あんたの気持ち。この人は警察官としては優秀だし、かなり頭がいいのも認めるけど、人間として大切な何かが欠けてるんだよね」

「わかるか？」

「うん、よくわかる」

寅三が大きくうなずく。

「何を二人でいたわり合ってるんですか。置いていきますよ」

有田と冬彦は、もう階段を上っている。手摺り（てすり）から顔を覗（のぞ）かせて、冬彦が明るく言う。

「自分の言葉が誰かを傷つけてるっていう自覚がないんだよね」

「ああ、ないね」

寅三と高虎がゆっくり階段を上っていく。

二階に上がり、長い廊下を奥まで進むと、その突き当たりが図書室である。

「どうぞ」

有田がドアを開けて、三人を図書室に入れる。

誰もいない図書室は、しんと静まり返り、微かに黴臭い匂いがする。

有田は明かりをつけると、

「ええっと、四八年前に卒業したんですよね。ここでお待ち下さい。探してきます」

そう言い残し、奥の小部屋に入っていく。そこが倉庫になっているらしい。

「あんたとは無縁の場所だったでしょう？　図書室に来たことなんかあった？」

寅三が高虎に訊く。

「ないな。一度もない」

高虎が首を振る。

やがて、有田が両手で段ボールを抱えて現れた。

それをテーブルの上に置き、

「この中にあると思います。古いものですから、丁寧な扱いをお願いします」

と言いながら、雑巾で埃を拭く。長い間、倉庫の奥で眠っていたために段ボールが埃を被っているのだ。

段ボールの中から文集を取り出して、冬彦がテーブルに並べていく。

「なかなか立派なものなんですね。てっきり薄いパンフレットみたいなものを想像してました」

まだコピー機がどこにでもある時代ではなかったから、その文集はガリ版刷りである。

紙の質もあまりよくないが、表紙はカラーのイラストで、かなりの厚みがある。製本もしっかりしている。生徒たちの手作りなのだろうが、よほど丁寧に作業したことが察せられる。

その段ボールには、日比野茂夫が卒業した年の前後数年分の文集が収められている。どの文集も厚いので、図書部というのはよほど部員の数が多いのだろうか、と冬彦は思ったが、目次を見ると、同じ生徒が小説や読書感想文、エッセイなどいくつもの作品を載せているのだとわかった。取り立てて部員の数が多いわけではない。

三人で文集を調べていると、

「これじゃないでしょうか」

寅三が目次を開いて冬彦に見せる。

日比野茂夫という名前がある。茂夫はふたつの作品を載せている。ひとつは『大和古寺風物誌』の感想文、もうひとつは「将来の夢」というエッセイである。

「そうですね。ただ、これは図書部の部員として書いた文章のようです。仏像研究会に関する記事はないんですかねえ」

「もっと探してみましょう」

段ボールの中にあった文集を、三人で調べてみたが、仏像研究会という名称はどの文集にも載っていなかった。茂夫が在学中に出された文集だけでなく、入学前や卒業後の文集も調べたが結果は同じだった。

「正式な部活動ではなく、同好会のようなものだったといいますから、仏像好きの仲間が集まっておしゃべりする程度の研究会だったのかもしれませんね。だから、何も記録がないんじゃないでしょうか」

寅三が言う。

「これ、コピーさせてもらってもいいでしょうか？」

茂夫の作品が載っている文集を指差して、冬彦が有田に訊く。

「コピーすると文集に折り目がついたりして傷みますから、コピーはお断りします」

「じゃあ、写真を撮りましょう。それをコピー機に転送すれば、コピーするのと同じことですから」

寅三が提案する。

「高虎、押さえててよ」

「ああ」

高虎が文集を開き、それを寅三が一枚ずつ写真に撮っていく。

三人は杉並中央署に戻った。

高虎と寅三は、撮影してきた文集の写真を印刷することにした。冬彦、寅三、理沙子、樋村の四人分、それに予備として一部、合計で五部用意することにする。

印刷が終わるのを待つ間、冬彦は「何でも相談室」にいたが、その間、ずっと靖子が隣に坐り込んでいた。

「すごいな、三浦さん、まるっきり警部殿のストーカーじゃないですか」

古河主任が笑う。

「こんなに警部殿一筋でしたっけ？　警部殿がここにいる間は、むしろ、厳しく当たっていたような気がしますけどね」

中島が言う。

「離れてみて、どんなに小早川君が好きだったのか初めてわかったのよ～」

「押しかけ女房も悪くないんじゃないですか？　そう思いませんか、係長」

藤崎がにやにや笑う。

「そ、そうだね……意外とお似合いだったりして」

うふふふっ、と亀山係長が薄ら笑いを浮かべる。

「警部殿、終わりましたよ」

寅三が声をかけると、

「では、皆さん、失礼します。お邪魔しました」

バネが弾けたかのように冬彦は椅子から立ち上がると、そのまま小走りに部屋から出て行く。その素早さに誰もが目を丸くする。

「ちくしょう、逃げられたか。だけど、こんなことでは諦めないからね」

靖子がにやりと笑う。

六

杉並中央署から警視庁に戻る道々、冬彦は日比野茂夫の作品の載った文集を読み耽り、寅三が何を話しかけてもろくに返事もしない。ついに寅三も諦めて運転に専念することにした。

警視庁に着き、車を駐車場に入れ、二人はエレベーターで特命捜査対策室に戻ったが、その間も冬彦は考えごとをし、時折、文集を取り出して気になる箇所を読み返した。何やら口の中でぶつぶつ言っているが、何を言っているのか、寅三にはわからなかった。

「ただいま帰りました」

声をかけながら、寅三が部屋に入る。その後ろから、冬彦が無言でついてくる。そのまま自分の席に着くと、また文集を読み始める。

「警部殿、どうしちゃったんですか？」

樋村が訊く。

「何か事件解決の手がかりでもつかんだのかしらね」

「え、手がかりですか？」

「あんたたちも見付けてみなさいよ。手がかりがあるとすれば、この中だから」

　樋村と理沙子に文集を渡しながら、これには被害者の日比野さんが高校生のときに書いた文章が載っている、残念ながら、仏像研究会のことはわからなかったので、何か手がかりがあるとすれば、きっとこの文集にあるはずだし、だから、警部殿も夢中になって文集を読んでいるのではないかと思う、と寅三が言う。

「じゃあ、わたしたちも読んでみます」

　理沙子と樋村が文集を手に取る。

　寅三自身も、自分の席に着いて文集を読み始める。

　四人が文集を読み、山花係長は黙々（もくもく）と事務処理を続けているので、部屋の中はしんと静まり返っている。

「あ」

　突然、冬彦が大きな声を出す。

「何ですか、いきなり……。びっくりするじゃないですか」

　寅三がムッとした顔になる。

「わかった、わかったんですよ、寅三先輩！」

また大きな声を出す。

「この文集を読んで犯人がわかったんですか？」

樋村が訊く。

「いや、それは、まだだよ。犯人は、わからない」

冬彦が首を振る。

「では、何がわかったんですか？」

「日比野さんが高校生のときに書いた作文、君たちも読んだよね？」

「はい」

「ここでは将来の夢が語られている。今は高校生だから、好きなように旅行もできないが、いつか時間とお金に余裕ができたら、日本中の神社仏閣を訪ねてみたいと書いてある。具体的に、すぐにでも行きたい場所として金剛峯寺（こんごうぶじ）、中尊寺、東大寺（とうだいじ）、法隆寺、厳島（いつくしま）神社、永平寺（えいへいじ）……」

「それは、仏像研究会を立ち上げるほどのお寺好きなわけですからね。それが何か？」

寅三が怪訝（けげん）な顔をする。

「気が付きませんか？」

「は？」

「高野剛ですよ」

同窓会が開かれた直後、日比野茂夫に大阪からハガキを送ってきた男である。

「え?」

「金剛峯寺ですが、正式には、高野山真言宗(こうやさんしんごん)、総本山金剛峯寺というらしいんですよ」

「それが何か?」

「目で見れば、わかりますよ」

冬彦が金剛峯寺の正式名称を紙に書く。

「……」

寅三がじっと見つめる。

しかし、ピンとこないらしい。

冬彦が赤のボールペンを手に取り、「高」「野」「剛」という三文字を丸で囲む。

寅三が、あっ、と声を発する。ようやく、わかったのだ。

「高野剛というのは人の名前ではなく、金剛峯寺のことだったんですね」

「そうです。一種の暗号です」

「どうして、わざわざ、そんなことをしたんでしょうか?」

「ちょっと待って下さい」

冬彦がパソコンで何かを調べ出す。

やがて、

「そうか、そういうことか」

と何度も大きくうなずく。

「わたしたちにも説明して下さいよ」

「お願いします」

樋村と理沙子も冬彦のそばに寄ってくる。

「金剛峯寺に行くには、南海高野線という電車で極楽橋駅まで行き、そこで南海高野山ケーブルに乗り換えるんです」

「はい」

「日比野さんが新幹線で関西に向かったとすると、恐らく、新大阪駅から地下鉄の御堂筋線で難波駅に行ったはずです。難波駅で南海高野線に乗り換えるんですよ」

「なんば……」

寅三がハッとする。

「気が付きましたか？」

「なんば中央ハイツ」

「そうです」

冬彦がうなずきながら、パソコンを操作する。

「ああ、やっぱりなあ、そうだったのか……」

「何がわかったんですか？」

　理沙子が訊く。

「あのハガキの住所さ」

「ええっと、これですね……」

　寅三が自分の手帳を開いて、その住所を確認する。

「大阪市中央区難波五丁目」

「それは、難波駅の住所なんですよ」

「難波駅の？　どういうことなんでしょう」

「なんば中央ハイツ二〇一というのは、難波駅の二階にある中央改札口を指しているのではないでしょうか」

「待ち合わせ場所ということですか？」

「そうです……」

「誰なんでしょうね、待ち合わせの相手は？　事件発生当時、日比野さんの旅行は浮気が目的ではないかと疑われましたけど、それらしい女性の存在は浮かばなかったんですよね？　旅館にも一人で泊まっていたし、結局、一人旅の最中に不運な事件に遭遇したと判断された」

　寅三が首を捻る。

「ひとつ気になることがあるんですが……」

理沙子が口を開く。

「何かな？」

冬彦が理沙子に顔を向ける。

「この文集なんですが、日比野さんの作品については、きっと警部殿が念入りに読むだろうと思って、わたしは、それ以外の人たちが書いたものに目を通していたんです。そこに、『わたしの夢』という作文があって、その作文は、いつか自由に旅行できるようなお金と時間ができたら、日本中のお寺巡りをしてみたいという内容だったんです。具体的に、兵庫の浄土寺、京都の六波羅蜜寺、滋賀の園城寺などが挙げられていました」

理沙子が言う。

「ちょっと待って下さい……」

冬彦が手帳を開く。

「その三つとも、日比野さんが行った可能性が高いお寺ですね。一九八七年の九月の旅行土産は塩味饅頭で、これは兵庫の銘菓です。翌八八年の一月には生八ッ橋が旅行土産ですから、行き先は、京都です。そのときに六波羅蜜寺を訪ねたとしても不思議はありませんよね。そのふた月後の三月には三井寺力餅とでっち羊羹が旅行土産で、これは滋賀の名物ですね」

「ぴったり一致するじゃないの。誰なの、それ？　もしかして仏像研究会？」

寅三が理沙子に訊く。

「仏像研究会かどうかはわかりませんけど、日比野さんの同級生の図書部員ですね。猪原和歌子さんという人です。結婚していれば、今は名字が変わっているでしょうけど」

「日比野さんと同じクラスだったのかしら？」

「そうみたいですよ」

「猪原和歌子さんか……。よし」

冬彦が固定電話の受話器を手に取る。

「どうしたんですか、急に？」

寅三が訊く。

「上田の後藤田さんに電話するんですよ。同窓会を開いたとき、猪原さんにも案内を出したはずですからね」

冬彦は後藤田の家に電話をかける。

妻の正枝が電話に出る。

「先達ては、どうもありがとうございました。実は、今日、ひとつお願いがありまして……」

同窓会に猪原和歌子という同級生が出席していなかったかどうかを後藤田に確認してほ

しい、できれば、その当時の猪原和歌子の住所もわかるとありがたいのですが、と冬彦が頼む。それなら、後藤田に着替えを持って行くついでがあるから、これから施設に赴いて訊いてみましょう、と正枝が快く引き受けてくれる。

冬彦が電話を切る。

「あとは待つだけです」

「そうですね。だけど、何だか落ち着きませんよ」

寅三が言う。

「報告書でも作りましょう。寅三先輩、溜まってませんか?」

「ええ、嫌になるほど、たくさんありますね」

寅三が肩をすくめる。

七

その三時間後……。

正枝から冬彦に電話がかかってきた。

後藤田に確認したところ、同窓会当時の猪原和歌子の住所がわかったという知らせである。その住所は富山だった。結婚して、猪原から丸岡に姓が変わっていた。わざわざ富山から上京して、同窓会に出席していたという。

　ただ、日比野が亡くなった後に開いた同窓会には出席していない。案内のハガキが転居先不明で戻ってきたという。それ以降、同窓会に出席したことはない。

　正枝が気を利(き)かせて、後藤田にいろいろ質問してくれたらしいが、特に親しかったわけでもないし、よほど印象の薄い女性だったのか、後藤田はまったく記憶がないということだった。

「大してお役に立てなくて申し訳ありません」

　正枝が謝る。

「とんでもない。ありがとうございました」

　冬彦にしては珍(めずら)しく素直に感謝して電話を切る。

　寅三たちに電話の内容を伝える。

「ふうん、猪原さん、いや、丸岡さんですね。同窓会に出席した当時は富山に住んでいたんですね。ご主人の転勤先だったのか、それとも、ご主人の実家だったのか……。いずれにしろ、同窓会の後、数年で転居してしまい、連絡がつかなくなったわけですか。今は、どこにいるんでしょうね」

　寅三が首を捻る。

「それを調べるのが、ぼくたちの仕事じゃないですか。さあ、やりましょう」

「でも、どうやって……？」

「最もシンプルなのは、実家に問い合わせることですよね。つまり、猪原家に。高校生のときは実家から通っていたでしょうから。ご両親は亡くなっているかもしれませんが、丸岡さんの兄弟が実家に残っているかもしれませんよ」

「それでわかれば、楽ですね。富山まで出かけて、丸岡さんの足取りを調べるのは大変そうですから」

「もちろん、そういう手もあります」

冬彦が嬉しそうにうなずく。

「もしかして出張を楽しみにしてませんか？」

「だって、楽しいじゃないですか。まだ行ったことのない土地に出かけて捜査をするなんて、ものすごく刺激的ですよ」

「そうかなあ……」

寅三が顔を顰める。

「何とか、富山に行かなくても済むようにがんばりますよ。樋村、丸岡さんの実家について調べて。猪原家ということね」

「大丈夫です。ぼくが調べます。今でもご家族が住んでいれば、すぐにわかりますよ」

冬彦が席を立って部屋から出て行く。すぐに戻ってくる。倉庫から日比野の卒業アルバムを持ってきたのだ。席に着いて、アルバムをめくり始める。卒業生の住所と電話番号が記載されたページを開くと、固定電話に手を伸ばす。

「これでわかれば簡単ですけどねえ」

寅三が冬彦を見ながら言う。

「…………」

冬彦が受話器を耳に当てたまま黙りこくっている。

やがて、諦めたように受話器を戻す。

「どうでした？」

「駄目ですね。この電話番号は使われていないそうです。電話番号が変わっただけで、今も同じ住所に住んでいるのか、それとも、もうそこには猪原家がないのか……」

冬彦がパソコンを操作し始める。

「何をするんですか？」

「この住所のある場所の住宅地図を調べるんです。集合住宅ではなく、一戸建てのようですから、猪原家があれば記載されているはずです」

「なるほど」

「…………」

一〇分ほどすると、冬彦はパソコンの画面から目を離し、

「もう猪原家はありません。この住所のあたり、道路になってます。道路ができたのは一五年くらい前ですから、少なくとも、その頃には他の土地に転居したんでしょう」

「あら、手がかりがなくなったじゃないですか。まさか、富山ですか？」

「それは、まだです。こっちでできることをもう少しやりましょう。手分けしてやれば、そう難しくないはずですよ」

「何をすればいいんですか？」

寅三が訊く。

「まず役所の転居届を調べる必要がありますね。何らかの事情で故意に足取りを消そうとするのでない限り、普通は、これで辿り着けるはずです」

「故意に足取りを消すって、どういうことですか？」

樋村が訊く。

「借金取りに追われているような場合、転居届を出すと居場所を知られてしまうから、わざと転居届を出さないで引っ越すことがあるね」

「ああ、夜逃げですね」

樋村が納得する。

「他には何をしますか？」

理沙子が訊く。

「卒業アルバムに記載されている同級生に電話をかけて、丸岡さんの所在を知っている人がいないか確かめるという手もあるよね。後藤田さんは丸岡さんと親しくなかったようだけど、一人くらい今でも親しくしている人がいてもおかしくないでしょう。年賀状のやり取りだけでも続けていれば、今の住所がわかるわけだし」

「何十年経っても親しくしているとすれば、男性より女性の方が可能性がありますかね？」

「普通は、そうなんでしょうね」

冬彦がうなずく。

「普通って……どういう意味ですか？」

樋村が首を捻る。

「ほら、男だろうが女だろうが、どっちの友達もいないという人だっているわけだから」

寅三が横目で冬彦を見遣る。

「ああ、そういうことか……」

樋村が納得してうなずく。

「図書部の文集に作品を載せている女性なら、丸岡さんと親しかったかもしれませんね」

理沙子が言う。

「これは手当たり次第に電話をかけまくるしかないなあ。最初は女性の卒業生に電話をかけて、それで駄目なようなら男性の卒業生に電話をかけるという手順にしましょうか。転居届に関しては、ぼくが調べますから、皆さんは電話をかけてもらえますか」

「了解です」

寅三がうなずく。

「謎の女の足取りを辿るということか。何だか、わくわくするなあ」

樋村が興奮気味に言う。

「あんた、妙に張り切ってるけど、もしかして、女子高校生の行方を捜すとでも勘違いしてない？」

寅三が目を細めて訊く。

「は？」

「丸岡さん、この文集の当時は女子高校生だったけど、今では、おばあさんだからね。ちゃんとわかってる？」

「い、いやだなあ、もう。そんなことわかってますよ、当たり前じゃないですか、ははは っ……」

樋村の目が泳ぐ。寅三が指摘した通り、うら若い女子高校生の行方を捜すような気持ちになっていたのであろう。

八

丸岡和歌子、旧姓、猪原和歌子が現在、どこに住んでいるか、冬彦たち四人は必死に捜したが、なかなか、わからなかった。

転居届から丸岡和歌子の両親や兄弟の現在の所在を突き止めるという冬彦のやり方が一番確実だと思われたが、意外にうまくいかなかった。

道路建設のために実家の立っていた周辺の土地が役所に収用され、猪原家は転居した。そこまではわかったが、それから先がわからなくなった。転居したとき、すでに和歌子の父は亡くなっており、母親が長男、すなわち、和歌子の兄と同居していた。転居して一年ほど後に母親が亡くなり、兄はまた転居した。そこから先の足取りがつかめなくなってしまったのである。借金取りに追われて夜逃げをするような人は、わざと転居届を出さずに転居することがある……そんな話を樋村にしたが、もしかすると、冗談ではなく、何らかの事情で意図的に転居先を他人に知られないようにしたのではないか、と冬彦は疑いたくなった。

終業時間が近付いてくる。

山花係長が机の上を片付け始めている。

（今日は駄目そうだな。直に役所に出向いて調べるしかないかなあ）

冬彦が諦めかけたとき、

「え、本当ですか？」

電話をしていた寅三が大きな声を出す。

冬彦、理沙子、樋村の三人が一斉に寅三を見る。

「はい、はい……、そうですか。どうもありがとうございます」

寅三が電話を切る。明るい表情で、

「丸岡さんの住所がわかりましたよ。名古屋にいます。ずっと年賀状をやり取りしていて、今年も名古屋から年賀状が来たそうです」

岩崎春子という同窓生の一人が今でも丸岡和歌子と親交があるという。と言っても、今では年賀状のやり取りをする程度で、最後に電話で話したのは一年近く前のことだという。その女性は図書部員ではなく、高校のクラスも違っていたが、丸岡和歌子とは家が近所で小学校と中学校が同じだったという。

「ということは、今も名古屋に住んでいると考えていいでしょうね」

冬彦が嬉しそうにうなずく。

「ひとつ気になることを聞きました……」

「何ですか？」

「最後に電話で話したとき、体調がよくないので頻繁に病院通いをしていると聞いたそうなんです。今年受け取った年賀状にも、先行きをはかなむような歌が書いてあったそうなんですよ」

「歌って、何ですか?」

樋村が訊く。

「和歌だって。よくわからないんだけど」

寅三が肩をすくめる。

「どんな和歌ですか?」

冬彦が訊く。

「いや、そこまでは……」

「知りたいな。どうしても知りたいです」

「住所はわかったんですから、それで十分でしょう」

「電話一本で済むことじゃないですか。お願いします」

お願いします、と言いながらも、有無を言わさぬような強い口調である。

「わかりました。もう一度訊いてみます」

溜息をつきながら、寅三が固定電話に手を伸ばす。

「すいません。先ほど、お電話した警視庁の寺田ですが……」

申し訳ないんですが、年賀状に書いてあったという和歌、ご面倒でしょうが、どんな和歌だったか、教えていただけないでしょうか……はい、すいません、本当にお手数をおかけして申し訳ないのですが……ひたすら下手（したて）に出て謝る。どうやら相手は年賀状を探しに行ったらしい。

寅三が机をコンコンと指先で叩きながら、横目で冬彦を睨む。体が斜（なな）めに傾（かたむ）いている。

「あ」

寅三が背筋をピンと伸ばす。相手が戻ってきたのだ。ボールペンを手に取り、

「あすしらぬ……」

はい、はい、と言いながら、寅三が相手の言うことをメモに取る。うまく聞き取れないのか、何度も繰り返してもらう。ようやくメモを取り終えたときには汗だくになっている。何度もお礼を言って、寅三が電話を切る。ふーっと大きく息を吐きながら、椅子の背にもたれかかる。

「どうぞ」

そのままの姿勢で冬彦にメモを差し出す。

そのメモを手にすると、冬彦が食い入るように凝視（ぎょうし）する。

「あ～っ、旧仮名遣いができてませんね。まあ、大した間違いではありませんが、寅三先輩、きっと古文が苦手だったんでしょうね」

「ええ、大嫌いでした、古文と漢文。だからといって、他の科目が好きだったわけでもありませんけどね」

寅三が肩をすくめる。

「…………」

冬彦は、メモを見ながらパソコンのキーボードを叩く。すぐに、

「なるほど、これは『古今和歌集』に載っている紀貫之の和歌ですね」

「は？『きのつらゆき』それ、何ですか？ 人の名前ですか？ あんたたち、知ってる？」

「いやあ、ぼくも古文は、まるでダメでした」

樋村が頭をかく。

「同じく」

理沙子が首を振る。

「だよね～、古文や漢文が得意だったら、同じ公務員でも学校の先生にでもなってるってのよ。頭より体を使う方が得意だから警察官になったんだもんね」

「それは一概には賛成しかねますが」

樋村が薄ら笑いを浮かべる。

「係長」

冬彦が立ち上がる。

「ん？　何だね」

山花係長は、もう帰り支度をしている。

「明日、名古屋に出張させて下さい」

「泊まりかね？」

「いいえ、日帰りで済むと思います」

「わかった。いいよ。今日のうちに申請書だけ出しておいてくれれば、明日、決裁して回しておくから」

じゃあ、わたしはこれで、と山花係長が部屋から出て行く。

「おかしい、絶対にこんなのおかしい！　何で、こんなに簡単に出張が許されるの？　何のための出張なのか、ろくに説明もしてないっていうのに」

寅三が呆然とする。

「ぼくたちを信用してくれてるんですよ。ありがたいことです。さ、申請書を書かなければな。そうだ、新幹線のチケットも予約しておこう」

冬彦は嬉々として作業を始める。

その横で、寅三ががっくり肩を落としている。

九

四月二〇日（火曜日）

新幹線のホームに寅三がぼーっと突っ立っている。

「あ～っ、信じられないわ。異動した途端、出張ばかり……。新幹線に乗るのは、今月、これで三度目だからね。二週間前に泊まりで奈良、先週は日帰りで上田、今日も日帰りで名古屋……。警部殿みたいに楽しめればいいんだろうけど、わたしには無理だわ。何で早起きして遠くに行かなければならないのよ。少しでもゆっくり寝ていたいのに……」

管轄にとらわれることなく、全国各地の未解決事件の捜査を目的として警視庁に設置されたばかりの特命捜査対策室には、冬彦や寅三が所属する第五係の他に四つの係がある。他の係の捜査員たちも、自分たちと同じように全国を飛び回っているのだろうか、そうだとすれば、そういうやり方に慣れなければならないから、あまり不満を口にすることもできないなと考え、伝手を辿って、寅三は他の係の仕事ぶりに探りを入れてみた。

驚いたことに、出張している捜査員など、ほとんどいなかった。発足したばかりの組織だから、まずは古い資料を読み込んで、どの事件を優先的に捜査するべきかを皆で話し合っている段階なのだという。一日の大半が資料の読み込みと会議で終わってしまうことが多いので、出張どころか、出勤してから退庁まで、まったく外出しないことも珍しくないという。

「あり得ないわよ。どういうことなの。そもそも、うちは他の係を補助するのが役目じゃなかったかしら。それなのに、突出して、あちこち飛び回って……」

「まさかと思いますが、寝言ですか?」

「うわっ」

いきなり目の前に冬彦が現れ、寅三が仰け反る。

「何ですか、びっくりするじゃないですか」

「こっそり忍び寄ってきたわけじゃありませんよ。向こうから普通に歩いてきただけです。目を瞑(つぶ)って、ぶつぶつ言ってるから、立ったまま寝ているのかな、寝言まで口にしているのかな、と心配しました。どうするんですか、線路に落ちたら」

「だから、寝てませんよ。眠そうな顔に見えるだけです。実際、かなり眠いし」

「いいじゃないですか。早起きして悪いことなんか、ひとつもないんですから。健康にもいいし、満員電車で押し潰されることもないし、時間を有効活用することもできるんですからね。いいことずくめです」

「はいはい、わかりました」

そんな話をしているところに乗車予定の新幹線がやって来た。

「こっちですよ、寅三先輩」

「ぎくっ、嫌な予感……」

寅三が並んでいたのは自由席の列である。

そこから冬彦は他の車両に向かう。

「まさか、今日もグリーン車ですか?」

「いいえ、今日は、ただの指定席です」

「ああ、よかった」

寅三がホッとする。

「名古屋まではすぐだし、わざわざグリーン車にすることもないと思ったんです。それにグリーン車に乗ると自腹ですからね。辛いでしょう?」

「ええ、辛いです。なぜ、仕事で出張するのに自腹で余計なお金を使わなければならないんですか」

「だから、今日は、やめておいたんです。指定席なら経費で落とせますからね」

二人は新幹線に乗り込み、指定席に並んで腰を下ろす。

「どうぞ。どうせ何も食べてないんでしょう。朝ごはんを食べるより、その分、少しでも寝ていたいというタイプでしょうから」

冬彦がリュックからペットボトルのお茶とおにぎりを取り出し、寅三に渡す。おにぎりは三つある。

　冬彦自身は野菜ジュースとサンドイッチである。

「黙って差し出してくれれば、その優しさに感激するのに、余計なことばかり言うから感謝の気持ちが薄らいでしまいますよ」

「文句ばかり言わないで」

「遠慮なくいただきます」

「今日は新幹線で居眠りしたら、すぐに名古屋に着くから、朝ごはん抜きになってしまいますからね」

「もう寝ませんよ」

　寅三がおにぎりを食べ始める。お腹が空いていたのか、わずか三口で一個を食べる。

「これを見て下さい。食べながら話しましょう」

　冬彦がＡ４サイズのコピー用紙を差し出す。

「何ですか？」

「昨日の和歌ですよ」

「ああ、あれですか」

　ふたつ目のおにぎりを食べながら、寅三がコピー用紙に視線を落とす。

きのとものりが
　身まかりにける時よめる

あすしらぬ　わが身とおもへど　くれぬまの
　けふは人こそ　かなしかりけれ

「あすしらぬ……」

声に出して読もうとするが、寅三はうまく読むことができない。旧仮名遣いに不慣れなせいだ。

「最初の一文は、これがどういう心境で詠まれた和歌なのかという説明です。紀友則という人が亡くなって、それを悲しんで、紀貫之という人が詠んだ和歌です」

「はあ……」

寅三には、ちんぷんかんぷんである。

「明日は自分も生きているかどうかもわからない。そんな、はかないわが身であるとわかっているけれど、とにかく、今日は生きているわけだし、その生きている自分は亡くなってしまった人のことが悲しくて仕方のないことであるよ……そういう意味の和歌です」

「はあ……」

相変わらず、寅三には、ちんぷんかんぷんである。

さっぱり理解できない。

「簡単に言ってしまえば、親しい人が亡くなって、それを悲しんでいるわけです」

「それだけのことなら、もうちょっとわかりやすくできないんですかねえ」

寅三が首を捻る。

「和歌としては、それほど難解でもないんですよ、どちらかと言うと、わかりやすい和歌だと思います」

「で……この和歌に、何か深い意味があるんですか、事件解決に役立つような？」

「そう言っていいと思います。だって、日比野さんを殺したのが誰か、ぼくは、わかってしまいましたからね」

「え、そうなんですか？　誰ですか、犯人は？」

「口からごはん粒がこぼれてますよ、慌てないで食べて下さい。名古屋に着くまで、ゆっくりおにぎりを食べて、その間に、この和歌をじっくり味わって下さい。和歌といっても日本語には違いないわけですから、何度も繰り返して読んでいるうちに何となく意味がわかってくるはずですよ」

「もったいぶるんですねえ」

寅三は顔を顰めると、おにぎりを食べながら、コピー用紙を凝視する。

一〇

冬彦と寅三が名古屋に着いたのは、九時半過ぎである。

「自宅は名城公園の近くでしたよね？」

寅三が訊く。

「駅から、そう遠くないですね。そばに名古屋城もあるから、帰りに見学しましょう」

「また観光気分なんだから」

寅三が呆れる。

「いいじゃないですか、それくらい」

「警部殿って、他人には厳しいのに自分には甘くありませんか？　樋村が同じことを言ったら、きちんと公私を分けなければいけない、なんて説教でもしそうですよね？」

「それは当然です」

「は？」

「樋村君は仕事ができませんからね。遊んでいる暇なんかありません」

「つまり、無能な樋村と違って、警部殿は優秀だから、それくらいの役得は許される、という意味ですか？」

「まあ、そんなところですね」

　冬彦が肩をすくめる。

「やっぱり、疲れる。話せば話すほど気分が悪くなるのは、なぜなんだろう……」

「細かいことは、どうでもいいじゃないですか。行きましょう」

「約束は何時なんですか？」

「約束って？」

「警部殿のことですから、当然、アポを取ってあるんじゃないんですか？」

「いいえ、取ってません」

「あら、珍しい。じゃあ、丸岡さんを訪ねても在宅しているかどうかわからないじゃないですか」

「そうなんです」

「どうして、アポを取らなかったんですか？　そういう段取り、いつもはきちっとしているのに。まさか、うっかりミスですか」

「今回は、アポなしの方がいいと判断したまでです」

「だから、どうして……？」

「理由は、すぐにわかりますよ。こんなところで立ち話するのは時間の無駄です。さあ、行きましょう、レッツゴー！」

冬彦が元気な足取りで、すたすた歩き出す。

「どうして、いつもやる気に満ちているのかしら。それもまた不思議。そんなに仕事が好きなのかなあ。ある意味、羨ましいわ、あのポジティブシンキング。やる気を分けてほしいわあ」

寅三が溜息をつきながら、冬彦についていく。

二人は名城公園の近くまでバスで行き、バス停からは歩いた。丸岡家までは徒歩で五分くらいだった。

丸岡家は閑静(かんせい)な住宅街にある。古びてはいるものの、白を基調とする瀟洒(しょうしゃ)な一戸建てで、裕福な暮らしぶりを想像させる家である。

門前で冬彦がインターホンを押す。

「はい」

「警察の者です」

冬彦は、インターホンの横にあるカメラのレンズに向かって警察手帳を提示する。

「警察？　どういうご用件でしょうか？」

「古い事件に関して、丸岡和歌子さんにお話を伺いたいのです」

「母にですか？　少々、お待ち下さい」

インターホンが切れる。すぐに玄関のドアが開いて、四十歳くらいの女性が顔を出し、冬彦に向かって会釈する。

「入っても構いませんか？」

「はい、どうぞ」

冬彦と寅三が門を押し開けて敷地内に入り、玄関の方に歩いて行く。

「どういう、ご用件でしょうか？」

「失礼ですが、丸岡和歌子さんの娘さんですか？」

冬彦が訊く。

「はい、香織といいます。和歌子は夫の母です。あの……」

「わたしたちは警視庁の特命捜査対策室に所属する捜査員です。古い事件、つまり、迷宮入りした事件の捜査をするのが仕事です。今から二〇年ほど前ですが、丸岡和歌子さんの高校時代の同級生が奈良県で殺害されるという事件がありました。その再捜査をしているところでして、その被害者の方のお知り合いに話を聞いて回っているのです」

「そんな古い事件のこと、うちの母は何も知らないと思いますが……」

「そうかもしれませんが、事件解決の手がかりが何もないという状況なので、こうして伺った次第です。お目にかかれませんか？」

「母は、ここにはいないんです」

「では、どこに行けば会えるでしょう？」

「入院してるんです」

「病院ですか？　病気かお怪我で……」

「いいえ、そうではなく、もう末期癌で、緩和ケア病棟にいるんですよ」

「話もできない状態でしょうか？」

「そんなことはないんですけど、できれば、本人の心を乱すようなことは避けたいと……」

「お気持ちはわかります。しかし、これも重大な事件なんです。事件から二〇年以上経っているのに、ご家族はいまだに苦しんでおられます。実は、被害者の奥さまも癌で闘病中なのです。生きているうちに何とか解決してほしい、犯人を捕まえてほしいという一途な願いに応えて、わたしたちも捜査をしています」

「主人に相談しても構いませんか？　会社に連絡してみますので」

「どうぞ」

冬彦がうなずくと、香織は家に入る。

「末期癌で緩和ケア病棟にいるなんて……大変ですね。そんなところに殺人事件の話を聞きにいくのは、何だか申し訳ないです」

寅三が言う。

「意外と優しいんですね。ちょっとした驚きです」

「本当に嫌味がお上手」

「重い病と闘っている丸岡さんの心を乱すことを心配しているのでしょうが、ぼくは、そうなるとは思いません。むしろ、丸岡さんの心の重荷を取り除く役に立てるのではないか、と思っています」

「またもや、得意のポジティブシンキング！　どんなことでも自分の都合のいいように考えられるんですね」

　そこに香織が戻ってくる。

「主人と話しました。主人は、母が承知するのなら構わないだろうという考えです。でも、母が嫌がるようなら遠慮してもらいたい、と」

「それで結構ですよ。病院を教えていただけますか？」

　冬彦がうなずく。

「わたしがご案内します。車で行けば、すぐですから」

「よろしくお願いします」

　冬彦と寅三は、香織が運転する車で和歌子が入院している病院に連れて行ってもらう。

一五分くらいで着いた。駐車場に車を停めると、三人は病院に入る。

「ロビーでお待ちいただけますか？　母に話してきます」

「では、これを持って行っていただけますか？」

冬彦がＡ４サイズのコピー用紙を差し出す。和歌が印刷されている用紙だ。

「何ですか、これは？」

「和歌子さんが読めばわかると思います」

「はあ……」

香織が怪訝な顔で用紙を受け取る。

冬彦と寅三は、ロビーにある長椅子に並んで腰を下ろす。

「丸岡さんがわたしたちに会うのを拒んだら、どうするつもりなんですか？」

「それは困りますよね」

「わざわざ名古屋まで来て、手ぶらで東京には戻れませんよ」

「はい、そう思います。そのときは強引に病室に押しかけるしかありませんね」

「本気ですか？」

「寅三先輩の腕っ節の強さが頼りです」

「人が真面目に話しているのに……」

「あ、戻ってきましたよ」

冬彦が立ち上がる。

「母は刑事さんたちに会ってもいいと言っています」

「そうですか。ありがとうございます」

「体力が落ちて弱っているので、できるだけ無理をさせないでほしいんです」

「わかりました」

「こちらです、どうぞ」

香織が冬彦と寅三を病室に案内する。

和歌子は個室に入院している。

窓際にベッドがあり、和歌子は体を起こして、両手を胸の前で組み合わせている。手の下には冬彦が渡した用紙が置いてある。目を瞑り、何か口の中でつぶやいている。ひどく痩せており、頰が瘦けて頰骨が浮き上がり、ガウンから覗いている腕は枯れ木のように細い。脂肪らしきものがまったく見当たらず、肌には艶がない。日比野茂夫の同級生だから、今は六六歳のはずだが、実際の年齢より、ずっと年上に見える。

「お母さま」

香織が呼びかけると、和歌子が目を開ける。

「刑事さんたちよ」

「ああ……」

和歌子が背筋を伸ばし、丸岡和歌子でございます、と丁寧に挨拶する。

「警視庁の小早川です」

「同じく寺田です」

冬彦が和歌子に名刺を差し出す。

和歌子は目を細めて、その名刺を見て、

「特命捜査対策室……」

と首を捻る。

「未解決の古い事件を捜査するために新しく設置された部署なんです」

「そうですか」

「今は二一年前に奈良で殺害された日比野茂夫さんの事件を再捜査しています。丸岡さんの高校時代の同級生です。覚えておられますか?」

「ええ、日比野君ね。覚えていますよ」

うなずいてから、和歌子は香織に顔を向けて、

「香織さん、あなた、ラウンジでコーヒーでも飲んでらっしゃいよ。自分の若い頃の話を身内に聞かれるのは恥ずかしいわ」

「でも……」

「お願いよ」

和歌子がぴしゃりと言う。

「じゃあ、そうします」

香織は冬彦たちに一礼すると病室から出て行く。

「そこに椅子がありますでしょう。おかけになって下さい」

病室の隅の方に畳(たた)んだパイプ椅子が立てかけてある。元々、ベッドのそばに置いてあった丸椅子と、そのパイプ椅子に冬彦と寅三が腰を下ろす。

「病室に入ってきたとき、目を瞑って何かつぶやいていらっしゃいましたが、その和歌を詠(えい)じておられたのですか？」

冬彦が訊く。

「貫之の歌ね……」

あすしらぬ　わが身とおもへど　くれぬまの
　けふは人こそ　かなしかりけれ

和歌子が口ずさむ。

「誰にお聞きになったの？」

「岩崎春子さんです」

「ああ、春ちゃんですか。来年の年賀状は出せないかなあと思って、何人かの親しかった人たちに、それとなく年賀状でお別れしたつもりなんですよ」

「失礼ですが、それだけですか?」

冬彦が訊く。

「と、おっしゃると?」

「和歌にそれほど詳しいわけではありませんが、和歌というのは、人によって様々な解釈ができるものだと聞いています。この和歌は、作者が従兄弟の死を嘆いて詠んだと解説書に書いてありましたが、それだけでなく、生のはかなさ、すなわち、生きている自分の存在のはかなさも嘆いているのではないか、という気がしました」

「それは深い読み方ですね。貫之は従兄弟の死を嘆いているだけでなく、自分の存在の不安定さも嘆いているということですね。もっと言えば、生きていることと死んでいることにどれだけの違いがあるのか、その境界の曖昧さに恐れ戦いているようにも思えますわ」

「親しかった人たちに、それとなく、この和歌で別れを告げたかったとおっしゃいましたが、むしろ、丸岡さんがご自身に向けて詠じているような気がしました」

「わたし自身に?」

「ストレートに、亡くなった人、すなわち、日比野さんの死を嘆いたのではないんですか?」

「……」

和歌子の表情には何の変化もない。落ち着いた様子で、じっと冬彦を見つめる。

冬彦の横で、寅三がぽかんと口を開けている。まるで予想しなかった展開である。丸岡和歌子の話を聞きに来たという単純なことではなく、どうやら、冬彦は和歌子が犯人だと決めてかかっているようなのである。

二

「なぜ、わたしが日比野君の死をそれほど嘆くとお思いになるのかしら？」

和歌子がじっと冬彦を見つめる。

「日比野さんが亡くなってから、もう二一年も経ちます。長い時間です。犯人は捕まっていません。そのことを犯人は喜んでいるでしょうか？　捕まらなくてよかった、うまく逃げおおせることができた、と」

「さあ……」

「金銭目当て（めあて）の物盗り（ものと）の犯行だったり、行き当たりばったりの通り魔による犯行であれば、そうかもしれません。たぶん、自分の幸運を喜び、もう日比野さんのことなど、とっくに忘れているかもしれません。しかし、犯人が日比野さんと親しかった人であったとすれば、この二一年という歳月は、重い十字架を背負い続けた長く苦しい道程（どうてい）だったのではないかと思うのです。きっと罪の意識に苛（さいな）まれて苦しんだのではないでしょうか。人の寿命には終わりがあります。もしかすると、その犯人は、最後には重荷を下ろして、心を軽くして旅立ちたいと考えるかもしれません」

「…………」

和歌子が窓の外に視線を向ける。何事か思案している様子である。

冬彦と寅三は、和歌子が口を開くのをじっと待つ。

やがて、

「わたしには、とても仲のいい友達がいました。彼女は日比野君とも親しくしていました。もう亡くなってしまいましたが、亡くなる直前、お見舞いに行ったときに秘密を打ち明けられました。家族に迷惑がかかるから誰にも言わないでほしい、あなたの胸の中だけにしまっておいてほしい、と頼まれました。刑事さんがおっしゃったように、彼女は心の重荷を下ろして旅立ちたかったのだろうと思います。しかし、そのおかげで、彼女に代わって、わたしが重荷を背負うことになってしまいました」

和歌子がふーっと溜息をつく。表情に疲れが見える。体力が落ちているせいであろう。

「少し休みますか？　それとも、何か飲みますか」

寅三が訊く。

「ありがとうございます。大丈夫ですよ……」

小さくうなずくと、和歌子はまた話し始める。

こんな話である。

彼女は古いお寺とか神社、それに仏像が好きで、だから、日比野君と気が合ったんでしょうね。

日比野君は無口でおとなしい人でした。

彼女も、そう。控(ひか)え目で恥ずかしがり屋で、高校生になっても、男の子と気安く話ができるタイプではなかったんですよ。そんな彼女が日比野君とだけはいつでも楽しそうに話すことができたから、よほど気が合ったんでしょうね。

ええ、そうですよ、二人は仏像研究会に所属していたんです。研究会といっても、週に何度か図書部の部室とか中庭で仏像の話をするだけでした。周りからは、きっと変な連中だと思われていたでしょうね。だって、他の子たちは俳優とか歌手とか、そういうものに夢中でしたから。

図書部の部員の中に、彼女や日比野君のようなお寺や仏像が好きな人たちが何人かいたので、研究会と称して集まっていたわけです。数も少なかったし、正式なクラブ活動ではなかったから、彼らが卒業して、自然消滅したんじゃないかしら。

あの二人、別に交際はしていませんでした。

そうすればよかったんじゃないかな、と思いますけどね。きっと二人とも内気すぎて、お互いの気持ちを打ち明けることもできなかったんでしょう。高校を卒業してからは疎遠になって、日比野君と会うこともなくなったと彼女から聞きました。

同窓会はたまに行われていたようですが、そこでも二人は会わなかったようですね。日比野君が出席していたかどうかは知りませんが、少なくとも、彼女は出席していませんでした。

彼女は短大を卒業して、二年くらい会社勤めをした後に結婚しました。ご主人が転勤族だったせいもあり、二年ごとくらいに全国あちらこちらに引っ越していましたし、海外にも何年か赴任していたはずですから、同窓会に出る暇もなかったんでしょう。お子さんが生まれてからは、尚更、自分の時間がなくなったのだと思います。目の前のことが忙しくて、昔のことを懐かしむ余裕もなかったでしょうし、仏像やお寺のことを考えることもなかったようです。

彼女が初めて同窓会に出席したのは、二三年前でしたか、当時の担任だった先生が退職なさるとか、確か、そんな理由でいつになく盛大に多くの卒業生に呼びかけて同窓会が行われたときでした。

東京にいたわけではなく、地方にいたはずですが、里帰りも兼ねて、同窓会に合わせて上京したのでしょう。

その同窓会に日比野君も出席していて……ええ、わたしも出ましたよ。

卒業して、四半世紀ぶりの再会ですものね。

もちろん、懐かしいという気持ちはありますけど、それ以上に、みんなの変わりように驚かされたと言いますかね。溌剌としていた若々しい高校生が四〇代の中年になって見かけも変わっているわけですから、言うなれば、ちょっとした浦島太郎ですわね。

だけど、日比野君と彼女は、まるで高校生に戻ったみたいに楽しく話していましたよ。

お寺巡りに誘ったのは、日比野君の方だったそうです。

高校生の頃には、たとえ行ってみたい神社仏閣があっても、時間もお金も自由にならないから、なかなか見に行くことができませんでしょう。

でも、今は違う。お金はあるから、時間の都合さえつけることができれば、全国どこでも好きなところに行くことができる、どうだい、行ってみないか……そんな流れだったようです。内気だった日比野君にしては大胆だなあと驚きますけど、もう立派な男性で、会社でも責任のある地位に就いていたようですから、社会に出て変わったということなのでしょうか。

最初は彼女も驚いたようですが、すぐに断ったりはしなかったようです。子育ても一段落して、ご主人はゴルフとか釣りとか多趣味な方で家を留守にすることも多かったようです。幸せではあるけれど、ちょっと退屈な生活で、時間を持て余していたのかもしれません。もちろん、浮気をするとか、そんな変な話ではなく、純粋にお寺や仏像を一緒に見に行こうというだけの話です。

　でも、端(はた)からすれば、やはり、大人の男女が二人きりで遠出(とおで)するというのは誤解を招きかねないことですから、二人がやり取りするときは、いろいろ工夫したそうですよ。

　え？

　高野剛？

　ああ、それも暗号ですよね。

　確か、彼女と日比野君が一番最初に行ったところですね。和歌山の金剛峯寺でしたかしら。高野山にある金剛峯寺。それで「高野剛」というわけね。

　そうです、彼女が話してくれましたの。

　人に言えないような秘密を抱えて、わくわくドキドキしたそうですよ。ご主人や子供たちに疑われないような理由を拵(こしら)えて一泊二日の旅に出る……退屈だった毎日が突然刺激的になったことでしょう。

　二ヵ月に一度くらいの割合で、あちこちに出かけたようです。最初が和歌山で次が兵庫だったかしら。九州や東北に足を延ばしたこともあったみたいですね。

　会社員の日比野君の方が、仕事もありますし、時間のやりくりは大変だったでしょうけど、出張だとか何だとか、旅行の言い訳はしやすかったのではないでしょうか。

　実際には、彼女は、もっと大変だったと思います。専業主婦だから時間そのものはあったでしょうけど、専業主婦が旅行ばかりするのも何となく不自然ですから。お金だって、そう自由にはなりませんよね。

和歌山に出かけたのが、同窓会の後、二ヵ月か三ヵ月経った頃で、それから一年くらいの間に七つか八つのお寺巡りをしたそうです。

何度も二人で旅するうちに、彼女の心に気持ちの変化が生まれてきたそうです。

いや、そうではないですね。彼女ではなく、日比野君の心境に変化が出てきたと言った方がいいのかもしれません。日比野君が変わってきたから、彼女も変わってきた、というのが正確でしょう。

日比野君が仕事や家庭の不満を洩らすようになったんだそうです。不満のはけ口が彼女との旅行だったとは思いませんけど、日比野君の気持ちがどんどん彼女に傾斜していったのは事実だと思います。たまに彼女と会うだけでは物足りなくなってきたようなんです。

もちろん、彼女に、そんなつもりはありません。

端から見れば浮気みたいだったかもしれませんが、本当に高校生に戻ったかのようにお寺や仏像をじっくり見学することだけを楽しんでいたのです。人に言えないようなことは何もしませんでした。場所だけ決めて、ホテルや旅館も、それぞれが自分で予約していたと聞きました。同じ部屋に泊まったことなんか一度もないんですよ。

日比野君は不満だったかもしれません。旅行の手配は自分に任せてほしい、費用も自分が負担する……そう彼女に何度も申し出たそうですから。

　だけど、彼女はきっぱり断りました。そんなことまでしてもらったら、もう、ただの友達同士として旅行することが難しくなる、と考えたからです。

　旅行を始めて二年目の冬、大阪で待ち合わせたときのことです。日比野君が、もう自分の気持ちを抑えることができない、自分は妻と別れるから、君もご主人と別れてくれないか、と切り出したそうです。

　すぐに別れることが無理であれば、せめて、友達同士という一線を越えて、もっと深い関係になりたいのだ、と。

　彼女は断りました。もう日比野君には会わないと決めたんです。

　それで終わりになるはずだったのですが、日比野君が納得しなかったのです。もう一度だけ会いたい、最後にもう一度だけ二人でお寺巡りをしたい、それで終わりにする、と。

　彼女は拒んだそうですが、それなら自宅に会いに行く、ご主人にすべてを話すとまで言われて、彼女も仕方なく承知したんです。

　最後の旅行先を奈良県にしたのは、高校時代に修学旅行で行った思い出の場所だったからです。二人とも法隆寺が大好きだったんですよ。その懐かしい場所を最後に訪ねて、二人だけの関係にピリオドを打とうとしたんです。

　奈良に出発する前に彼女は自分の気持ちをきちんと整理したそうです。お寺巡りを楽しむだけだと言っても、やはり、大人の男女ですから、いずれ、それだけでは済まなくなる……考えてみれば当たり前のことです。その点に関して、彼女は自分にも落ち度があったと反省したそうです。ただ、家庭を壊すつもりはなかったので、日比野君の気持ちに応えることはできないということに関しては、何の迷いもなかったそうです。いい友達だとは思っていたけど、一人の男性として日比野君を愛しているわけではなかったということなんでしょうね。

四月一〇日の午前中に京都で落ち合い、二人で奈良に行きました。お昼を一緒に食べ、一度、それぞれの宿に引き揚(あ)げたそうです。ええ、そのときは、宿も別に取ったと聞きました。

夜は、若草山(わかくさやま)にドライブをして、夜景を眺めながら二人だけで食事をしたそうです。彼女にとっては最後の旅だという思いだったので、最後に少しでもいい思い出を作ろうという考えだったようです。

レンタカーを借りたのも、車を運転したのも彼女ですよ。日比野君は運転が下手だったみたいですから。お弁当も、彼女が用意したようです。地元の名産のおいしいものをたくさん買って持って行った、と聞きました。そういう形で、日比野君に感謝の気持ちを伝えたかったのだと思います。

夜景を眺め、食事をしながら、これが最後の旅になる、今までありがとう、とても楽しかった、と彼女は日比野君にお礼を言ったそうです。日比野君もすっきりした様子で、特に興奮することもなく、二人で見学したお寺や仏像のことを楽しそうに話していたみたいです。

次の日は斑鳩溜池の近くでピクニックがてらお昼を食べると二人で決めました。修学旅行で、法隆寺を見学したとき、何人かの仲間たちとそこで食事をしたことがあって、それが二人にとって、すごく大切な思い出だったというんですね。

だから、二人で過ごす最後の場所に、そこが最もふさわしいと考えたわけでしょう。

午前中に法隆寺を見学して、斑鳩溜池の近くでお昼を食べて、腹ごなしにその周辺をぶらぶらして夕方には奈良から京都に向かい、京都で別れる……そういうスケジュールになっていたと聞きました。

前の晩に食べたお弁当が和風だったので、その日は洋風のお弁当にしたそうです。サンドイッチやオードブル、それにワインも用意したとか……。

木陰にシートを敷いて、食事をすることにしたそうです。ほとんど人も通らないような静かな場所で最後の時間を二人きりで過ごし、おいしいものを食べながら思い出話をするつもりだったんでしょうね。

ところが、いざ食事を始めようとすると、突然、日比野君が不機嫌そうに黙り込み、このまま別れるのは嫌だ、と言い出したそうです。いよいよ、これで最後なのだというときになり、感情が昂ぶったのかもしれません。

　彼女は何とか日比野君を落ち着かせようとしましたが、日比野君はどんどん興奮してしまい、ついには、彼女を力尽くで……。

　つまり、強引に関係を持とうとしたわけですよね。既成事実を作ってしまえば、もう別れることもできないだろう、と考えたのかもしれません。

　彼女は激しく抵抗しました。

　そんな気持ちはなかったからです。

　日比野君には気の毒だと思いますが、彼女は日比野君に愛情を抱いてはいなかったんですよ。彼女の気持ちは友情であって、愛情ではなかったということです。その違いは大きいですよね。

　もっと若ければ、彼女の心にも少しは愛情が芽生えたかもしれませんが、もう四〇を過ぎた中年になり、子供も大きくなり、特に家庭に不満もなく暮らしていて、確かに日比野君との旅行はちょっとしたアバンチュールではあったかもしれませんが、家庭を壊そうなどというつもりはない。そんな冒険をする勇気はなかったし、そもそも、冒険の前提となる愛情がなかったわけだから、どうにもなりません。

　だから、彼女は強く抵抗したんでしょうね。

　でも、日比野君は許してくれない。何が何でも彼女を我が物にしようとする。体格が違いすぎるから、力では、とてもかないません。助けを呼ぼうにも、近くには誰もいません。咄嗟に彼女はワインオープナーをつかみ、それを振り回しました。わけがわからないまま必死で……。

ハッと我に返ったとき、日比野君は血まみれで倒れていたそうです。慌てて、日比野君、日比野君と呼んでも、返事はないし、息もしていない。恐る恐る首筋を触っても脈がない。ああ、日比野君は死んでしまった、わたしが殺してしまったんだ、と呆然として、しばらく坐り込んでいたそうです。

警察に通報することも考えました。

しかし、どんな理由があろうと人を殺したとなれば、しかも、男性と二人で旅行中だったということになれば、テレビや新聞で報道され、夫や子供たちも世間から後ろ指を差されることになるでしょう。

そんなことを考えて、彼女は逃げることにしました。シートやお弁当、ワインやワインオープナー……自分たちが持ってきたものをすべて持ち去ることにしたのです。後に残ったのは、草むらに横たわる日比野君だけです。

その哀れで惨めな光景を思い出すたびに、彼女は心の中で日比野君に許しを請うたそうです。

彼女は日比野君に手を合わせ、ごめんなさい、ごめんなさい、と何度も謝りました。それから、斑鳩溜池で体に付いた血を洗い流し、荷物を持って歩き去ったのです。

家に帰ってからも、今にも警察が来るのではないか、捕まって刑務所に入ることになるのではないか、と生きた心地がしなかったそうです。

もちろん、自分のことばかり心配したわけではなく、命を奪ってしまった日比野君や、一家の大黒柱を失ったご家族に対する申し訳なさで胸が潰れる思いだったそうですよ。

結果として警察に捕まることもなく、彼女は、その後も家族と平穏な生活を続けることができました。

しかし、自分の犯してしまった罪を忘れたことはなかったといいますし、恐らく、亡くなる日まで苦しんだことでしょう。あの世で日比野君に会ったら、日比野君の前に両手をついて謝りたいと話していましたから……。


「お水を取っていただけますか？」

ふーっと大きく息を吐きながら、和歌子が冬彦に頼む。長い話をして喉が渇いてしまったらしい。

「どうぞ」

冬彦がテーブルの上の水差しを手に取り、コップに水を注いで和歌子に渡す。

「ありがとうございます」

「大丈夫ですか、顔色がよくないみたいですけど」

寅三が気遣う。

「しゃべりすぎたかしら……」

和歌子の息遣いが荒くなり、額に汗が浮かぶ。

「誰か呼んだ方がいいですね」

冬彦がナースコールのボタンを押す。

「わたし、娘さんを呼んできます」

寅三が病室から出て行く。

入れ違いに、看護師がやって来る。

和歌子の様子を見ると、ナースコールボタンを続けざまに押す。何らかの緊急信号らしい。すぐに別の看護師がやって来る。

「先生を呼んで。かなり血圧が高くなってるみたいだから」

「はい」

「申し訳ないんですが、外に出ていただけますか？」

「わかりました」

冬彦が廊下に出る。

そこに寅三と香織がやって来る。

「母の体調が悪くなったんですか？　どういうことなんです」

香織が興奮気味に冬彦に詰め寄る。

「話をしているうちにお疲れになってしまったようでして」

「失礼します」

医者と看護師が病室に入る。

「母は具合がよくないんです。安静にしていなければならないんですよ。疲れさせたり興奮させたりしてはいけないんです」

「そんなつもりはなかったのですが……」

「もう十分でしょう。どうかお引き取り下さい」

香織は一礼すると病室に入る。

廊下に冬彦と寅三の二人が取り残される。

「どうします、待ちますか？」

「いや、待っても無駄でしょう。本当に具合が悪そうだったから、今日はもう話を聞くのは無理だと思います。帰りましょう」

「帰るって……東京にですか？」

「はい」

「それでいいんですか？　丸岡さんは犯人を知ってるんですよ。二〇年以上未解決だった事件の手がかりをようやくつかんだんじゃないですか。その人は、もう亡くなったと言ってましたけど、それが本当かどうかもわからないわけだし、きちんと確かめないと……」

「寅三先輩が言いたいことはわかります。でも、今日は帰りましょう」

「……」

寅三は不満そうな顔である。

一二

冬彦と寅三は新幹線で東京に帰ることにする。

冬彦は物思いに耽っていて、まるっきり寅三を無視している。話しかけても、ろくに返事もしない。

ちょうどお昼時だったので、寅三は新幹線に乗り込む前にホームで買った駅弁を食べた。冬彦の分も買ったが、一向に食べる様子がないので、それも食べた。駅弁をふたつ食べると満腹になり、眠気が兆してくる。居眠りしているうちに東京に着く。

警視庁に戻ると、

「あれ、随分早いんですね？」

樋村が大きな声を出す。

「会えたんですか？」

理沙子が訊く。

「ええ、大変な話を聞いてきたわ……」

丸岡和歌子から聞かされた話を、寅三がかいつまんで二人に説明する。山花係長の耳にも届いているはずだが、まったく関心を示さない。

「ふうん、被疑者死亡ということですか」

樋村がうなずく。

「丸岡さんは、そう言ってるけど、それが本当かどうかはわからないわ」

「犯行に至る経緯や手口まで詳しく話したのに、そこだけ嘘をつく必要はないでしょう。たとえ亡くなっているとしても、日比野さんの同級生を念入りに洗い出せば、誰が犯人かわかるんじゃないんですかね？」

理沙子が言う。

「できれば、改めて丸岡さんから話を聞きたいところなんだけど、末期の癌で入院中だし、長時間の聴取は無理かもしれないわ。実際、わたしたちに話をした後、急に具合が悪くなってしまったから」

寅三が言う。

「警部殿、これから、どうするんですか？」

樋村が訊く。

「わからないね」

冬彦は素っ気ない。パソコンに向かって、淡々と報告書を作成している。

一三

四月二日（水曜日）

冬彦が出勤すると、

「警部殿、大変ですよ。今、連絡しようと思っていたところです」

寅三が大きな声を出す。

「どうしたんですか、こんなに早くに出勤して。珍しいですね。いつもは朝礼ギリギリに現れるのに」

「嫌味を言ってる場合じゃないんです。丸岡さん、亡くなったそうですよ。ご家族から連絡がありました」

「え」

さすがに冬彦も驚く。

　朝礼が終わると、冬彦と寅三は山花係長の許可を得て、名古屋に向かう。

「どういうことなんでしょうね」

「何がですか？」

「だって、昨日会って、あんな話を聞かされて、今日になって亡くなるだなんて……。わたしたちの訪問が丸岡さんに何らかのショックを与えてしまったんでしょうか。何だか責任を感じます」

「ふうん……」

　冬彦が寅三の顔をじろじろ見る。

「何ですか？」

「意外とデリケートなんだなあ、と感心していたんです」

「こういうときに、ふざけないで下さい」

「別にふざけてませんよ。丸岡さんが亡くなったのは、丸岡さんの寿命が尽きたというだけのことで、ぼくたちのせいではないでしょう」

「それじゃ、何のために名古屋に行くんですか？　ご遺族にひと言お詫びして、お線香を上げるためじゃないんですか？」

「そんなことは何も考えてませんでした。ぼくが名古屋に行くのは丸岡さんの死に顔を見てみたいと考えたからです」

「死に顔を？　何のためにですか」

「寅三先輩」

「何ですか？」

「質問が多すぎます。質問ばかりしないで少しは自分の頭で考えて下さい。ぼくは忙しいんです」

冬彦は手帳を開いて、メモを眺めながら考えごとに没頭する。

一四

病院に着くと、ロビーで丸岡香織とその夫・伸介（しんすけ）が待っていた。東京を出るとき、何時頃に病院に到着するか、おおよその目安の時間を連絡しておいたのである。

「わざわざ遠くからお越しいただいてすいません」

と、伸介が頭を下げる。

「わたしたちも驚きました。何しろ、昨日、お目にかかったばかりでしたから」

寅三が言う。

「刑事さんたちがお帰りになった後も具合はよくならず、むしろ、どんどん悪くなったんです。急いで夫に連絡して、ゆうべは二人で母に付き添いました」

香織が説明する。

「正直に申し上げますが、刑事さんたちに会ったことが母の心の平安を乱し、容態を悪化させたのではないかと疑い、刑事さんたちを恨みました。夫も腹を立てていました。ですが、亡くなる直前、母の意識が戻り、こう言われたんです。あの刑事さんたちにお礼を言ってちょうだい、おかげで胸のつかえが取れました、安らかに死出の旅につくことができます、本当にありがとうございました、と」

「お母さまがわたしたちにお礼を？」

寅三が首を捻る。

「とても感謝していました。それで母が亡くなってからご連絡させていただいたのです」

香織がうなずく。

「よかったら、お母さまに会わせていただけませんか？」

冬彦が言う。

「ぜひ、会ってやって下さい」

仲介はうなずくと、こちらです、と寅三と冬彦を霊安室に案内する。

仲介が鉄製のドアを開けると、中から線香の強い香りが漂い出てくる。照明は薄暗く、室内はひんやりしている。

「あと二時間ほどで葬儀社が遺体を引き取りに来ます」

仲介が言う。

「お顔を拝見してもよろしいですか?」

冬彦が訊く。

「どうぞ」

遺体の顔にかけられている白い布を仲介がどける。

冬彦が一歩踏み出し、和歌子の顔を覗き込む。

まだ葬儀社の専門家が手を加えていない、自然のままの死に顔である。穏やかで満足そうな表情で、口許(くちもと)には微(かす)かに笑みが浮かんでいる。きっと幸せな人生を歩んできたのに違いない、と想像させるような死に顔だった。

一五

冬彦と寅三は東京に戻ることにした。名古屋に滞在したのは二時間ほどに過ぎない。

新幹線に乗る前に寅三は駅弁をふたつ買った。ひつまぶし弁当とみそかつヒレ弁当だ。

どっちもおいしそうだったので、迷った揚(あ)げ句(く)にふたつとも買った。

「警部殿、どっちでも選んでいいですよ」

と言いながら、

（ああ、どっちも、おいしそうだなあ。警部殿と半分ずつ分けようかな）

などと考えた。

ところが、冬彦は、

「ぼくは野菜ジュースだけで大丈夫です。全然お腹が空いていないので」

と言ったので、寅三は、心の中で、

（ラッキー！）

と叫んだ。

ひつまぶしとみそかつヒレを交互に食べることができるのだから、寅三にとっては至福と言っていい。

「じゃあ、いただきま〜す」

寅三が猛然と食べ始める。

うまい、うまいと食べているとき、ふと気が付くと、冬彦が難しい顔で何か考えごとをしている。

「どうしたんですか、そんな顔をして？」

「いや、別に」

「犯人をよく知っている丸岡さんが亡くなって気落ちするのはわかりますが、あれだけ詳しい話を聞いたんですから、時間をかければ犯人に辿り着くことができますよ。たとえ、もう亡くなっているとしても」

「犯人には、もう会ったじゃないですか」

「は？」

「自分の罪を告白して死んでいったでしょう」

「じゃあ、丸岡さんが……」

「そうです」

冬彦がうなずく。

「日比野さんの命を奪ったことは、ずっと心の重荷だったはずです。やむを得ない成り行きだったとはいえ、人の命を奪い、その罪も償っていないわけですからね。日比野さんのご家族にも申し訳ないと思っていたでしょう」

「そう言ってましたね」

「ええ。重い病に罹り、この世に別れを告げなければならないときが近付いているのに、そんな重荷を背負ったままでは、とても心穏やかに死んでいくことはできないと悩んでいたはずです。罪を告白して楽になりたいと思っても、あとに残る自分の家族のことを考えると、それも難しい。人殺しの家族ということになってしまいますからね」

「そこにわたしたちが訪ねていったわけですね？」

「罪を告白したいが、そうすれば自分の家族に迷惑をかけてしまう。それで咄嗟に、親しい友人から聞いた話という体裁（ていさい）を繕（つくろ）ったのでしょう」

「それで自分の罪を償ったことになるんですか？　気持ちが軽くなるんですか？　だって、嘘をついたわけじゃないですか」

「わかりません」

冬彦が首を振る。

「ただ死に顔は、とても穏やかでしたね。重荷を下ろして、ホッとしたという表情に見えました」

「それを確かめたかったんですか？　死に顔を見たいと言ってましたけど」

「まあ、そうですね」

「で、どうします？」

「何をですか？」

「丸岡さんは亡くなりましたけど、それでも起訴することはできますよ」

「証拠は何もないんですよ」

「ですけど、昨日、丸岡さんが話してくれたじゃないですか」

「自分がやったとは、ひと言も言ってません。そういう話を知り合いから聞かされた、と言っただけです」

「でも、その誰かが存在しなければ、丸岡さんがやったことになるんじゃないですか？　犯人しか知り得ないことを知っていたわけですから」

「消去法で丸岡さん以外に犯人はいない、ということですか？」

「ええ」

「被疑者が亡くなっただけでも大きなマイナスなのに、直接的な証拠がなく、状況証拠しかないのでは、検察は起訴しないと思います。とても公判を維持できないでしょうから」

「それじゃ、これで終わりですか？」

「そうなりますね」

「こんな中途半端な形で終わりだなんて……。何だか、すごく悔しいです」

「ぼくも同じ気持ちです」

冬彦が顔を顰める。

一六

四月二二日（木曜日）

冬彦と寅三は、日比野芙美子と息子の潤一に会うために町屋に出向いた。

「何かわかったんですか？」

潤一が訊く。

「はい。ほとんどの謎が解明できたと思います」

「犯人は？」

「もう亡くなっていました」

「ああ、それは……」

潤一の目に落胆の色が滲(にじ)む。

「なぜ、主人は殺されなければならなかったんでしょうか？」

芙美子が訊く。

「順を追って、お話しします……」

冬彦は丸岡和歌子が親しい友人から聞かされたという話を、できるだけ正確に芙美子と潤一に伝える。

二人は黙って話を聞いているが、茂夫が女性と二人で旅行していたと知ったとき、芙美子の顔色が変わった。

冬彦が話し終えると、

「その方から犯人の名前を教えてもらうことはできないんですか？　たとえ犯人が死んでいるとしても、犯人の名前を隠すことは許されないのではないですか？」

潤一が興奮気味に言う。

「実は……」

　寅三が口を開く。

「昨日の朝早く、その方もお亡くなりになりました」

「え」

「重い病気を患って入院なさっていたんです。本当であれば、わたしたちに会うのもやめた方がよかったみたいなんですが、無理をして、長時間、お話し下さいました」

「重い病気……もしかすると、癌ですか？」

　芙美子が訊く。

「はい、ホスピスに入院しておられました」

「そうですか」

　芙美子がうなずく。

「たとえ、その方が犯人の名前を言わないで亡くなったとしても、そこまで詳しいことがわかっているのなら犯人を突き止めることはできますよね？」

　潤一が言う。

「突き止めたとしても、犯罪の物的な証拠が何もないので起訴はできません。亡くなっているとなれば尚更難しいでしょう」

　寅三が言う。

「難しいとしても……」

「もういいじゃないの、潤一。何があったのかもわかったんだから」

「でも、母さん……」

「犯人が生きていれば罰を与えることもできるでしょうけど、死んでいるのなら、それもできない。わたしは、もう十分よ。何だか、とても疲れてしまったし、どこかで区切りをつけないと、いつまでも引きずってしまいそうだし、もう残された寿命だって長くないわけだし……」

芙美子が重苦しい溜息をつく。

「その気持ちもわからないではないけどね」

潤一が顔を顰める。

「体の関係がなかったとしても、夫のしたことは、やはり、裏切りではないか、とわたしは思います。真実を知れば、すっきりするだろうと期待していましたけど、実際は、そう簡単な話ではないんですね。知らない方がよかったのか、過去を掘り返そうとしない方がよかったのか……。いや、そうじゃありませんよね。たとえ、受け入れがたい真実であっても知らないよりは、ましだと思います。刑事さんたち、本当にありがとうございました。心から感謝します」

冬彦と寅三に向かって深々と頭を下げる。

顔を上げると、

「夫を恨んだり憎んだりする気持ちはありません。複雑な思いですが、夫は悪い人ではありませんでしたし、夫のおかげで、わたしと息子は、夫が亡くなってからも大して苦労することなく暮らすことができたわけですから。その点では、とても感謝しています」

自分に言い聞かせるように、芙美子が淡々と言う。

エピローグ

四月二四日（土曜日）

朝早く、先週の日曜日に大食い選手権が行われたホテルに冬彦、寅三、理沙子、樋村の四人が集まった。フロントの前で顔を合わせると、四人はエレベーターホールに向かう。白樺圭一の部屋に行くのだ。

部屋をノックすると、中から、どうぞ、という声が聞こえる。冬彦がドアを開ける。

「あれ、白樺さん、食事中ですか？」

寅三が驚きの声を発する。

なぜ、寅三が驚いたかといえば、今日の昼過ぎから大食い選手権の決勝戦が行われるからであった。

再試合である。先週の決勝戦で不正行為が行われたため、その決勝戦は中止された。白樺のラーメンに薬物が入れられ、白樺が体調を崩したのである。大食い選手権そのものが中止されそうな雲行きだったが、被害に遭った白樺が犯人の小湊を告訴しないというし、白樺だけでなく森野こずえも試合の継続を嘆願したので、再度、決勝戦が行われることになった。白樺やこずえと一緒に決勝戦に残ったツインズ一号と二号、すなわち、丸山亜希子、丸山加奈子姉妹も開催に賛同した。

あと数時間で決勝戦に臨まなければならないのだから、それまでは少しでもお腹を空(から)にしておいた方がいいのではないか、なぜ、今、朝ごはんを食べているのか、と寅三は驚いたわけである。

「食事といっても、ルームサービスで和食と洋食のセットを二人分頼んだだけですから、大したことはありませんよ。できれば、ホテルのレストランでビュッフェ形式の朝食が食べたかったんですが、テレビ局に止められてしまったんです。何か食べたいのなら、ルームサービスにしてくれって。先週のことがありますから、テレビ局もピリピリしているようですね」

食事を続けながら、白樺が言う。

「二人前も食べるんですか？　素人考えですけど、あまり食べない方がいいんじゃないですか。決勝戦でたくさん食べなければならないわけですし」

寅三が言う。

「まあ、そういう考えもありますね」

白樺がうなずく。

「実際、試合の前には、なるべく食べないようにするという選手もいますよ。ぼくの場合は、たとえ試合前であろうと、普段と同じように過ごして生活のリズムを変えない方が大切だという考えなんです。だから、いつもと同じように朝ごはんを食べます。いきなり朝ごはんを抜いたりしたら、体のリズムが狂ってしまう気がするんですよね」

「はあ、そういうものですか……」

「白樺さんの胃袋は規格外なんですよ。この程度の朝食を食べたくらいでは、試合には何の影響もないはずです。それまでに消化してしまうでしょうしね。新陳代謝のスピードも規格外ですから」

樋村が蘊蓄を述べる。

「体調がよさそうなので安心しました」

冬彦が口を開く。

「念のために訊きますが、精神的なダメージはありませんか？」

「精神的なダメージですか……」

白樺が箸を止める。

「まったくないと言えば、嘘になりますね。正直、怖いです。もう犯人が捕まったから心配はないのだと頭ではわかっていても、それでも他の人がいる席で食事するときには、いくらか緊張しますし、それが試合だったら、たぶん、もっと緊張するだろうし、不安も感じるだろうと思います」

「当然の反応だと思いますよ」

「あの人は、どうなったんですか……小湊さんは？」

「もう釈放されました。もしかすると、それも不安の要因ですか？」

「そうかもしれません」

白樺が小さな溜息をつく。

もし白樺が小湊を告訴していたら、小湊は今もまだ留置場にいて取り調べを受けていただろうが、その代わり、大食い選手権の決勝戦が行われることはなかったはずである。番組内で刑事事件が発生すれば、そういうことになる。

逮捕された小湊が、白樺が告訴しないと決めたにもかかわらず、すぐに釈放されなかったのは、小湊の犯した罪が白樺に対するものだけではなかったからである。テレビ番組の収録中に事件を起こし、その収録を台無しにしたことで、テレビ局に対する威力業務妨害罪にも問われることになったのだ。

テレビ局内で、この事件に対する対応方針がすぐには決まらなかったので、小湊は釈放されなかったのだ。最終的には、テレビ局も小湊に対する告訴を見送ったものの、職場内の処分として、小湊を懲戒解雇した。大食い選手権を存続させ、改めて決勝戦を行うには、裁判沙汰を避けなければならなかったとはいえ、何らかのけじめをつける必要もあったのである。

「あの人は、なぜ、あんなことをしたのでしょうか？　刑事さん、ご存じですか」

白樺が冬彦に訊く。

「はい。寺田と二人で話しました。そうでしたよね、寅三先輩？」

冬彦が寅三に顔を向ける。

「あんなひどいことをして悪気がなかったと言われても信じられないでしょうけど、彼は白樺さんを傷つけたかったわけではないみたいなんです。ただ、森野さんのことが好きでたまらず、彼女を優勝させることが彼女に対する愛情の表れなんだと思い込んでいたんですね」

寅三が言う。

「彼の妄想の中では、自分と森野さんは恋人同士だったんですよ。アイドルに憧れる人たちは、誰でも似たような妄想を抱くのでしょうが、彼の場合、その度合いが普通ではなかった上、すぐ手の届くところに森野さんがいたわけです」

冬彦が補足する。

「まあ、番組のＡＤですからね」

白樺がうなずく。

「森野さんが秋葉原の舞台で歌ったり踊ったりしているときは、いかに距離が近いといっても、舞台と客席の間には、はっきりとした境界があります。しかし、スタジオや現場では、そうではない。手を伸ばせば森野さんに触れることもできるし、話しかければ、愛想良く答えてもらうこともできる。アイドルとファンという境界がなくなってしまったわけです。そのせいで、妄想が現実の世界にまで広がってきたのだと思います。森野さんへの愛情が他のどんなことより優先するから、頭の中では自分が悪いことをしているという自覚はあってもやめられなかったようです」

冬彦が説明する。

「悪いのは自分だ、シンデレラには関係ない、自分はどんな罰でも受けるから、どうか、シンデレラを責めないでほしい、と泣いてました」

寅三が言う。

「そんな話を聞くと、何だか、小湊さんが哀れになってきますね」

白樺が溜息をつく。

「妄想と現実の区別がつかなくなって、それが日常生活に支障をきたすほどになっているようなので、しばらく入院して治療を受けるようです。留置場に入れたり、裁判にかけるより、彼のためにも、その方がいいと思います。釈放されたといっても、ご家族に付き添われて、そのまま病院に直行したようです。勝手に病院から抜け出すことはできないそうですから、どうか安心して決勝戦に臨んで下さい。ぼくたちが見守っていますから」

「そう言ってもらえると、心強いです。この決勝戦は、勝ち負けは二の次で、大袈裟に言えば、大食いの未来がかかっていると思うんです。だからこそ、何の不安もなく全力で実力を出し切りたいんです。親身になって支えて下さった刑事さんたちのためにも、ぼくは、がんばります。こんなことくらいで大食いの火を消してはいけないと思いますから」

「その意気です。ぜひ、がんばって下さい。食って食って食いまくって下さい！」

冬彦が笑顔でうなずく。

ホテルの中庭に設営された特設会場には濃厚なカレーの匂いが漂っている。決勝戦は、カレーライス対決なのだ。先週は、王道のラーメン対決だったが、料理を提供した店が、すぐにまた同じ数のラーメンを提供するのは容易ではないと難色を示し、他のラーメン店と交渉する時間もなかったので、急遽、大手のカレーチェーン店グループに協力を依頼したところ、たまたま、そのグループの会長が大食いファンだったので、すんなり話がまとまった。その場で調理するラーメンと違い、カレーの場合、ルーさえ仕込んでしまえば、あとは盛り付けるだけだから、人手さえ確保できれば、準備はスムーズなのだ。

用意されたのは大量のビーフカレーである。決勝の料理がカレーになるのは初めてだが、予選や準々決勝では提供されたことがある。実績のある大食い選手であれば、六キロ以上のカレーライスを平気で食べる。決勝戦に臨む四人なら、もっと食べるであろうと予想し、カレールーと白米が、それぞれ三〇キロずつ用意された。まさか四人がすべてを食べ尽くすとは誰も思わないので、もし残ったときは、観客やスタッフに振る舞われることになっている。

テーブルには、すでに四人の選手たちが坐っている。

司会するのは、いつもの芸人と黒坂滝子である。

「さあ、黒坂さん、いよいよ決勝戦ですね」

「はい、そうです」

「楽しみですね」

「楽しみです」

「何で、鸚鵡返しなんですか。もうちょっと何かコメントして下さいよ」

「はい、楽しみです」

芸人ががくっと転びそうになる。

「まあ、これが黒坂さんですからね。仕方ない。ところで、今日の料理、カレーライスですね」

「はい、そうです」

「カレーが苦手な大食いの選手はいないんでしょうね？」

「チャーハンとカレー、お寿司の三つは、ご飯ものの王道ですからね。苦手な選手はいないはずです」

「とすると、かなりハイレベルの戦いになりそうですね？」

「そう思います」

「さて、決勝の前にわたしたちも味見をしたいと思います」

二人はスタッフが運んできたカレーライスを食べ始める。

芸人は一口食べて、

「おお、これは、うまい」

と顔を輝かせる。

「ねえ、黒坂さん、おいしいですね」

「………」

「黒坂さん？　何を無心に食べてるんですか。ああ、すごい勢いだなあ……」

「お代わり！」

黒坂滝子が空のお皿を持ち上げて叫ぶ。

「ははは、面白い人だなあ、まったく」

冬彦が両手を叩いて大笑いする。

一瞬、芸人は嫌な顔をするが、気を取り直して、

「よし、行くぞ、大食い選手権決勝戦、六〇分、カレーライス対決、スタートだ～」

芸人が銅鑼を打ち鳴らす。

白樺を始めとする四人の選手たちが一斉にスプーンを動かし始める。

「素晴らしい、実に素晴らしい。目の前でこんな真剣勝負を見られるなんて、ぼくは感動しています。大食いの大ファンになってしまいそうです」

冬彦が子供のようにはしゃぐ。

それを見て、寅三、理沙子、樋村の三人が顔を見合わせて笑う。

この作品は、『小説ＮＯＮ』（小社刊）二〇二〇年三月号から二〇二一年一月号に連載され、著者が刊行に際し加筆・修正したものです。また本書はフィクションであり、登場する人物、および団体名は、実在するものといっさい関係ありません。

一〇〇字書評

警視庁ゼロ係　小早川冬彦Ｉ　特命捜査対策室

切り取り線

購買動機（新聞、雑誌名を記入するか、あるいは○をつけてください）

□（　　　　　　　）の広告を見て	
□（　　　　　　　）の書評を見て	
□ 知人のすすめで	□ タイトルに惹かれて
□ カバーが良かったから	□ 内容が面白そうだから
□ 好きな作家だから	□ 好きな分野の本だから

・最近、最も感銘を受けた作品名をお書き下さい

・あなたのお好きな作家名をお書き下さい

・その他、ご要望がありましたらお書き下さい

住所	〒				
氏名		職業		年齢	
Eメール	※携帯には配信できません	新刊情報等のメール配信を 希望する・しない			

この本の感想を、編集部までお寄せいただけたらありがたく存じます。今後の企画の参考にさせていただきます。Eメールでも結構です。

いただいた「一〇〇字書評」は、新聞・雑誌等に紹介させていただくことがあります。その場合はお礼として特製図書カードを差し上げます。

前ページの原稿用紙に書評をお書きの上、切り取り、左記までお送り下さい。宛先の住所は不要です。

なお、ご記入いただいたお名前、ご住所等は、書評紹介の事前了解、謝礼のお届けのためだけに利用し、そのほかの目的のために利用することはありません。

〒一〇一－八七〇一
祥伝社文庫編集長　坂口芳和
電話　〇三（三二六五）二〇八〇

祥伝社ホームページの「ブックレビュー」からも、書き込めます。
www.shodensha.co.jp/bookreview

祥伝社文庫

警視庁ゼロ係　小早川冬彦Ⅰ　特命捜査対策室

令和3年3月20日　初版第1刷発行

著　者　富樫倫太郎

発行者　辻　浩明

発行所　祥伝社

東京都千代田区神田神保町3-3

〒101-8701

電話　03（3265）2081（販売部）

電話　03（3265）2080（編集部）

電話　03（3265）3622（業務部）

www.shodensha.co.jp

印刷所　堀内印刷

製本所　積信堂

カバーフォーマットデザイン　芥　陽子